Philipp Tingler · Fischtal

PHILIPP TINGLER

FISCHTAL

ROMAN

KEIN & ABER

Gewidmet der Erinnerung
an meine Großmutter
Doris Schopohl (1911–1996)

Covergestaltung: Nicholas Ditzler
Satz: Dörlemann Satz, Lemförde
Druck und Bindung: Ebner & Spiegel, Ulm
ISBN 978-3-0369-5506-3

www.keinundaber.ch

INHALT

ERSTER TEIL

in dem wir die Hauptfigur und einige andere wichtige (und weniger wichtige) Figuren kennenlernen, vor allem jede Menge Tanten

I. KAPITEL

Zauber des Letzten

»Ich weiß nicht«, flüsterte Lilli und fasste Gustav am Arm, »ist es richtig, was wir hier tun?«

»Was meinst du?«, fragte Gustav zurück.

»Ich meine, hier das Haus auszuräumen«, erwiderte Lilli. »Damit will ich sagen: Das ist doch im Grunde … nun ja: skrupellose Raffgier – und steht somit gegen alles, was mir anerzogen wurde.«

Die schwere Eichentür öffnete sich knarrend. Sie hatte immer geknarrt, weshalb unbemerktes nächtliches Nachhausekommen für Gustav nie ein einfacher Vorgang gewesen war, denn seine Großmutter hörte (obschon sie das Gegenteil behauptete) zwar nicht mehr alles, aber das Knarren der Haustüre war ihr doch so vertraut, dass es sie noch in ihrem Schlafzimmer in der Beletage alarmierte. Und dann konnte es passieren, dass sie plötzlich am Kopfe der Treppe erschien, die mit einem schweren himmelblauen Teppich bespannt war, und direkt auf die Haustüre zulief. Dort stand sie, im Nachthemd, und verlangte Rechenschaft. Das war immer sehr unangenehm für Gustav. Deshalb hatte er mit der Zeit eine perfekte Übung darin entwickelt, die Türe mit den leicht verwitterten Messingbeschlägen so zu handhaben, dass sie sich ohne jedes Geräusch öffnete. Man musste dazu einen präzisen kleinen Schwung anbringen, indem man die Haustüre zunächst ganz langsam, ab einem gewissen kritischen Punkt jedoch sehr zügig aufdrückte. Das war nun nicht mehr nötig. Gustavs Großmutter war gestorben.

Vor ihnen lag also die Treppe. Nach rechts und links verzweigte sich der Korridor, einer jener langen Korridore, die charakteristisch für die Bauart Berliner Häuser sind. Es war dunkel. Dabei war draußen heller Vormittag. Nun, nicht vollkommen hell. Es war einer jener nebligen Juni-Vormittage, die charakteristisch für den Berliner Frühsommer sind. Jedenfalls in Zehlendorf. Gustavs Großmutter war tot, und es war Zeit, die Erbmasse zu sichten.

»Wir tun hier nichts Unrechtes!«, sagte Gustav, »wir sichern bloß das Erbe, bevor die Familie einfällt. Du weißt, Lilli, dass ich meine Familie liebe. Auch wenn ich den einen oder anderen manchmal mit dem Auto überfahren möchte. Nein, weiß Gott, wir tun hier nicht Unrechtes. Und meine Großmutter wäre auf unserer Seite! Man kann zwar sagen, dass wir, sie und ich, nun, dass wir beide unsere Differenzen hatten …«

»Du meinst das eisige, ungemütliche Schweigen, das nur hin und wieder durch Beleidigungen unterbrochen wurde?«, erkundigte sich seine Freundin.

»Das ist der normale Umgangston bei uns zuhause«, erklärte Gustav, wobei sein Mund einen widerwilligen Ausdruck annahm.

»Gewiss«, sagte Lilli, »das ist völlig normal. Ich … ich habe nur so ein unangenehmes Gefühl in der Magengrube – so, als würde ich einem Unfall in Zeitlupe zusehen. Als ob wir schreckliche und egoistische Menschen wären! Außerdem ist es hier kalt und dunkel. Was, wenn ich hinfalle und irgendwelche meiner Organe dabei kaputtgehen?«

Gustav hob ein wenig das Kinn, als hätte er einen Stoß empfangen, und antwortete: »Da du von schrecklichen und egoistischen Menschen sprichst: Tante Gretel ist unterwegs hierher. Sie hat die Inventarliste in ihrer Handtasche und dürfte momentan emotional so stabil sein wie ein Käfig voller Ratten in einem brennenden Crack-Labor. Reiß dich also zusammen, Elisabeth! Gehorche mir einfach blind und roboterhaft und führe jeden Befehl aus, egal wie klein oder absurd er dir erscheint!«

Bei seinen letzten Worten packte Gustav seine alte Kameradin am Arme und schüttelte sie ein wenig, um sie zur Besinnung zu bringen.

»Schon gut, schon gut!«, machte Lilli, »das war bloß so ein Anflug. Los geht's! Ich muss sowieso um sechs Uhr zur Maniküre bei Amanda sein. Die ist verdammt schwer zu kriegen. Und würdest du mich freundlicherweise loslassen. Du hast den Griff eines Eisenbahnbremsers.«

Der Nebel war gewaltig, ja er schien vor den efeubewachsenen Mauern nicht haltzumachen, sondern schwärzlich durchs Haus zu quellen, zog in gespenstischen Schwaden über die angesprungenen Kacheln aus Solnhofer Platten, die den Boden des Korridors bedeckten, umflorte die Möbel, den hohen, von einem Mahagoni-Frontispiz bekrönten Biedermeierspiegel neben einer kleinen Sitzbank zur rechten Hand, die Garderobe und weiter hinten die Marmorkonsole vor der Küche zur linken. Der Marmor war schwarz, wie der Nebel. Und wie die Bananen, die in einer Schale aus durchbrochenem preußischem Porzellan auf der Konsole lagerten. Gustavs Großmutter hatte irgendwann erklärt, sie würde von nun an zum Frühstück eine Banane essen, und seither hatte Hildchen die Order, Bananen zu kaufen – Bananen, die auf der Konsole lagerten, denn natürlich aß Gustavs Großmutter niemals Bananen zum Frühstück. Insofern waren die Bananen praktisch immer schwarz gewesen, auch als noch Leben im Hause war.

Für einen Augenblick hörte Gustav das Ticken. Das Ticken von Pfennigabsätzen im Korridor. Seine Großmutter hatte bis zuletzt hochhackige Schuhe getragen, hochhackige Schuhe aus butterweichem Saffianleder mit stechenden Pfennigabsätzen und pfeilscharfer Spitze. Dieses Schuhwerk erhöhte ihre feingliedrige, zierliche Gestalt in der Art jener Stelzschuhe, wie man sie im alten Griechenland auf der Bühne anzuschnallen pflegte. Noch in seinem Zimmer in der ersten Etage hatte Gustav jeden ihrer Gänge über den Korridor verfolgen können. Damals. Tick-tick-tick. Ihre Schritte klangen wie das Metronom, das auf dem Blüthner-Flügel im Musikzimmer stand, und ihre hohen Hacken spiegelten sich in den cremefarbenen Kacheln, die sich wie eine Eisfläche vor ihr ausbreiteten. Das hatte nie was Gutes zu bedeuten, dieses Ticken. Dieses ewige Ticken! Übrigens hatte sich Gustavs Mutter gelegentlich darüber mokiert, dass man in diesem Alter noch mit derartigen Schuhen herumlaufen könne. Das sei nicht gesund und gar gefährlich.

Aber jetzt standen die Pfennigabsätze in drei Reihen oben im Ankleidezimmer. Größe sechsunddreißig, beinahe Puppenschuhe. Jedes Paar steckte in einem Beutel aus rohrzuckerfarbenem Leinen, auf den das Monogramm von Gustavs Großmutter gestickt war. Zu den Pfennigabsätzen hatte sie meistens (jedenfalls zu der Zeit, als sie das Haus nur noch verließ, um zum Friseur zu fahren) einen taillierten Kittel aus feiner, schlohweißer Baumwolle getragen. Diese Kittel, von denen eine erkleckliche Zahl vorhanden sein musste, stammten aus der Praxis von Gustavs Großvater. Sie waren in Hüfthöhe mit großen Taschen versehen, die offenbar für medizinische Instrumente gedacht waren, und endeten eine Handbreit unter dem Knie, die makellosen

Unterschenkel von Gustavs Großmutter freigebend, wohlgeformt in schwarzem Nylon.

»Okay«, sagte Gustav, indem er das Ticken der Pfennigabsätze mit einer kleinen Willensanstrengung verscheuchte und sich in derselben Bewegung an seine Freundin wandte, »wir haben wenig Zeit. Wir gehen jetzt da rein, und wenn du etwas siehst, was auf der Liste mit einem Kreuz versehen ist, dann packst du es ein, halt dich daran fest, egal, was passiert. Du hast doch die Liste, die ich dir gefaxt habe?«

»Jawohl, Comandante!«, erwiderte Elisabeth, genannt Lilli, und hielt die Liste hoch, ein etwa zwanzigseitiges, von einer Heftklammer zusammengehaltenes Inventar des Hauses, das im Auftrag der Familie von einem Auktionshaus erstellt worden war.

»Gut«, sagte Gustav, »es geht los. Und zwar mit dem Holzschnitt dort hinten, diese Frau mit dem Ding auf dem Kopf, außerdem die Zeichnung mit dem Hahn … nein, warte, die lassen wir für meinen Bruder … und den Gong – nein, nicht den Gong. Den darf Gretel haben. Gretel kann übrigens jeden Moment hier auftauchen. Wir müssen uns wirklich beeilen. Ich wette, sie rast jetzt schon die Transitstrecke hinunter …«

»Ach«, machte Lilli, »die Transitstrecke. Das war früher.«

»Es wird jedenfalls kein Zuckerschlecken«, sagte Gustav, »du kriegst es hier mit meiner Familie zu tun. Vertraue niemandem.«

»Willst du mir Angst machen?«, fragte Lilli leicht zischelnd, denn sie war soeben damit beschäftigt, den Sitz ihres Lippenstiftes im spiegelnden Deckglas ihrer zyklopischen Armbanduhr zu kontrollieren, zu welchem Zweck sie ihre beneidenswert hübschen Zähne fletschte. »Ich habe Angst vor vielen Dingen«, zischelte sie weiter, »Angst vor dem nächsten Ricky-Martin-Album, Angst davor, dass die Sonne ausbrennt oder dass sie irgendwann aufhören, diese Speckschwarten in Tüten zu verkaufen, die ich liebe … aber nicht davor, mit ein paar alten Tanten um irgendwelche Kupferstiche und Bodenvasen zu rangeln!«

»Die Angst wird dir das Leben retten«, erwiderte Gustav.

Lilli hatte wirklich makellose Zähne. Gustav auch.

2. KAPITEL

Das Nervöse ist nicht totzukriegen

Vom Korridor aus waren sieben Türen zu sehen. Alle standen offen. In einige waren gelbliche Glasscheiben eingesetzt, zum Beispiel in diejenigen, die zum Wohnzimmer führten. Das Wohnzimmer war der größte Raum im Erdgeschoß und beherbergte neben einem Kamin aus schwarzem Marmor und eingebauten Schränken und Regalen aus Grunewaldbuche auch den Esstisch, ein beachtliches, kreisrundes Möbel aus schwarzem Palisander. Der Tisch war für etwa fünfzehn Personen zugeschnitten, denn vor einigen Jahrzehnten hatten größere Gesellschaften in diesem Hause gegessen (wobei hier Kinder nicht mitgezählt sind. Die hatten separat zu sitzen). In der Politur der Tischplatte war trotz der Düsternis deutlich der Fleck zu erkennen, den die herunterfallende glühende Asche einer Zigarette von Gustavs Großmutter vor langer, langer Zeit dort hineingebrannt hatte. Der Fleck war von allen möglichen Leuten auf alle möglichen Arten ausgedeutet worden.

Vom Wohnzimmer aus gelangte man über einen offenen Durchgang ins Musikzimmer. Diesen Durchgang flankierten Vorhänge aus schwerer, goldgelber Seide. Zerschlissen und angerissen, mit silbernen Schnüren gerafft und mit Spitzen unterlegt, fielen sie üppig und massiv auf das Parkett hinab. Die Vorhänge waren nur an Weihnachten geschlossen worden. Vor der Bescherung. Das letzte Mal war dies etwa 1973 geschehen. Im Übrigen war dieses Musikzimmer, in dem der schwarze Blüthner-Flügel stand und eine ansehnliche Kopie von Menzels *Flötenkonzert* hing, dem Präsidenten der Berlinischen Baugesellschaft zu verdanken, der mit seiner Familie das Haus nach dessen Errichtung zunächst bewohnt hatte. Der Präsident war ungefähr das, was man in Gustavs Familie »eine humoristisch angeflogene Persönlichkeit« nannte: ein Charakter mit einer musischen, beinahe lässigen Einstellung dem Leben gegenüber und, trotz seiner ohne weiteres respektablen Stellung, mit einer Neigung zum Müßiggang. Er stand den Künsten nahe. Ziemlich bedenkliche und jedenfalls sehr zweischneidige Vorlieben, wenn man auf Gustavs Großmutter hörte. So etwas hatte nämlich den unangenehmen Beigeschmack von Extravaganz und auch ein wenig Liederlichkeit.

Jedenfalls hatte der Präsident, ohne Zweifel herrliche Anlagen des Geistes und des Herzens in sich tragend, das Haus um das großzügige Musikzimmer erweitern lassen – einen langgestreckten Anbau im Parterre, der sich sanft in den Garten zog und vorzüglich die Komposition des Gebäudes ergänzte. Er pflegte hier Hauskonzerte abzuhalten, die in Zehlendorf gesellschaftliche Ereignisse darstellten. Gustavs Familie, die Musik viel lieber hörte als veranstaltete, weil das weniger anstrengend schien (und weil man außerdem selten den richtigen Ton traf), benutzte das Musikzimmer später, wie gesagt, bloß für die Weihnachtsfeierlichkeiten, ließ es aber unversehrt. Der Flügel hatte natürlich schon lange an Klangfülle eingebüßt, aber mit dem Pianopedal, welches die hohen Töne so verschleierte, dass sie an mattes Silber erinnerten, konnte man dafür inzwischen die seltsamsten Wirkungen erzielen.

»Lass uns zügig eine Runde drehen«, sagte Gustav, »und das Inventar kontrollieren. Dabei können wir gleich auch noch nach den Kassetten mit dem Silber Ausschau halten.«

»Sehr schön«, erwiderte Lilli und strich zärtlich über den Rahmen des hohen Spiegels im Eingang, »ich komme mir vor, als wäre ich vier Jahre alt und hätte mich im KaDeWe verlaufen.«

Vom Musikzimmer gelangte man über den Wintergarten ins Zimmer von Gustavs Großmutter – einen Raum mit deckenhohen Bücherregalen und einem unbequemen Biedermeiersofa, auf dem die Hausherrin ihren Mittagsschlaf zu halten gepflegt hatte, weshalb dieses Zimmer als ihres betrachtet wurde. Ein dreireihiger Leuchter hing an einer goldenen Kette von der Decke. Seine kristallene Krone war einigermaßen löchrig. Dies hätte eigentlich dazu führen sollen, dass er jetzt mehr Licht verbreitete, von den acht Glühbirnen funktionierten immerhin noch fünf – doch auch die konnten nicht viel ausrichten. Es blieb düster, und zwar nun umso mehr, als dass irgendjemand, wahrscheinlich eine der letzten Krankenschwestern von Gustavs Großmutter, aus einem nicht nachvollziehbaren Grund Pappe vor die Fenster im Erdgeschoß geklebt hatte.

Es war düster, und es roch, wie es hier immer gerochen hatte: nach altem Papier und nach noch älterer Bitterschokolade von Erich Hamann, nach Tabak, Staub und abgelaufenen Medikamenten. Dazwischen strich irgendetwas anderes, ein herber, böser, phantasmagorischer Hauch, nicht jedem vernehmbar, oh nein, lediglich ein böser kleiner Hauch … der Schein der Farben in Menzels *Flötenkonzert* verfärbte sich trüb und verworren, die Fontäne des Lüsters erzitterte, und es verschlimmerte sich mit jedem Tag, mit jeder feinen Verwirrung und Verirrung der Nerven. Etwas Spukhaftes hockte in den stolzen und steifen Möbelstücken und schlich durch die knarrende Haustür, etwas Hysterisches. Es durchstieß die Fassade, wirbelte das verdorrende Laub im Springbrunnen auf, strich über die Tastatur des Blüthner-Flügels und machte nicht halt vor der schnurgeraden Treppe mit dem himmelblauen Teppich, die in die Beletage führte. Dort lag das Schlafzimmer von Gustavs Großmutter. Dort war sie gestorben. Daneben befand sich das Ankleidezimmer, das neben Zweiteilern von Chanel und Mainbocher stapelweise taillierte Kittel aus feiner, schlohweißer Baumwolle beherbergte. Irgendwas stimmte hier nicht. Es gibt ein kollektives Fieber. Es gibt eine kollektive Störung der Sinnesfunktionen. Es gibt eine Pandemie des Irreseins und eine noch weit bedrohlichere des Irrefühlens. Man hätte sich nicht übermäßig gewundert, wenn plötzlich die Glyzinie tot von der Fassade gefallen wäre. Es wäre nicht stilwidrig gewesen. Gustav wäre verduftet. Aber er war hier zuhause. Und der Mensch braucht ein Zuhause. Jedenfalls ein bürgerliches Exemplar wie Gustav.

Trotz dem schlechten Licht war nebenbei nicht zu übersehen, dass aus mehr als einem stolzen und steifen Möbelstück das Seegras hervorguckte.

»Was ist mit diesen afrikanischen Fruchtbarkeitsstatuen?«, fragte Lilli und streckte die Hand aus nach dem weiblichen Teil eines aus grobem Holz geschnitzten Figurenpaars mit ziemlich aggressiven Zähnen.

Sie standen neben dem Esstisch. Gustav und Lilli standen dort, meine ich, nicht die Holzfiguren. Diese standen auf der aus lackiertem Buchenholz und Rohrgeflecht bestehenden Verkleidung eines Heizkörpers vor einem mit Pappe zugeklebten Fenster und fletschten die hölzernen Zähne. Drei Streifen nebliges Frühsommerlicht fielen durch Risse in der Pappe.

Überhaupt war, nicht nur im Wohnzimmer, jede Fläche vollgestellt mit Gegenständen, meist Vasen und durchbrochenen Schalen aus preußischem Porzellan, dazwischen ein paar Bücher, Gläser, Münzen und Fotografien sowie, mitten auf dem Esstisch, das silberne Papiermesser von Gustavs Großvater, ein spielzeughaftes und albernes Ding in Form eines Kavalleriesäbels. Dessen Spitze zeigte zufällig auf den Brandfleck.

»Das sind, soviel ich weiß, Hausgötter«, sagte Gustav, »Friederike hat sie mitgebracht, aus Bali. Oder Indonesien oder von irgendwo dort, du weißt schon, von der anderen Seite der Welt.«

»Oh, was macht Friederike?«, erkundigte sich Lilli, die Friederike, genannt Riekchen, Gustavs jüngste Tante, einigermaßen gut kannte.

»Hat Aspirin genommen, liegt in der Badewanne und hört Arien.«

»Wagner?«

»Nein, Verdi. Übrigens will Riekchen diese Figuren. Das ist das Einzige, was sie will. Und den Ring mit dem Skarabäus. Ansonsten interessiert sie die … äh … Abwicklung des Hauses nicht. Sagte sie. Genau genommen sagte sie, sie würde höchstens noch ein Streichholz dranhalten …«

Draußen, vor den verklebten Fenstern, erhob sich ein Wind. Kalk rieselte hinter der Tapete.

»Ich habe aber gehört, dass die Familie ihr das Weinlaub-Service zugesprochen hat«, fuhr Gustav fort, während er einige der ausgestellten Porzellanstücke auf ihre Herkunft prüfte, »sozusagen in Anerkennung ihrer Verdienste um meine Großmutter. Riekchen war ja die Einzige, die sie in ihren letzten Jahren regelmäßig besucht hat. Bekanntlich. Die anderen haben sich selten sehen lassen. Oder nie. Gretel natürlich, wenn sie Geld brauchte. Von meiner Tante Charlotte hingegen geht der Ausspruch, sie hätte nichts dagegen, wenn ihre Mutter die Kellertreppe hinunterfiele. Ist das zu fassen? Dieses Haus ist voller Zeug, voller Klickerkram, voller preisloser Kostbarkeiten – und Riekchen kriegt das Weinlaub-Porzellan! Als Anerkennung! Ich bin überzeugt, dass sie das Muster nicht mal leiden kann.«

3. KAPITEL

Pillen und Portwein

Im Wohnzimmer stand eine bauchige, englische Kommode aus poliertem Nussbaum, deren zylindrischer Leib im Wesentlichen Arzneimittel barg. Auch die Wandschränke im Korridor waren gefüllt mit Tabletten und Tinkturen, Seren, Salben und Säften. Die meisten dieser Präparate, die noch aus der Praxis von Gustavs Großvater stammten, waren inzwischen längst verboten. In Gustavs Familie, die größtenteils eine Arztfamilie war, hatte man sich lange einen ungezwungenen Umgang mit Medikamenten bewahrt. Das heißt: Man konsumierte sie häufig. Ständig. Gustavs Großvater zum Beispiel brauchte Gewaltkuren, als sein Organismus mit dem Alter immer unvollkommener arbeitete. Unter anderem schlürfte er ein stark eisenhaltiges Serum, flaschenweise. Seine sich verschlimmernde Zuckerkrankheit hingegen therapierte er mit lauwarmer Coca-Cola (aus der er mit einem hölzernen Quirl die Kohlensäure rührte) und Gummibärchen. Gustavs Großmutter für ihren Teil hatte, solange ihr Enkel sich erinnern konnte, jeden Tag mindestens fünf Aspirin geschluckt und außerdem noch etwelche weitere Pillen, deren Sinn und Herkunft Gustav nie entschlüsselte. Ein paar davon waren sicherlich gegen die Epilepsie, an der sie nach der Entfernung eines Hirntumors zu leiden hatte. Gustav fragte nicht danach. Derlei Fragen waren untersagt und verstießen gegen das Hausgesetz. Er bemühte sich nur, eine möglichst unbeteiligte Miene aufzusetzen und im Konversationston schnell irgendwas Harmloses zu sagen, wenn seine

Großmutter beim Mittagessen eine Pillendose aus poliertem Silber zückte, in die ihr Monogramm graviert war.

Aber das war ein paar Jahre her. Die Medikamente waren längst abgelaufen. Bei ungünstiger Witterung entströmte der englischen Kommode und den durchlöcherten Plättchen aus feuervergoldeter Bronze, die man zur Belüftung in die Buchenschranktüren gesetzt hatte, der stechende, klinische Geruch verrottender Arznei und durchzog das Wohnzimmer wie eine betäubende Böe. Das war schon immer so gewesen – oder jedenfalls so lange, wie Gustav sich erinnern konnte. Und es war niemandem aufgefallen. Die Familie hatte diese Luft tagtäglich inhaliert. Nur als Gustav jetzt zurückgekehrt war, nachdem er das Haus ein paar Jahre lang kaum noch betreten hatte, zurückgekehrt aus der Schweiz, dem Land der klaren Seen und der reinen Luft, da bemerkte er den Geruch. Das Aroma alter Arznei verband sich mit der morbiden Mischung von Staub, vergilbtem Papier und ausgetrocknetem Holz (und, seltsamerweise, einer Prise Essig) zu einem Brodem, der ihm den Atem verschlug.

»Ich muss mal raus«, sagte er und begann, sich an der gläsernen Flügeltür zu schaffen zu machen, die vom Wohnzimmer auf die Terrasse führte, »ich brauche ein bisschen frische Luft. Es riecht hier wie in einer aufgegebenen Klinik.«

»Meine Eltern konnten ja kranke Kinder nie vertragen«, schrie Lilli, die ebenfalls einer Arztfamilie entstammte. Lilli musste schreien, weil Gustav dabei war, die mit Klebeband ebenso unprofessionell wie gründlich befestigten Verdunklungspappen von der Terrassentüre abzureißen, was erhebliches Geräusch verursachte.

»Das kann ihnen natürlich niemand vorwerfen, am allerwenigsten *ich*«, schrie Lilli weiter, »als Kind bekam ich bei jeder Gelegenheit diesen Hustensaft, der ganz vorzüglich schmeckte und hervorragend wirkte, und neulich fühlte ich mich unwohl und wollte eine Flasche davon kaufen, nur um in der Apotheke belehrt zu werden, dass es sich um ein klassifiziertes, verschreibungspflichtiges Mittel handelt, das keinesfalls frei abgegeben werden dürfe. Darauf wiederum haben mich meine Eltern *nicht* vorbereitet.«

Nach einer kleinen Pause schrie Lilli hinterher: »Ich hätte jetzt gern was zu trinken.«

Gustav hörte sofort auf, die Türe zu entkleiden.

»Fein«, sagte er und warf ein etwa suppentellergroßes Stück Pappe auf den Boden, womit der Türgriff freigelegt war, »trinken wir erst was.«

»Sofern Frau Busenrost noch irgendwas übrig gelassen hat«, sagte Lilli.

In der Nähe des Esstisches befand sich ein mit überreichen Marketerien verzierter Spieltisch, auf dem einige Flaschen standen.

»Leer – leer – leer – riecht seltsam – eingetrocknet – leer«, stellte Lilli fest, indem sie eine Flasche nach der anderen anhob.

»Gretel will dieses Möbel«, bemerkte Gustav und zog mit dem Zeigefinger eine Linie in die feine Staubschicht auf dem Spieltisch.

»Das hier sieht aus wie Portwein«, stellte Lilli befriedigt fest und hielt eine halbvolle Kristallkaraffe mit einem hühnereigroßen Stopfen in die Luft, »jedenfalls, wenn man es wohlwollend betrachtet.«

Gustav nahm zwei Steuben-Gläser aus einem Biedermeierschrank, der eigentlich ein Bücherschrank war, aber in dieser Funktion von Gustavs Familie nie benötigt wurde.

Nicht, dass man keine Bücher hatte, oh, nein, es gab gut gefüllte, deckenhohe Bücherregale links und rechts vom Durchgang zum Musikzimmer und im Zimmer von Gustavs Großmutter – aber in diesem Schrank stand Kristall von Steuben. Und das Weinlaub von Meißen, das man ungefragt Riekchen zuerkannt hatte. Und außerdem fanden sich hier ein paar steinharte Ingwerstäbchen und einige Tafeln bitterer Schokolade aus dem Hause Erich Hamann. Der Schrank wurde gekrönt von einer durchbrochenen Porzellanschale aus der Königlichen Manufaktur. Die Schale stützten drei fette vergoldete Putten, welche ihrerseits auf einem kreisrunden Sockel standen. Zu Weihnachten war diese Schale mit Rausch-Konfekt gefüllt worden. Das letzte Mal war dies etwa 1973 geschehen.

»Dieses Ding dürfen wir auf gar keinen Fall vergessen«, sagte Gustav, mit dem Daumen auf die Schale weisend.

»Darauf trinke ich!«, erwiderte Lilli.

Gustav und Lilli hoben die Gläser mit dem süßen, klebrigen Portwein, und sie tranken auf die alten Zeiten, wiewohl sie beide noch nicht dreißig Jahre alt waren und sie im Übrigen sehr Verschiedenes dabei dachten, weil der eine nur mit sich selbst, die andere nur mit anderen beschäftigt war. Gustav kannte Lilli noch aus dem Gymnasium, wo sie sich im Lateinunterricht die zerschnitzte Schulbank geteilt hatten. Sie hatten zusammen schon einige Triumphe und Niederlagen erlebt, manch Schwanken und Wanken auf der sumpfigen Plattform des Lebens, und außerdem hatte Lilli mal in den späten achtziger Jahren eine ganze Tankstelle in Britz lahmgelegt, aber das ist eine andere Geschichte. Das Wesentliche an Elisabeth war: Einerseits musste sie sich manchmal an der Fußgängerampel selbst Mut zusprechen, um überhaupt weiterlaufen zu können. Andererseits konnte sie mit bloßen Händen ein Mercedes-Rücklicht reparieren.

Gustav zündete sich eine Zigarette an, nahm den hufeisenförmigen Weinlaub-Aschenbecher und sagte zu Lilli: »Ich gehe mal raus und werfe einen Blick in den Garten.«

Er öffnete die französische Flügeltür zur quadratischen, kühlen, von verstorbenen Lorbeerbäumen flankierten Terrasse, zu der vom Garten aus zwei Stufen emporführten. Gustav setzte sich auf die oberste Stufe und sah sich um. Dann gab es ein bröckelndes Geräusch, und er fiel beinahe von der Terrasse, denn die Stufe war morsch. Also stand er auf und lehnte sich an eine der beiden schlanken Säulen, welche die Terrasse begrenzten und den Balkon der Beletage trugen – nicht ohne besagte Säule vorher einer kleinen Tragfähigkeitsprüfung zu unterziehen, indem er ein paar Mal dagegen klopfte.

Vor ihm lag der Garten, mit seinen Gängen und Hecken und Terrassen, jämmerlich verwildert und verwuchert und von zerbröckelnden, bemoosten Mauern eingeschlossen; in der Mitte der in geflammtem schwarzem Granit gefasste, ebenerdige Springbrunnen mit der toten Fontäne, von der bloß ein emporragendes Metallrohr übrig war. Kein Wasser, keine Seerosen, keine Goldfische. Nicht einmal mehr dieses halblebendige Gekröse wie Algen und Blutegel, vor denen es Gustav als Kind gegraust hatte. Stattdessen war das Fontänenrohr mit einem dichten Kranz wuchernden Unkrauts umgeben, giftgrünes Moos spross in den Fugen der verwitterten Mauern, die das leere Becken umschlossen, dessen Boden mit faulendem Laub bedeckt war. Weiße Lilien neigten sich über den morschen Rand des Springbrunnens, und welkes Laub lag auch in den vier angelaufenen Bronzepokalen, von denen einer in jeder Ecke des Beckenrands platziert war … einer für jede Himmelsrichtung halt, das waren ja bloß noch drei, hinten rechts fehlte einer, den hat bestimmt die Busenrost mitgenommen, dachte Gustav, hinter sich hergeschleift, von hier bis nach Eisenach …

Ein Wind erhob sich und rührte das Laub, und Gustav hörte das Ticken der Pfennigabsätze und die fröhlichen Stimmen unschuldig spielender Kinder, die in bunten Schwimmreifen auf dem ruhigen Wasser trieben … ein Idyll von Sonnenherrlichkeit und Frieden, genau wie auf den Ölbildern, die drinnen im Hause hingen und die der Präsident der Berlinischen Baugesellschaft gemalt hatte, der so viel Freude an den Kindern gehabt hatte, die jetzt Gustavs Tanten waren; das heißt eines von den Kindern war natürlich seine Mutter – und dann gab es auch noch einen Onkel. Einen einzigen Onkel, fünf Tanten und eine Mutter.

Irgendein ordinärer Zehlendorfer Singvogel ließ seinen Ruf hören. Vielleicht eine Amsel. Gustav hatte nicht die geringste Ahnung von Singvögeln. Der Ruf kam aus den hinteren, uneinsichtigen Gefilden des Gartens, aus der Gegend, wo das Gärtnerhaus stand, das auch nicht gerade klein war, jedenfalls groß genug für den Präsidenten der Berlinischen Baugesellschaft, der dort mit seiner Gattin eingezogen war, da ihm das Haupthaus, nachdem sein einziger Sohn nicht aus dem Krieg zurückgekommen war, zu groß und deprimierend erschien. Er verkaufte das Haus an Gustavs Großeltern. Sein Sohn hieß ebenfalls Gustav. Nach ihm war Gustav benannt.

Neben dem Gärtnerhaus lag, umschlossen von der verträumten Wildnis monströser Rhododendronsträucher, der reetgedeckte Pavillon für den Nachmittagstee, aus dem Gustavs Großmutter, eine dem Dasein nicht mit ungebrochener Begeisterung gegenüberstehende Frau, bald einen Nachmittags-Gin-Tonic machen sollte, für den sie ohnehin schnell auf die Benutzung des Pavillons verzichten würde. Später verzichtete sie auch auf Tonic. Schließlich auf den Nachmittag.

Ach, die kühlen Pergolen, überwuchert von lispelndem Efeu! Der Fahnenmast. All das Grün und Blau und Rot und Grau, die Bäume, das Wasser, das Leben, der Tod, die ganze Traurigkeit und Fröhlichkeit der abendlich werdenden Welt. Und die Amsel sang, in der Dämmerung, wo die Schaukel schwang … leise schaukelten die bunten Schwimmreifen … bunte Schwimmreifen …

»Moment, hier gab es doch nie eine Schaukel«, dachte Gustav, »so was Albernes wie eine Schaukel hätten meine Großeltern doch niemals zugelassen. Was soll's. Es ist sowieso alles hinüber. Der morsche Pavillon, der verwitterte Fahnenmast, alles schwach und krank und von selbst auseinandergebrochen, von Fäulnis zerfressen … jawohl. Hier ist es nun, das Ende. So, hier ist es nun. Hinter mir … hinter mir wehwehen in verlassenen Zimmern goldgepresste Tapetenfetzen wie Trauerfahnen von den Wänden herab. Und ich bin alt. Und … ich muss … ich muss hier schleunigst noch ein paar Sachen einpacken … bevor … Gretel … aufkreuzt!«

Derartige Sentimentalitäten hatte Gustav im Kopf, wahrscheinlich unter Einfluss des süßlichen Portweins, und er dachte sie nicht nur, er sprach sie laut und deutlich vor sich hin, und dies war nicht bloß dem Portwein zuzuschreiben, denn Gustav hatte eine Neigung zu Selbstgesprächen, womit er in seiner Familie völlig alleinzustehen glaubte, da so was als sehr suspekt galt. Auch galt Rührseligkeit überhaupt als verdächtig, weil sie gar nicht in der Familie lag – oder höchstens unter dem Einfluss bewusstseinsverändernder Substanzen zutage trat und eben deshalb als Zeichen von Zuchtlosigkeit verpönt war. Man durfte nicht sentimental sein. Man durfte sarkastisch sein, kurz angebunden und vorschnell, aber nicht weich und gefühlig. Denn das war schwach.

Und trotzdem konnte Gustav nicht verhindern, dass ihm die Erinnerung an seine Tage in diesem Haus übermächtig ins Gedächtnis trat, Tage, die ihm vollkommen sorglos erschienen, obschon er sie in dem Bewusstsein verbracht hatte, nicht einmal einem verbummelten Postkartenmaler auf kurze, klare und Anerkennung weckende Weise sagen zu können, wer und was er eigentlich sei.

»Ich sollte nicht mehr von diesem Portwein trinken«, dachte Gustav und warf einen kritischen Blick auf die rostrote Flüssigkeit, die ölige Spuren in dem Steuben-Glas in seiner Hand hinterließ, bevor er einen weiteren Schluck davon nahm.

Der Frühsommertag stand jetzt im Zenit, ein typischer Berliner Frühsommertag in Zehlendorf, trocken und ein bisschen windig, nicht zu warm und nicht zu kalt, er stand im Zenit und schien sich doch bereits zu neigen, getaucht in die abendliche Verklärung des Verfalls, der Auflösung und des Verlöschens. Ein altes Geschlecht, zu müde und mürbe bereits und zu verfeinert zur Tat und zum Leben, steht am Ende seiner Tage, und seine letzten Äußerungen sind Laute der Kunst, ein paar lächerliche Fingerübungen, Geklimper auf dem Blüthner-Flügel …, dachte Gustav und vertiefte sich mehr in die künstlerische Betrachtung dieses Umstandes. Doch wer wehmütig in Erinnerungen versinkt, der versagt vor seiner ersten Lebenspflicht: den Tag, in den er gestellt ist, mit seinem reinsten und entschlossensten Wollen zu durchdringen. So hatte Gustav es zuhause beigebracht bekommen, und so war es wohl richtig. Außerdem weiß man nie, wie lange ich, der Erzähler dieser Geschichte einer glücklich vertanen Jugend, diesen elegischen Ton noch durchhalten kann, also machen wir lieber Schluss. Es ist ohnedies schon nach zwölf, Tante Gretel kann jeden Moment aufkreuzen, sie hat soeben die ehemalige, nun bitterlich verwaiste Kontrollstelle Dreilinden passiert (mit der großen Uhr an der rot-gelben Tankstelle, die Gustav als Kind so beeindruckt hatte), und von dort ist es nicht mehr weit. Und, siehe, jemand rief ihn beim Namen …

»Gustav!« schrie Lilli.

»Was? What?«, schrie Gustav zurück. »Wo bist du?«

»Hier oben!«, rief Lilli, »auf dem Balkon. Schau, was ich trage, dieses Persianerjäckchen, das passt mir perfekt.«

Und Gustav sah einen kleinen, schwarzen Persianerarm über die Brüstung winken.

»Lilli!«, rief er entsetzt, »geh sofort zurück ins Haus! Dieser Balkon kann jeden Moment einstürzen – und dann bin ich tot.«

»Okay«, erwiderte Lilli, »wir treffen uns im Ankleidezimmer.«

4. KAPITEL

Man darf nicht dick sein. Und Gustav glaubt allen Ernstes, dass man glücklicher wird mit leblosen Objekten

Gustav stieg die Treppe hinauf, deren Bespannung aus himmelblauem Teppich an den Stufen von Messingstangen gehalten wurde. Mit etwas Geschicklichkeit konnte man diese Stangen aus ihren kleinen goldenen Ösen ziehen und zum Beispiel ein bisschen damit herumfuchteln, was Gustav als Kind gern getan hatte. Deshalb war er dafür verantwortlich, dass zwei der Stangen unauffindbar verschwunden waren. Um die Wahrheit zu sagen, war Gustav auch dafür verantwortlich, dass einige Kristalle aus dem Lüster im Zimmer seiner Großmutter fehlten sowie – wenn wir schon dabei sind – vier der Glastropfen, welche die Deckenlampen im Musikzimmer zierten.

Die Treppe war aus Eichenholz, und nicht alle Stufen knarrten gleich laut; die dritte, die siebzehnte und die zweiundzwanzigste Stufe waren besonders schlimm, wie Gustav aus langer Erfahrung wohl wusste.

Genau gegenüber dem Treppenabsatz in der ersten Etage lag hinter einer Türe mit gelblich getönten Glasscheiben das Schlafzimmer der Großeltern. Seit Gustav sich erinnern konnte, hatten sie in getrennten Betten geschlafen, in identischen Bettgestellen aus poliertem Mahagoni, schmalen Möbeln im Biedermeierstil, mit hohen Kopf- und Fußenden, die Barrieren gleichkamen. Zwischen den Betten befand sich ein rundes Tischchen mit hohlem, tonnenförmigem Leib, in dessen gelbpolierte Palmenholzplatte ein degentragender Adler eingebrannt war und das für die Ablage von Büchern und Papieren benutzt wurde. Auf dem Tischchen standen ein paar Familienfotos, in Silber gerahmt, Schwarzweißaufnahmen, wie sie auch in den Schränken im Wohnzimmer lose in leeren Konfektschachteln aufgehoben wurden, Bilder von vergangenen Gesellschaften im Musikzimmer, Bilder aus Tagen, als es in Zehlendorf noch eine Gesellschaft gab und man in ihr den Ton angab, verblichene, rissige Fotografien, von denen einige schon Blasen warfen, dazwischen, hie und da, ein gepresstes Edelweiß, eine Engelstrompete, eine wasserstoffblonde Locke oder ein verfärbtes Stückchen Sammetband. Durch den Wasserstoff verfärbt, vermutlich. Und an mancher Stelle war noch die Spur einer Träne sichtbar. Und da lag ein Paar ellenbogenlanger Handschuhe aus blassgelber Cuiteseide, wo kamen die denn her?

Gustavs Großvater war in seinem Bett gestorben, welches aber anschließend nicht entfernt, sondern stehengelassen und stets mit frischer Bettwäsche bezogen wurde. Gustavs Großmutter schlief daneben in ihrem eigenen Bett, in welchem sie dann schließlich auch das Zeitliche segnete. Die Bettwäsche stammte von Porthault. Oder aus dem Charlottenburger West-Sanatorium oder aus dem Park-Sanatorium in Dahlem. Das waren die Häuser, in denen Gustavs Großvater Privatpatienten untergebracht hatte.

Gustav ging nun allerdings ins Ankleidezimmer. Und da stand Lilli vor geöffneten Schranktüren, drehte sich herum, sah aber nicht Gustav an, sondern betrachtete sich sehr zufrieden in einem deckenhohen Spiegel, dessen Glas blinde Flecken zeigte. Lilli trug ein taubengraues Deux-Pièces von Givenchy, das Gustav an seiner Großmutter nie gesehen hatte.

»Wie sehe ich aus?«, erkundigte sich Lilli triumphierend.

»Nach Happy Hour«, antwortete Gustav.

»Weißt du«, erklärte Lilli, während sie sich, in der Taille gedreht, über die Schulter blickend musterte, »ich versuche ja, nicht mehr so abhängig von Geschenken und materiellen Dingen zu sein – aber ich schaffe es einfach nicht, wenn die materiellen Dinge so wunderschön sind wie dieses Kostüm! Es ist außerdem eine 36! Durch einen glücklichen Zufall habe ich dieselbe Kleidergröße wie deine Großmutter. Ich müsste höchstens die Ärmel ändern lassen. Aber ein paar der Cocktailkleider sind selbst mir fast zu klein. Die Sachen sind so zierlich. Deshalb hat die Busenrost wahrscheinlich nichts davon mitgenommen.«

»Na ja«, sagte Gustav, indem er liebevoll einen kleinen Stapel von ordentlich gefalteten, stocksteif gebügelten Baumwollkitteln tätschelte, den jemand auf einem Sessel abgelegt hatte, als sollten die Kittel demnächst in einem der Schränke untergebracht werden. »Die Busenrost hat offenbar trotzdem genug mitgenommen. Jedenfalls hat mir das Riekchen erzählt.«

Gustavs Großmutter war trotz sieben Schwangerschaften und wiewohl sie nie Sport getrieben hatte – so was gehörte sich nicht für eine Dame – immer schlank gewesen. In dieser Familie neigte man nicht zum Dicksein, obschon man gern aß, preußische Küche, Kabeljau mit Senfbutter oder Königsberger Klopse. Aber man wurde nicht dick, dafür hatte man nicht die Konstitution. Leibesfülle war wie Rührseligkeit: ein Zeichen von Schwäche, daher suspekt, daher verboten. »Jedes Pfund geht durch den Mund!« – das war die Parole, mit der man in Gustavs Familie das Urteil über füllige Personen sprach, da konnten die armen Fülligen zu ihrer Verteidigung jedes Drüsenproblem vorbringen, das ihnen einfiel.

Eine Ausnahme bildete allerdings Gustavs älteste Tante Paula, genannt Pümmel. Paula war kurz, blond und schon sehr bald ziemlich kräftig von Statur. Aber Paula hatte auch wesentliche Teile ihrer Jugend essend im Bett verbracht, glaubte man der Familienfama. »Paula?«, pflegte Riekchen zu sagen, »Paula hat sich ihren Dostojewski gegriffen, einen Kanten Krustenbrot, eine Tafel Hamann-Schokolade und ein Glas Milch und verschwand nach oben auf ihr Zimmer. Während unsere Eltern sich bei ihren ehelichen Auseinandersetzungen im Erdgeschoß durch die Glastüren drückten oder meine Mutter beispielsweise betrunken vor der Kellertreppe lag. Und die Hälfte des Kantens endete dann bei Paula verkrümelt *unter* dem Bett. Von der Schokolade fand man natürlich *gar nichts* mehr.«

Inzwischen lebte Paula in Köln, zusammen mit vier Fernsehern. Sie führte eine Arztpraxis in der benachbarten Stadt Leverkusen. In Gustavs Familie war man sich einig, dass man sich von Pümmel selbst in einem Fall akuter Lebensgefahr lieber nicht behandeln lassen würde. »Für die Bayer-Belegschaft in Leverkusen mag sie gerade richtig sein«, erklärte Riekchen, »aber ich würde sie *niemals* an mich ranlassen. Lieber noch den nächstbesten Kassenarzt!« Zweimal wöchentlich begab sich Paula selbst in Behandlung, zu ihrem Analytiker, einem gewissen Dr. Schleierheber, über dessen Erfolge Pümmel Phantastisches zu berichten wusste, wenn sie nicht gerade mit einer Flasche Rotwein vor ihren vier Fernsehern lag, denn irgendwann war sie von Milch auf Rotwein umgestiegen, woran sich auch nach ihrer Scheidung von einem trunksüchtigen Fernsehredakteur nichts änderte. Doch vorerst genug von Paula, genannt Pümmel. Sie wird schon bald wieder auftreten, und wir werden an ihr einen prominenten

Charakterzug von Gustavs Familie ganz hervorragend exemplifiziert sehen, nämlich einen recht starken Drang, Dinge an sich zu raffen, wahllos und habsüchtig. Man mag so was hässlich finden. Auch Gustav kannte sich immerhin gut genug, um zu wissen, dass ein kräftiger Besitztrieb zu den wichtigsten Organen seiner Seele gehörte. Und er konnte, offen gestanden, nichts Hässliches daran erkennen. Wir müssen allerdings hinzufügen, dass unser Held ohnehin außerstande war, irgendetwas Hässliches an sich selbst zu entdecken. Dies hatte er immer anderen überlassen.

Jedenfalls war Gustav in völlig schmerzlosen inneren Kämpfen (und unter dem Einfluss des Werbefernsehens) zu der Überzeugung gelangt, dass man glücklicher werde mit leblosen Objekten. Dass er zu dieser Überzeugung kam, war kein großes Wunder, denn erstens war er stets von Dingen umgeben gewesen. Und zweitens, jedenfalls in prägbarem Alter, meistens von seiner Familie. Diese Einstellung war wahrscheinlich auch der Grund dafür, dass Gustav sich beim Einkaufen lebendiger fühlte als bei vielen anderen Beschäftigungen. Und dieser materielle Antrieb war schließlich verantwortlich dafür, dass Gustav nun hier stand, mit seiner Schulfreundin Lilli, inmitten des Plunders von Jahrzehnten.

»Schau mal, was ich hier habe«, sagte Lilli und entfaltete eine zimtfarbene Nerzstola, »und ich dachte, deine Großmutter sei eine schwierige und bisweilen bösartige Person gewesen! Wie kann so ein schlechter Einfluss in so einer attraktiven Verpackung stecken? Böse Menschen sollten eine Augenklappe haben oder Narben, damit man sie gleich erkennt.«

»Sie war nicht böse«, sagte Gustav, »du hast sie doch gekannt. Auf ihre eigene Weise hatte sie sogar manchmal den einen oder anderen liebevollen, fürsorglichen Gedanken.«

So also standen Gustav und Lilli inmitten der aufgehäuften Zeugnisse eines kräftigen Besitztriebes – und, da wir den auf Aneignung gerichteten Instinkt erwähnen: Gretel war unterwegs, soeben hatte sie die Potsdamer Chaussee verlassen und näherte sich dem Mexikoplatz, über dem die Nebelschwaden des verblichenen Vormittags zu einer wolligen Wand erstarrt waren, in welche die Scheinwerfer von Gretels leicht abgetakeltem dunkelblauen, kleinen Auto einen qualmenden Trichter zu bohren bemüht waren, doch das Licht der Lampen prallte von den brodelnden Nebelschwaden wie von einem Hohlspiegel zurück und warf Gretels rasenden Schatten in enormer Verzerrung an das Gewölbe der S-Bahn-Brücke am Ende der Lindenthaler Allee. Gretel krallte sich ans Lenkrad. Das unter Automobilisten berüchtigte Zehlendorfer Kopfsteinpflaster war so glitschig, dass ihr von den Stößen des Motors zitternder Volkswagen fortwährend rutschte.

Doch Gretel focht das nicht an, sie brauste heran mit dem Getöse einer überkandidelten Zeichentrickfigur, deshalb war Eile geboten, und wir machen auch gleich weiter mit der Handlung, wir wollten ja im Grunde nur einflechten, dass in Gustavs Familie niemand dick war, außer Paula (die manchmal den Hosenbund nicht schloss, besonders nach dem Essen). Fest steht außerdem, dass Gustavs Mutter geradezu eine Aversion gegen dicke Kinder hegte – doch andererseits hegte Gustavs Mutter zahlreiche Aversionen, zum Beispiel gegen Milch, die in Papiertüten auf den Tisch kam, oder gegen Kinder, die sich in die Angelegenheiten Erwachsener einmischten, oder grundsätzlich gegen Kinder, die älter waren als zwölf (besonders, wenn es sich um Mädchen handelte).

»Findest du, dass dieser Pullover meiner Figur schmeichelt?«, erkundigte sich Lilli, die mittlerweile in einem dunkelgrünen englischen Cashmere-V-Neck vor dem fleckigen Spiegel im Ankleidezimmer stand.

»Wenn der Pullover jauchzen könnte, ich bin sicher, er würde es tun«, antwortete Gustav, »übrigens sind im Schlafzimmer auch noch zwei Schränke. Und im Bügelzimmer etwa vier.«

»Im Bügelzimmer«, wiederholte Lilli, »wo ist das?«

»Auf der anderen Seite der Treppe«, antwortete Gustav, »dort, wo es in die zweite Etage geht.« Und seufzend fügte er hinzu: »Ich war da früher oft, als ich … als ich klein war.«

»Wie bitte?«, machte Lilli, »das ist wohl ein Scherz.«

»Nein«, sagte Gustav, »ich habe Hildchen beim Bügeln zugeschaut und dazu Orangenlimonade getrunken, während Hildchen sich über die seelischen Grausamkeiten beklagte, die ihr von meiner Großmutter zugefügt wurden.«

Gustav und Lilli waren ins benachbarte Schlafzimmer getreten, den größten Raum der Beletage. In diesem Zimmer hatte Gustavs Großmutter ihre letzten Monate verbracht. Was wohl ausreichte, um ihr diese letzten Monate unangenehm zu machen, weil sie das Schlafzimmer üblicherweise tagsüber niemals betreten hatte. Gustav hatte seine Großmutter nur zweimal in ihrem Schlafzimmer angetroffen, nämlich bei seinen letzten Besuchen bei ihr. Das war nicht lange her. Und zu dem üblichen Gefühl von Audienz, das ihn immer befiel, wenn er mit seiner Großmutter sprach, gesellte sich damals ein Unbehagen, das von der Vermutung herrührte, ihren Privatbereich zu verletzen, ihren Sektor des Hauses (den Gustav allerdings oft genug heimlich, in ihrer Abwesenheit, völlig ungeniert betreten hatte). In Gustavs Familie hatte man ein stark entwickeltes Gefühl für Privatbereiche, und so war er erzogen, man kam dem anderen nicht zu nahe, und darüber hinaus war alles, was mit Schlaf und Ruhe zu tun hatte, zum Beispiel die Mittagsruhe oder ein Schlafzimmer, etwas Sakrosanktes. Daran rührt man nur mit Unbehagen. Und mit ebendiesem Unbehagen betrat Gustav nun das verlassene Schlaf- und Todeszimmer seiner Großeltern.

Die Wände, von silbernen Leisten eingefasst, waren mit blasser wasserblauer Seide bekleidet, in die ein Muster aus französischen Lilien gewebt war. Fauteuils und Stühle steckten in großblumigen Überzügen, einer der beiden Kronleuchter in einem Gazemantel. Geisterhaft, wie aufgegebene Vogelscheuchen mit ausgestreckten, abgebrochenen Armen, ragten zwischen dem Mobiliar ein paar größere, halb abgebaute krankentechnische Gerätschaften hervor, zum Beispiel eine Art Gestell, das Gustavs Großmutter geholfen hatte, sich im Bette aufzurichten, um Frau Busenrost, ihrer letzten Pflegerin, Kommandos zu erteilen. Das Bett selbst stand noch da, doch es war abgezogen, und unerklärlicherweise hatte jemand aus dem daneben stehenden Bettgestell des Großvaters Matratze und Bettrost entfernt. Ein Kissenbezug lag zusammengeknüllt auf dem Boden. Zwischen den Betten stand das tonnenförmige Tischchen, auf dessen gelbpolierter Palmenholzplatte zwischen Schlafmitteln und gefährlich schwankenden Bücherstapeln ein paar silbergerahmte Familienfotos umgefallen waren. Gustav stellte sie wieder auf. Eines davon zeigte seine Großmutter lachend in einer Gesellschaft im Musikzimmer. Neben dem riesigen Eisenfuß der Nachttischlampe, der in Form einer korinthischen Säule gebildet war, stand eine Dose Haarspray ohne Deckel. Der Friseur war bis zum Schluss gekommen.

Die Schirmhalterung der Lampe war behelfsmäßig und hochwahrscheinlich feuerpolizeiwidrig mit Klebeband geflickt worden. Sehr gefährlich neben dem Haarspray, dachte Gustav.

Das Zimmer sah kläglich aus. Ein Zimmer, das seinen Bewohner verloren hat, ist etwas Klägliches. Und im Leben spielen sich diese Fälle noch viel grausamer und entsetzlicher ab als selbst in den Bühnenbildern skandinavischer Dramatiker. Im Leben schwindet schließlich jeder Schimmer von Tragik; bloß etwas Entsetzliches und Abstoßendes bleibt. So dachte Gustav, und er achtete nicht darauf, dass just in diesem Augenblick die Sonne in der Kristallfontäne des unverhängten Lüsters ein Prisma aufschlug, welches die Seidentapete für einen Wimpernschlag schillernd aufstrahlen ließ, als wäre sie gerade eben erst frisch aufgezogen worden. Frisches Leben – das zählte nicht. Jedenfalls nicht für Gustav. Derart gleisnerische Effekte scheinen nur dazu zu dienen, Schwermut, Lähmung und Lethargie zu überspielen. So war es immer gewesen in diesem Haus. Man strengte sich an, aber Leben konnte man nur vorspielen.

»Lieber Himmel«, stellte Lilli fest, »das sieht hier aus wie das Koma-Zimmer von Sunny von Bülow.«

»In diesem Haus«, erwiderte Gustav, »ist jedes Zimmer ein Koma-Zimmer.«

Dabei griff er nach einer ganz offensichtlich vor einiger Zeit benutzten Kaffeetasse mit Kurländer Muster, die auf dem riesigen Fernsehapparat stand. Missbilligend setzte er hinzu: »Frau Busenrost hat nicht aufgeräumt.«

»Wo ist sie eigentlich?«, fragte Lilli.

»Wasweißich«, sagte Gustav, »irgendwo zwischen Gotha und Eisenach. Getürmt. Wie es hier aussieht. Jammervoll.

Dabei kommt es mir vor, als sei es erst zwei Wochen her, dass wir unten im Wohnzimmer in den karierten Ohrensesseln saßen, Portwein tranken und Fotos anschauten.«

»Entschuldige bitte«, sagte Lilli, »das *war* vor zwei Wochen.«

5. KAPITEL

Krankenpflege

Lilli hatte recht. In der Tat war es erst ungefähr zwei Wochen her, dass sie und Gustav zum letzten Mal in diesem Haus gewesen waren. Da lebte Gustavs Großmutter noch und wurde von Frau Busenrost versorgt, von Ingelore Busenrost, der letzten Dame in einer langen Reihe von Pflegekräften, die Gustavs Großmutter in ihren letzten Monaten verbraucht hatte. Sie merkte sich die Namen dieser Damen nicht, sondern sprach immer von der jeweiligen »Nurse« oder der »Schwester«, während Gustavs jüngste Tante Friederike – welche die undankbare Aufgabe übernommen hatte, das Betreuungskarussell in Schwung zu halten, indem sie neue Damen organisierte und die verbrauchten mit mehr oder weniger tröstenden Worten entließ – etwas gröber vom jeweiligen »Pflegefeger« redete. Und es dürfte, obschon der Leser Gustavs Großmutter an dieser frühen Stelle der Geschichte noch nicht besonders gut kennt, wohl niemanden überraschen, dass jede der pflegenden Damen ihr auf ihre ganz eigene Art auf die Nerven fiel.

Nun verhielt es sich so, dass Gustavs Großmutter, von der einige ihrer Kinder behaupteten, sie hätte nie im Leben einen Staubsauger angefasst, es stets gewohnt gewesen war, ein paar dienstbare Geister zu kommandieren, wobei sie sich darum bemüht hatte, in den Kommandopausen jenes freundliche, nahezu verwandtschaftliche Wohlwollen an den Tag zu legen, das die Herrschaften der guten alten Zeit für ihre Bedienten empfunden haben mochten. Aber in ihren letzten Tagen befand sie sich weniger in der Rolle der Herrin als vielmehr in jener der Patientin – und in der Patientenrolle war niemand in dieser Familie jemals preisverdächtig gewesen.

Gustav konnte sich noch gut daran erinnern, wie seine Großmutter ihn bei seinem letzten Besuch zu sich ans Bett gewunken hatte, um ihm ins Ohr zu flüstern: »Die fällt mir auf die Nerven«, wobei sie mit dem beringten kleinen Finger ihrer linken Hand in eine Richtung wies, in der Frau Busenrost zu vermuten war. Dazu zog sie die Luft durch die Zähne ein wie bei einem heftigen Nervenschmerz. So entstand ein verächtlicher Laut, den Gustav gut kannte, denn er hatte ihn unzählige Male gehört.

Übrigens lag Gustavs Großmutter gar nicht so falsch, denn die meisten der pflegenden Damen waren in der Tat in der einen oder anderen Richtung ein wenig seltsam gewesen; Frau Busenrosts Vorgängerin etwa, eine hagere, grobknochige Dame mit hennagefärbten Fingernägeln und metallisch glänzendem Lidschatten bis unter die gezupften Augenbrauen – die Dame hatte sich schlechterdings für eine Hexe gehalten und sich mit diesem per se doch eher besorgniserregenden Umstande offenbar fröhlich arrangiert, indem sie es jedem gradheraus mitteilte, ja die wenigen Besucher für Gustavs Großmutter geradezu nach dem Öffnen der Haustüre mit der Ansage überfiel: »Ich bin eine Hexe!«

Dies allein wäre nicht so schlimm gewesen, das hätte man durchgehen lassen können; in Gustavs Familie hielt man einiges darauf, die Leutchen eben so durchgehen zu lassen, wie sie nun mal waren (auch wenn man dazu in Wirklichkeit nur sehr bedingt oder auch überhaupt nicht imstande war). Nein, das allein wäre nicht so wild gewesen, man hätte besagte Pflegehexe etwa bezeichnet und erledigt als »rührend mit einem Hauch Wahnsinn« und sie ansonsten leben lassen, wenn sie nicht eines Tages in einer Art manischem Schub sämtliche Einbauschränke im Erdgeschoß mit einer widerwärtigen, dicken, schokoladenbraunen Farbe überstrichen hätte und obendrein dieselbe Behandlung auch noch der eichenen Haustür angedeihen ließ, worauf sie von Tante Friederike als »beknackte Karbolmaus« tituliert und augenblicklich entlassen wurde.

Gustavs Großmutter griff sich mit gespreizten Fingern an die Schläfen, als ihr von dieser Katastrophe Bericht erstattet wurde.

»Denkmalschutz«, sagte sie und atmete hörbar aus, »dieses Haus steht unter Denkmalschutz. Im Gegensatz zu mir. Gottseidank war es ein Zimmer, das ich nicht benutze.«

Und dann betrat Frau Busenrost die Szene. Eine ehemalige Bürgerin der ehemaligen Deutschen Demokratischen Republik. Eine robuste Erscheinung auf resoluten Beinen. Eine Person, die den Eindruck erweckte, als habe die Natur sie mit besonderer Rücksicht auf ihren Namen geformt, insofern als nämlich Ingelore Busenrost erstens insgesamt nicht mehr taufrisch wirkte und zweitens einen ganz beachtlichen Busen ihr eigen nannte. Überhaupt war alles an ihr üppig, die Oberarme schaukelten, die Wangen hingen vor Überfülle ein wenig herab, ja die gesamte Erscheinung hatte etwas Rötliches, Fleischiges, etwas Form- und Zuchtloses, etwas, man muss es sagen, unterstrichen Unappetitliches. Folgt man der schematischen Konstitutionstypenlehre nach Herrn Kretschmer, wie man das in Gustavs Familie tat (aber nur, wenn es einem passte), so geht mit dem pyknischen Typen, der Neigung zur Fülle, ein sehr gemütvolles Temperament einher –

und gemütvoll war die Busenrost, oh ja. Was vielleicht, wie die Fülle, auch daran lag, dass sie gerne mal ein Gläschen zwitscherte. Oder ein Fläschchen.

Darüber hinaus verfügte Ingelore Busenrost über einen gewellten Matronenscheitel, schwarze, kleine Augen (Kniepaugen, wie man in Gustavs Familie sagte) und ein Lachen wie eine kalbende Kuh. Damit hatte sie Gustav und Lilli bei ihrem Krankenbesuch begrüßt.

»Eine Krankenschwester muss pünktlich sein, sonst ist der Patient tot«, sprach Frau Busenrost, nachdem sie die Haustüre geöffnet hatte, und lachte ihr kalbendes Lachen.

»Lieber Himmel«, flüsterte Lilli und packte Gustav beim Arm, »die hat ja 'ne ganz schöne Fahne!«

6. KAPITEL

Man steht draußen (oder muss Schuhe bei Leiser verkaufen)

Gustav und Lilli kannten Frau Busenrost bereits, als sie Gustavs Großmutter ihren letzten Besuch abstatteten. Denn ungefähr einen Monat vorher hatte der vorletzte Besuch stattgefunden, als es Gustavs Großmutter noch erheblich besser ging, und da waltete Frau Busenrost bereits ihres schauervollen Amtes … Blicken wir also noch einen Augenblick zurück im Strom der Ereignisse und gesellen uns als unsichtbare Zuschauer zu jener vorletzten Visite, die zu einer Zeit stattfand, als sich Gustavs Großmutter in ihrem Schlafzimmer von einem Oberschenkelhalsbruch erholte. Den hatte sie sich zugezogen, weil sie auf dem Treppenabsatz gestürzt war. Sie war gestürzt, denn sie hatte hohe Hacken getragen, wie immer.

Im Anschluss an diesen Unfall empfahl Friederike ihrer Mutter bequemeres Schuhwerk.

»Flache Absätze?«, erwiderte Gustavs Großmutter, »nein danke. Die kann ich tragen, wenn ich alt bin.«

Gustavs Großmutter empfing daraufhin nur noch im Schlafzimmer. Gustav und Lilli wurden bei ihrem Besuch von Frau Busenrost die Treppe hinauf begleitet. Gustav war vorher lange nicht mehr im Haus gewesen, doch er, der Veränderungen schon als Kind gehasst hatte, stellte zufrieden fest: Alles war wie immer. Jedenfalls auf den ersten Blick.

»Du bist treu!«, registrierte seine Großmutter zur Begrüßung. Ob sie das gut oder schlecht fand, war nicht ersichtlich, und Gustav hütete sich, zu fragen.

Sie saß im Schlafzimmer neben der geöffneten Balkontüre in einem karamellfarben lackierten Sessel mit Biedermeierpolster und schneckenförmig aufgerollten Armlehnen. Es handelte sich um eines jener Möbel, in dem Gustav niemals irgendjemanden hatte sitzen sehen.

»Wie geht es Ihnen?«, fragte Lilli artig zur Begrüßung.

»Danke«, erwiderte Gustavs Großmutter, »man dauert. Ich werde gezwungen, einen Stock zum Laufen zu benutzen, ich habe ein Lungenemphysem, und die meisten meiner Freunde sind tot. Aber wenigstens bin ich reich. Im Übrigen haben mir die Ärzte diverse Schmerztabletten verordnet, und jetzt fühle ich mich entschieden besser. In Bezug auf alles, eigentlich. Ich lächle andauernd. Die Leute halten mich schon für verrückt.«

Sie war tadellos zurechtgemacht und trug ein schlichtes olivgrünes Kleid mit Stehkragen. Dazu um den Hals ein seidenes Tuch mit Hahnentritt-Muster. Außerdem trug sie keinen Schmuck, bis auf den üblichen Goldring mit dem ovalen tiefgrünen Smaragd am kleinen Finger, von dem in der Familie das Gerücht ging, dass er eigentlich eine Notfallpillendose war (und jedenfalls war der Ring ein Geschenk von Gretel, das dieselbe später aus der Erbmasse kassierte), und ihre Armbanduhr von Cartier (ein Geschenk von Riekchen, das später Paula kassierte). Und das schwere fünfreihige goldene Armband ums rechte Handgelenk (ging an Gustavs Mutter, die ihrer Mutter niemals Schmuck geschenkt hatte).

Ihre Kleider hatte Gustavs Großmutter meistens bei Zenker am Kurfürstendamm gekauft, früher, als sie noch in die Stadt gefahren war, denn so sagte man in Zehlendorf: »Ich fahre in die Stadt«, und damit meinte man so ungefähr die Gegend vom Wittenbergplatz bis zum Adenauerplatz, eine

Taxifahrt von gut zwanzig Minuten entfernt. Ja, früher war sie regelmäßig bei Zenker einkaufen gegangen, jedenfalls für den sportlicheren, englischen Teil ihrer Garderobe, den Rest kaufte sie im Wesentlichen bei Horn, Kurfürstendamm Ecke Uhlandstraße, das war der Damenausstatter für die Kempinski-Gesellschaft (das Hotel Kempinski befand sich gegenüber). In beiden Geschäften wurde sie mit »Frau Professor« angeredet, was ihr gefiel, und jetzt hatte sie eines dieser Zenker-Kleider an. Sie sah klein und zierlich aus, wie immer, aber nicht schwach, und war, wie gesagt, tadellos zurechtgemacht. Jedenfalls auf den ersten Blick. Auf den zweiten Blick sah Gustav, dass das Kleid ein bisschen fleckig war. Und ein leiser Horror durchfuhr ihn.

»Es ist Frühling«, sagte seine Großmutter mit einem Wink in Richtung Balkontür, »der Garten blüht auf. Ich nicht.«

Die gelbseidenen Vorhänge waren freilich zugezogen und ließen nur einen schmalen Spalt zwischen den geöffneten Glastüren frei. Gustavs Großmutter hatte sich dem Sonnenschein sowieso nie übertrieben ausgesetzt. Dennoch war ihr Teint von Natur aus bronzefarben, was ihre Haut seltsam weich, wie gepudert aussehen ließ. Dies im Gegensatz zum metallischen Glanze ihres anthrazitfarbenen Haares, das das Licht wie ein gewaltiger Insektenpanzer reflektierte. Sie hatte ihr Haar stets glatt getragen. Gelegentlich vollführte sie mit zwei Fingern eine leichte Bewegung entlang der weichen Schläfen, als wollte sie das Haar richten, doch dieser kleine Wink bewirkte nichts und streifte höchstens ein paar Spitzen.

Die Busenrost führte die Bewirtung durch und tischte Kurland-Porzellan auf. Wobei sie erhebliches Geräusch verursachte. Zusätzlich redete die Person unentwegt.

Gustavs Großmutter sagte zu allem, was ihr die Busenrost in leutseligem Tone ans Ohr heftete: »Jaja, wenn Sie meinen …«

Sie äußerte das mit der Herablassung einer Sterbenden, obschon sie damals, bei Gustavs vorletztem Besuch, durchaus nicht am Sterben war – es war dies ein Ton, den sie ihr Leben lang beherrscht hatte, wie überhaupt fast jede Kadenz der Herablassung. Schließlich sagte sie, gewissermaßen abschließend: »Dankeschön.«

Worauf Frau Busenrost sich entfernte.

Gustavs Großmutter atmete hörbar aus.

»Eine entsetzliche Person«, stellte sie fest, »furchtbar dumm, quatscht ohne Ende, geschwollen und töricht, und selbstverständlich so trocken und trivial, wie die Leute sind. Und noch stolz darauf. Sie ist natürlich außerdem viel zu fett.«

Gustavs Großmutter sprach ziemlich leise.

»Ich bin enrhümiert. Und ich habe ein Lungenemphysem«, flüsterte sie und zwang den Besucher, sich zu ihr zu beugen und sich zu konzentrieren, damit er ihr folgen könne. Das gefiel ihr. »Ich habe ein Lungenemphysem« – das hatte sie freilich früher schon immer gesagt, als Gustav noch in diesem Haus gelebt hatte. In jeder beliebigen Lautstärke hatte sie von ihrem Emphysem gesprochen und um jede beliebige Diskussion zu beenden. In Gustavs Familie verfiel man gern ins Dramatische, wenn man gereizt war.

»Eine Person von drei Redensarten«, fuhr Gustavs Großmutter in der Charakterisierung von Frau Busenrost fort und hüstelte trocken, »drei Redensarten, von denen die zwei besten aus der Imbissbudensphäre entnommen sind. Soweit ich das verstanden habe. Irgendwas mit Würsten und deren Enden. Übrigens ist eines sicher: Sobald ich abgekratzt bin, wird sie in irgendeinem Hinterhof meine Organe entfernen lassen und sie nach Osteuropa verkaufen.«

»Na ja«, dachte Gustav, »die Leber könnte man wahrscheinlich nicht mal in Russland loswerden.«

Seine Großmutter indes zog die Luft durch die Zähne und schloss dazu die Augen. Als sie mit ihrer Rede fortfuhr, klang ihre Stimme etwas matter, als ob sie durch einen Schmerz an Kraft verloren hätte.

»Mir fällt alles auf den Wecker«, flüsterte sie, »ich bin die Einzige, die übrig ist. Alle sind – nun ja: tot. Fritz ist tot. Und ich will dir mal was sagen: Jemanden zu überleben, der einem auf Tod und Leben nahestand, das ist eine der heimlichen, nicht festzumachenden Straftaten des Lebens. Die Gesetzesbücher kennen sie nicht. Wie überhaupt die meisten richtigen Straftaten. Was sind schon Gesetze! Aber – ich bin gern allein.«

Gustav betrachtete die Spuren ihres Lippenstiftes am Rand der Kurland-Tasse und war ganz glücklich, dass sich nichts geändert hatte. Seine Großmutter hatte ihm immer deutlich gemacht, dass sie schon vor Ewigkeiten an jener Stelle im Leben angelangt war, wo bereits die Tatsache der bloßen Existenz eine Leistung darstellte. Eine Leistung, auf die man sich auch dann zurückziehen konnte, wenn man sonst nichts vorzuweisen hatte. Man war schließlich immer noch da. Längst sollte man von den Stürmen der Zeit zerzaust am Boden liegen, aber nein, hier stand man, in Bereitschaft, gestützt auf ein riesiges Schwert, stahlgepanzert von der Sohle bis zum Haupte, stark wie eine Festung, und harrte seiner Zeit, atmete dann und wann hörbar aus und ballte dann und wann die Faust, wie jener römische Soldat, dessen Gebeine man vor einem Tor in Pompeji gefunden hatte, der gestorben war, weil man beim Ausbruch des Vesuv vergessen hatte, ihn abzulösen. Man blieb auf seinem Posten, auch bei Vulkanausbrüchen, und auch wenn es sich bei diesem Posten um einen karamellbonbonfarbenen Biedermeiersessel mit lächerlichen Schneckenarmlehnen handelte.

»Von elf bis vierzehn Uhr lese ich Zeitung«, erklärte Gustavs Großmutter, und das war im Wesentlichen alles, was sie zur Gegenwart sagte. Sie ließ auch nicht das Bedürfnis erkennen, von dem, was draußen in der Welt vorging, etwas zu hören. Genauso schwieg sie zur Vergangenheit. Sie existierte einfach, durch die Zeiten hindurch, sie war die letzte Überlebende und konnte sich das Schweigen erlauben. Aus irgendeinem Grund aber erwähnte sie nun ihren Aufenthalt im Polizeigefängnis am Alexanderplatz, worüber sie sonst nie geredet hatte, und als Gustav die Gelegenheit nutzte, sich nach den Einzelheiten zu erkundigen, da berichtete sie den Sachverhalt in knappen Worten: Jüdische Freunde, selber nicht in der Partei, dem System verdächtig, da sei man eben mal interniert worden, und übrigens sei die Sache damals verschärft worden durch ihre Neigung zur Direktheit, dies sei nun mal ein Zug von ihr, ein Charakterzug, den nebenbei auch ihr Ehemann, Gustavs Großvater, beständig kritisiert habe. Doch so sei es eben. Und Direktheit möge sich vielleicht nicht empfehlen im Umgang mit Despoten oder Dummköpfen oder Ehemännern, aber, es tue ihr leid, sie könne das nicht ändern. So sprach Gustavs Großmutter, wobei sie die Gewohnheit hatte, die Satzenden gleichsam mit gespreizter Hand von sich zu stoßen. Der beringte kleine Finger stach dabei in die Luft. Gustav wusste selbst nicht genau, woher er den Mut genommen hatte, sie überhaupt nach dem

Gefängnisaufenthalt befragt zu haben, was er sich zum ersten Mal getraut hatte, mit dem deutlichen Gefühl, eine Verfehlung und Übertretung zu begehen. Andererseits vermutete er: Das mit dem Gefängnis ging gerade noch. Sich nach ihren Aufenthalten in der Nervenheilanstalt zu erkundigen, hätte er niemals gewagt. Fragen nach ihrer Trunksucht, ihrem Gehirntumor, ihrer Epilepsie und Entmündigung lagen gleichfalls vollkommen außer Reichweite. Gustav wusste wenig von seiner Großmutter.

Übrigens habe ihr Ehemann, so fuhr diese fort, sie gelegentlich sogar als taktlos bezeichnet.

»Mein Mann war immer so schrecklich diskret und ideal,« sagt sie, an Lilli gewandt, die verstehend nickte, »aber ich für mein Teil, ich bin anders und nehme die Welt, wie sie ist … oder wie sie mir passt. Jedenfalls habe ich für Umständlichkeiten gar kein Organ. Vielleicht ist das ein Mangel. Denn das Manierierte und Gezierte hat wohl manchmal das, worauf es ankommt, will sagen: den Charme. Schon die beliebte Wendung *rätselhafte Frau* spricht dafür; eine Frau, die nicht rätselhaft ist, ist eigentlich gar keine, womit ich mir persönlich freilich eine Art Todesurteil ausspreche. Denn ich bin alles, nur kein Rätsel. Aber am Ende ist man, wie man ist, und so muss ich dies Manko zu verwinden suchen …«

Sie kicherte heiser. Um gleich anschließend mit ernster Miene zu erklären, dass nun allerdings Taktlosigkeit zweifellos viel unerträglicher wäre als Direktheit. Und sie sei eigentlich bis heute nicht ganz sicher, was für ihren Ehemann schlimmer gewesen sei: Als sie damals auf der Polizeiwache am Alexanderplatz verlangt hatte, die sollten das Hitlerbild von der Wand nehmen – oder dieser Vorfall rund dreißig Jahre später, als sie sich beim Regierenden Bürgermeister (dessen Gattin eine Patientin ihres Mannes gewesen war) eine helfende Hand erbeten hatte, weil sie beim Abendessen Schwierigkeiten mit dem Hummer hatte.

Gustav kannte die Geschichte mit dem Hummer. Wie jedes Mitglied seiner Familie, so hatte auch seine Großmutter ein paar Stücke im Programm, die sie gern wiederholte, ewige Repertoirestücke sozusagen.

»Friederike und Paula sind meine klügsten Töchter«, stellte Gustavs Großmutter in dieser Art jetzt fest und streckte die Hand nach einem Ingwerstäbchen aus, freilich ohne eines zu nehmen. Gustavs Großmutter hatte nie an die konventionelle Ansicht geglaubt, dass Eltern alle ihre Kinder gleichermaßen schätzten (besonders, wenn die Eltern sieben Kinder hatten), von Liebe ganz zu schweigen – das gehörte zu den Lügen, mit denen kleine Leute ihr Leben verstanden, es sich zurechtbogen, es sich erträglich machten. Sie selbst stellte hingegen ungeniert und andauernd Vergleiche und Rangfolgen ihrer Nachkommenschaft auf.

»Gretel allerdings«, fuhr Gustavs Großmutter fort, »also – Gretel und Geld, das kannste in *einem* Atemzug nennen! Gretel wollte deinen Großvater ausnehmen; ihretwegen hat dein Großvater auf irgendeines seiner Häuser eine Hypothek aufgenommen – überhaupt wollten eigentlich *alle* deinen Großvater ausnehmen. Auch dein Onkel Julius.«

Hier ließ sie einen effektvollen kleinen emphysematischen Keucher vom Stapel, während sie das Satzende mit gespreizter Hand verscheuchte. Der beringte kleine Finger stach dabei in die Luft.

»Na ja«, sagte sie dann, indem sie plötzlich den Tonfall wechselte und gleichmütig klang, »nur keine Entschuldigungen. Und am wenigsten für das. Alles ist heutzutage so nüchtern, dass ich immer froh bin, mal einer Aufregung zu begegnen; Aufregung kleidet besser als Indifferenz, und jedenfalls ist sie interessanter. Was meinst du dazu, Gustav?«

Gustav sah verlegen vor sich hin; etwas dagegen sagen ging nicht und zustimmen noch weniger. Stattdessen hatte er sich angewöhnt, bei derartigen Feststellungen seiner Großmutter vollkommen regungslos dazusitzen und mit einem fremden und verhangenen Blick irgendetwas Harmloses, beispielsweise eine Götterfigur in der Tapete, zu betrachten. Oder das wagenradgroße Bouquet aus langstieligen, aschefarbenen Rosen, das in einer Bodenvase aus preußischem Porzellan arrangiert war, etwa zwei Meter von ihm entfernt. Jemand musste diese Blumen geschickt haben, denn seine Großmutter pflegte sich selbst niemals Blumen zu kaufen. »Ich mache mir nicht viel aus Blumen«, lautete ihre Standardauskunft. Wahrscheinlich kam das Bouquet von Frau Hornschildt, die das Vermögen verwaltete. Übrigens waren besagte Blumen gar nicht so harmlos, denn wie Gustav jetzt feststellte, besaßen diese aschefarbenen Rosen eine seltsame und recht schauerliche Eigentümlichkeit: Sie dufteten nicht. Nein, halt, sie dufteten allerdings, aber aus unbekannten Gründen war es nicht Rosenduft, was sie ausströmten, sondern: Moder.

Davon irritiert, erwiderte Gustav: »Hört sich gut an!« – und sprach sogleich von etwas anderem.

Aber das klappte nie bei ihr.

»Da wir von Kindern reden«, unterbrach sie ihn, »was macht dein Bruder … Dings?«

Gustav folgte der auffordernden Bewegung ihrer beringten Hand und gab im Übrigen keine Antwort; erstens, weil er wusste, dass keine erwartet wurde; zweitens, weil er selbst gerade nicht so genau im Bilde war, was irgendeiner seiner beiden Brüder augenblicklich im Einzelnen machte oder nicht machte. Gustav kam nämlich nicht oft mit seinen Brüdern oder Eltern in Berührung – und wenn ein solches Beisammensein sich aufgrund der Konvention ergab, so verlief es ohne Gefühlswallungen, unter allgemeinen Erkundigungen und artigen Antworten, während es sich im Ganzen darum handelte, wie man auf ansprechende Art mit einer Teetasse voll Milch (oder Wodka) in einem Fauteuil säße.

Gustavs Großmutter hatte in der Tat keine Antwort erwartet, sondern wandte sich stattdessen ziemlich abrupt Lilli zu. Gustav hatte sie zu diesem Besuch mitgenommen, weil er sicher sein konnte, dass die Anwesenheit einer dritten, nicht zur Familie gehörenden Person einen disziplinierenden Effekt auf seine Großmutter haben würde. Lilli hatte sich also füglich darauf beschränkt, nach einigen einleitenden Höflichkeitsformen stumm und anmutig dazusitzen und ab und zu einen Schluck Kaffee zu konsumieren. Denn so war es verabredet. Es war dies eine Rolle, die Lilli in Vollendung ausfüllte; sie war die perfekte Begleitung für derartige Anlässe, da sie selbst eine solide Erziehung genossen hatte und somit befähigt war, einerseits auf ansprechende Art mit einer Teetasse voll Milch (oder Wodka) in einem Fauteuil zu sitzen, andererseits aber, falls dies erforderlich oder verlangt war, immer über irgendetwas zu reden vermochte.

Nun jedoch wandte sich Gustavs Großmutter an Lilli mit der Frage: »Wie sagten Sie, war Ihr Name?«

»Elisabeth.«

»Fein. Wie war Ihre Reise?«

»Ich komme aus Zehlendorf«, antwortete Lilli, »das heißt: Ich habe eine Wohnung in der Stadt, aber gegenwärtig bin ich wieder für ein paar Tage im Hause meines Vaters.«

»Was macht Ihr Vater?«

»Mein Vater ist Internist.«

Das war akzeptabel.

»Und Sie selbst? Was machen Sie?«

»Ich bin Schuhverkäuferin bei Leiser«, erklärte Lilli seelenruhig.

Daraufhin passierten drei Sachen gleichzeitig: Gustavs Großmutter erstarrte für eine Sekunde, die Busenrost hustete rasselnd und ungesund nebenan im Ankleidezimmer (wo sie offenbar lauschte), und Gustav lachte kurz und nicht sehr leise. Wofür er einen strafenden Blick seiner Großmutter kassierte. Sie fuhr sich blitzschnell mit dem kleinen Finger ihrer linken Hand über den Mundwinkel und blitzte ihren Enkel böse an. Gib acht, Gustav, du greifst in Heißes, verbrenn dir nicht die Finger!

»Das war bloß ein Scherz«, erklärte Gustav hierauf eilig, »Lilli ist meistens sehr lustig, weißt du.«

Gustav hatte nämlich gerade zuvor, auf dem Wege zu seiner Großmutter, Lilli erzählt, dass sein Großvater früher, wenn eine seiner Töchter nicht mehr in die Schule hatte gehen wollen, dem fraglichen Kinde stets nüchtern zu eröffnen pflegte: »Gut, sehr schön, wenn dir nicht danach zumute ist, dann gehst du eben nicht mehr in die Schule. Was soll's! Dann gehen wir morgen zu Leiser am Tauentzien und melden dich als Verkäuferin an.«

Das hatte immer gewirkt. Denn das war der Albtraum: Schuhverkäuferin bei Leiser; das stand etwa auf einer Stufe mit den Zigeunern im grünen Wagen.

»Ich finde das nicht sehr amüsant«, stellte Gustavs Großmutter mit steinerner Miene fest. »Ich will nicht negativ klingen – und das sollte ich auch nicht, weil ich ungefähr sechs verschiedene Pillen dagegen einnehme –, aber ich kann daran nichts komisch finden.«

Worauf sie sich wieder Lilli widmete.

»Ihre Mutter ist gestorben, wie ich hörte. Nun sind Sie also die einzige Frau in Ihrer Familie. Da tragen Sie eine ziemliche Verantwortung.«

»Was für eine Verantwortung?«, erwiderte Lilli erschrocken, »ich hab doch keine Verantwortung!«

»*Deine* Mutter hingegen«, fuhr Gustavs Großmutter fort, nun wieder an ihren Enkel gewandt, »deine Mutter ist ein Fall für sich. Sie hält deinen Vater klein. Dein Vater ist eine patente Person, nein wirklich, eine *pa-ten-te* Person – aber er wird von deiner Mutter ganz schön rumkommandiert. So was ist doch merkwürdig. Findest du nicht?«

Gustav wurde einen Augenblick verlegen, weil er glaubte, das alles sei mit einer gewissen Absicht gesprochen, was aber nicht der Fall war. Seine Großmutter hielt nur einen ihrer kleinen grundsätzlichen Vorträge, zu denen sie überhaupt manchmal hinneigte. Dabei nannte sie Gustavs Vater *patent*, weil er, obschon von Hause aus Jurist, eine sehr ausgeprägte praktische Ader hatte und es liebte und erholsam fand, kleine und größere Unterhaltsarbeiten im Haushalt selbst durchzuführen. Für Gustavs Großmutter war ihr Schwiegersohn *patent*, wobei sie großzügig unterschlug, dass er ihr in den sechziger Jahren wenn nicht gerade das Leben gerettet, so doch sicherlich ein paar Platzwunden erspart hatte, denn meistens war er es gewesen, der dazwischenging, wenn ihre ehelichen Auseinandersetzungen sozusagen handwerklich wurden –

wobei übrigens Gustavs Großmutter selbst in den Handgreiflichkeiten ihrem Ehemann durchaus nicht nachstand, im Gegenteil: Sie hatte meist die schwereren Wurfgeschoße eingesetzt. Jetzt aber nannte sie ihren Schwiegersohn *patent*, so wie sie für jeden Schwiegersohn (und überhaupt die meisten Menschen) eine Ein-Wort-Kennzeichnung parat hatte. Und in diesem einen Wort mischten sich Anerkennung und Geringschätzung auf eine ganz eigenartige und variable Weise. Gustav fragte sich manchmal, welche Vokabel sie für ihn reservierte.

»Ja, das ist merkwürdig, nicht wahr, aber vielleicht geht es nicht anders«, so hatte sie weiter gesprochen, während wir hier diese kleine Reflexion eingeschaltet haben, »die Leute müssen sich ergänzen. Keine Verbindung ist so heikel wie die durch gemeinsame Schwächen. Ich weiß, wovon ich rede.«

Und mit einem kleinen Knall schlug das schwere fünfreihige goldene Armband gegen den Rand der Kurland-Kaffeetasse.

»Höherstehende Naturen, zu denen ich auch deine Mutter rechne, Gustav, was übrigens recht großzügig von mir ist … höherstehende Naturen interessieren sich ja auf Dauer nur für jene Allianzen, welche die eigenen Unzulänglichkeiten und Verzagtheiten gutzumachen versprechen und so das Leiden abwehren. Und deine Mutter *verabscheut* das Leiden. Wir sind alle ziemliche Mimosen, nicht wahr?«

Hier kicherte sie heiser und pausierte für einen effektvollen kleinen Moment. Aber nicht so lange, dass Gustav die Gelegenheit gehabt hätte, das Wort zu ergreifen. Stattdessen führte seine Großmutter rasch ihre bronzefarbene Hand vor den Mund und verbesserte ihr Lachen, stellte es gleichsam richtig durch ein trockenes, emphysematisches Hüsteln.

»Deine Tante Gretel zum Beispiel«, fuhr sie daraufhin fort, wobei sich ihre Miene schlagartig verfinsterte, »Gretel hat seit Jahren einen *Lover.*«

Sie benutzte tatsächlich dieses Wort und verzerrte dazu das Gesicht. *Lover* klang aus ihrem Munde viel tadelnswerter und verächtlicher als »Liebhaber«, und Gustavs Großmutter benutzte diesen Ausdruck zugleich zur Kennzeichnung und Verurteilung von gewissen Kreisen, Gretels Kreisen: der Sphäre von Unterhaltungsindustrie und Privatflugzeugen, Reitstunden und Aufputschmitteln, kurz: zur Kennzeichnung und Verurteilung von allem, was Gustavs Großmutter meinte, wenn sie von »München-Bogenhausen« redete, wo Gretel residierte, oder überhaupt, kurz und summarisch: »München«. München – wer dort wohnte, war oder wurde ein Bourgeois, Bohemien oder ein Parvenu, also so ziemlich das Schlechteste, was einer sein konnte; irgendetwas außerhalb der bürgerlichen Gesellschaft. Unkonventionelles Milieu, ungebundenes Künstlertum, unbekümmerte und leichtlebige Naturen, Libertinage. Gustavs Onkel Julius war zum Medizinstudium nach München gegangen und dort in ein unkonventionelles Milieu geraten, indem er nämlich in diese Kommune gezogen war, zusammen mit Frau Obermaier und anderen unorthodoxen Existenzen, das war damals unerhört, und alsbald war Julius auf Kommunen-Fotos in einer großen deutschen Illustrierten zu sehen, und dies hatte Gustavs Großvater beinahe eine Herzattacke beschert. Später war Julius nach Hamburg übersiedelt, hatte allerdings noch jahrelang die Telefonrechnungen von Fräulein Obermaier und Konsorten zu bezahlen, weil der Münchner Anschluss auf seinen Namen lief und Julius den natürlich nicht abgemeldet hatte, *natürlich*, sagte Gustavs Großmutter und atmete hörbar aus. Julius selbst sei dies *natürlich* gleichgültig gewesen, so sei er eben, er habe sich sogar noch darüber amüsiert, dass bei ihm in Hamburg die Pfandsiegel klebten wegen Uschi Obermeiers Gesprächen nach Übersee, denn Julius habe auf dem Standpunkt gestanden, man könne einen Plattenspieler ja noch benutzen, ob nun ein Pfandsiegel dran sei oder nicht. Julius' Schwester, Gustavs Tante Charlotte, genannt Tutti, war ihrem Bruder seinerzeit nach München gefolgt und lebte in besagter Kommune mit einem Ornithologen zusammen, den sie dann trotz vielfacher Warnungen ehelichte. Der Grund dieser Warnungen war nicht der Ornithologe, den Tutti schon seit Schultagen kannte, sondern der Umstand, dass Tutti bereits zur Zeit der Heirat eine alte Liaison mit einem angehenden Zahnarzt wieder hatte aufleben lassen, der seinerseits bereits verheiratet war.

»Kommunenzustände«, sagte Gustavs Großmutter dazu, hörbar ausatmend, »*München.*«

Tuttis erste Ehe dauerte dann auch in den Worten ihrer Mutter »nicht mal so lange wie ein durchschnittlicher Spielfilm«. Worauf Tutti sich scheiden ließ und den Zahnarzt heiratete.

»Heute verbringt Charlotte ihre Zeit auf dem Golfplatz«, stellte Gustavs Großmutter fest, »hosentragend.« Gustavs Großmutter war ihresteils der Auffassung, dass Hosen für Damen höchstens vor sechs Uhr akzeptabel waren, und zwar für folgende Aktivitäten: a) Ausführen des Hundes, b) Arbeiten im Garten, c) Aufenthalt auf einem Segelboot. Diese Liste war abschließend.

So viel fürs Erste zu München. Dort also hatte Gustavs Onkel Julius gelebt sowie seine Tante Tutti; dort hatte Gustavs Tante Gretel nach ihrer Scheidung ihren zweiten Mann

Luipold kennengelernt, der aus einer begüterten oberbayrischen Familie stammte, die ein paar Steinbrüche besaß (von Gretels erstem Mann werden wir später noch hören). Übrigens unterhielt Luipold, bevor er sich mit Gretel einließ, ein kurzes Techtelmechtel mit der damaligen Verlobten von Julius – Kommunenzustände eben. Alles, was Gustavs Großmutter sonst noch dazu zu sagen hatte, war: »Dadurch wird man auch nicht interessanter.« Und gleichgültig, ob sie die Einzelheiten kannte oder nicht, sie unterschätzte, vielleicht mit Absicht, die Macht und Wirkung jenes Keims, den sie selbst gesetzt, jenes Vorbilds, das sie selbst gegeben hatte.

»Ich glaube nicht, dass Julius damals in München ein einziges Mal zu spät in der Klinik erschienen ist«, sagte Riekchen, »obschon er sich die Seele aus dem Leib gekifft haben dürfte. Aber morgens stand er in der Klinik und tat Dienst. Mit dieser Disziplin, die wir ja alle haben. Wir wurden erzogen, unsere Pflicht zu tun und jeden Tag durch Arbeit zu rechtfertigen.«

Die Saat war aufgegangen. Zwar lebte man eventuell zwischenzeitlich in einer multisexuellen Kommune, trat, wie Gustavs Tante Franziska, genannt Zissel, in die Kommunistische Partei ein (und wieder aus), schleuderte Farbbeutel gegen Bankgebäude, ja vielleicht verließ man sogar vorübergehend den bürgerlichen Kunstbegriff oder erschien unfrisiert am Frühstückstisch – aber es endete damit, dass man einen Zahnarzt heiratete und Einkaufszettel schrieb, deren strategische Systematik Großadmiral von Tirpitz beeindruckt hätte. Denn man war ein Mensch von Erziehung, man trug saubere Wäsche und einen heilen Anzug und hatte sich abzufinden mit der Einsamkeit und Ausgeschlossenheit vom Glücke, von der Bummelei des Glücks, anstelle deren man sich sein Glück erarbeitete und verdiente durch ein ausschließliches und strenges Auf-die-Leistung-gestellt-sein. Ordnungssinn und Selbstbeherrschung, Distanz und Anstand, Ehrgeiz und Maßhaltung wurden diesen Kindern zum vererbten Instinkt, ein bisschen wider die eigene Natur, deren Weichheit und Müdigkeit man Tag für Tag niederkämpfe mit Selbstzucht und Drill. Und dann und wann auch mit einem Schluck Scotch. Denn da gab es noch ein anderes Erbteil, und darauf schauten die Eltern genau: eine nervöse Lässigkeit, Lassheit, ein Was-soll-schon-sein, eine Neigung zu Genuss und Tingeltangel und zum Ohne-mich, zu den Zigeunern im grünen Wagen, eine Inklination, die sich durch die Familie zog und sich betrüblicherweise tendenziell von Generation zu Generation verschärft hatte, indem sie sich allerdings bei den einzelnen Mitgliedern jeder Generation recht unterschiedlich ausdrückte. Was Gustavs Großmutter anging, so wusste sie doch immerhin ziemlich genau, was Kommunenzustände waren, denn sie hatte in den letzten Jahren der Weimarer Epoche in Berlin in den großen Cafés und modischen Tanzlokalen verkehrt, in der Gesellschaft von ruiniertem Adel, verabschiedeten Generälen und runtergewirtschafteten Industriekapitänen. Dazwischen Künstler ohne Engagement und Kokainisten von anrüchiger Eleganz, geschminkt und grausig abgelebt, kurz: die Nachtgänger der Großstadt, widrigelegantes Gesindel, wie Gustavs Großvater es nannte. Seine Frau hielt dagegen, dass es nur bedeutete, alle Geselligkeit mit Stumpf und Stiel auszurotten, wenn man jeden Menschen erst verpflichten wollte, sein Leumundszeugnis beim Portier vorzuweisen.

Übrigens residierte Tante Gretel immer noch in München, in München-Bogenhausen, einem Ortsteil, der, man weiß es, mit Kommunenzuständen rein gar nichts zu tun hat – wenn es sich auch inzwischen bei der Residenz um eine Ein-Zimmer-Wohnung handelte, denn Gretel war mittlerweile gesellschaftlich mehrere Etagen abgestiegen, und die Sphäre der Privatflugzeuge war längst nicht mehr die ihre. Wodurch die Arme auf Seiten ihrer Mutter auch nicht mehr Entgegenkommen fand, im Gegenteil. Gustav erinnerte sich daran, wie seine Großmutter einmal beim Mittagessen zu ihm gesagt hatte: »Nach der Anschauung meiner Kreise ist man gesellschaftlich gescheitert, wenn man nur mit einem Schritt die Bahn verlässt, die durch Geburt und Besitz vorgezeichnet ist.« Und wenn es auch damals für Gustav nicht genau ersichtlich gewesen war, welche Haltung seine Großmutter zu jener Auffassung einnahm, so schien doch für ihn festzustehen: Sie war nicht fähig, eine Schwäche zu entschuldigen, ein Zugeständnis auch nur zu begreifen. Immer hart auf hart. So schien sie zu verfahren, ihre eigene Zartheit und Schwäche verachtend und daran glaubend, dass die Kraft und das starke Glück auf Erden im Rechte sind. Andererseits war sie nicht zimperlich, wenn auch sie selbst hart angefasst wurde. Niemals nachtragend. Aber ohne Vergebung. Unglück war peinlich.

»Und dieser Lover war auch noch Gretels Trauzeuge, als sie Luipold heiratete«, fuhr sie fort, wobei zwischen ihren Augenbrauen zwei senkrechte Furchen standen, ein familiäres Erbteil, manchmal, wie jetzt, von einem Überdruss vertieft und nachgezogen, »und Luipold war ja nun auch schon ihr zweiter Ehemann. Was Gretel übrigens ihren Kindern nie erzählt hat. Dass sie vorher schon einmal verheiratet war, meine ich. Was es doch für sonderbare Neigungen und Glücke gibt. Na ja, bitte sehr, mir soll's recht sein. Dadurch wird man auch nicht interessanter.«

Anschließend verlangte sie, sich ein wenig hinzulegen.

»Ich muss mich entschuldigen«, erklärte sie, mit einem Seitenblick zu der reglos und unschlüssig im Türrahmen verharrenden Frau Busenrost, »in etwa dreißig Minuten werden mir unzählige Pillen in den Schlund gezwungen. Und bis dahin muss ich mich auf mein Bett legen und die Uhr anstarren.«

Besuche hatten bei ihr nicht länger als eine Stunde zu dauern; das war schon immer so gewesen. Gustav kannte ihre Art, Besucher hinauszukomplimentieren, wobei sie oft genug völlig ohne Komplimente auskam. Stattdessen verstand sie es, dem zu erledigenden Gast das Gefühl zu geben, er habe seine Zeit aufgebraucht, danke schön, und im Übrigen solle er dankbar sein, denn draußen wartete schließlich noch eine endlose Schlange von Menschen auf ihre Audienz. Wenn Gustavs Großmutter jemals in ihrem Leben mit irgendeiner beliebigen anderen Person (außer ihrem Ehemann) auf eine einsame Insel verschlagen worden wäre – nach einer Stunde hätte sie es geschafft, bei ihrem Mitgestrandeten genau dieses Gefühl zu wecken. In manchen Belangen war sie meisterhaft.

Nun erhob sie sich aus dem karamellfarben lackierten Sessel, und Frau Busenrost, die sich bei Beginn dieses Vorgangs zu ihrer Linken postiert hatte, hielt ihr einen Krückstock entgegen. Welchen Gustavs Großmutter mit einer energischen Bewegung zur Seite wischte.

In diesem Moment wurde Gustav bewusst, dass er seine Großmutter nie wieder in diesem Sessel sitzen sehen würde. Bisweilen überkommen ja auch ein nüchternes Gemüt solche Gedanken, und Gustav war nicht mal ein nüchternes Gemüt. Er rief sich innerlich zur Ordnung, indem er sich vergegenwärtigte, was seine Großmutter gesagt hätte, hätte er ihr diesen Anflug mitgeteilt. »Was fällt dir ein«, wäre die verweisende Antwort gewesen. »Und nun wirst du auch noch pathetisch«, hätte sie gesagt, »das ist die richtige Ergänzung.« Und nichts anderes war das hier: Ein pathetischer Gedanke. Das lag bestimmt an dem Rosenmoder.

»Danke«, krächzte Gustavs Großmutter der Busenrost entgegen, »freundlichen Dank, meine Liebe! Die Krücke kann ich benutzen, wenn ich alt bin.«

Gustav reichte ihr den Arm, was ihr gefiel.

»Du musst wissen«, flüsterte sie, als er sie zu dem rechten der beiden schmalen Mahagoni-Betten mit den hohen Enden führte, »ich geniere mich mit der Krücke auf der Straße.«

Dann sagte sie: »Auf Wiedersehen.« Und indem sie der ins Ankleidezimmer entschwindenden Frau Busenrost einen missvergnügten Blick hinterherwarf, setzte sie hinzu: »Wenn mich der Todesengel nicht an die Anatomie verkauft. Na ja. Was soll's. Ich hänge nicht besonders am Leben.«

Ob sie in dem Punkt ganz aufrichtig ist, dachte Gustav; mit seinem für jede ihrer Schattierungen in Stimme und Tonfall geschulten Ohr glaubte er eine leise Übertriebenheit in der Beteuerung herauszuhören, die auf ein verhehltes Anderswissen schließen ließ. Jedoch tat er natürlich, als hege er nicht den leisesten Zweifel. Schließlich hatte seine Großmutter ihm gegenüber stets zum Ausdruck gebracht, dem Leben nicht mit ungebrochener Begeisterung gegenüberzustehen. Und schließlich hatte für Gustav bei diesem Besuch alles so zu sein, wie es stets gewesen war. Dafür stand dieses Haus. Dafür stand seine Großmutter. Sie lebte weder in der Gegenwart noch in der Vergangenheit (und in der Zukunft schon gar nicht) – aber wo lebte sie? Schwer zu sagen, jedenfalls für unseren Helden. Die einfache Antwort lautete: Sie lebte hier in diesem Haus, in einer Blase, wie viele reiche Leute. Gustav konnte vielleicht nicht besonders gut mit Geld umgehen, aber er wusste: Der bestmögliche Nutzen von Geld lag darin, sich von der Welt zu distanzieren. So machte es ihm seine Großmutter vor, in diesem Haus, auf einer Klippe, scharf und kantig und eisig. Was immer die Stadt durchgemacht hatte, hier brandete es ab. Was immer die Welt für störende Ansprüche erhob, sie brandeten ab. Hier saß man, auf einer Klippe, in einem karamellfarbenen Sessel mit schneckenförmig aufgerollten Armlehnen, und aß trockene Ingwerstäbchen und behauptete, nicht besonders am Leben zu hängen. Während man die Untüchtigen verurteilte. Und die Parvenus. Man bekam vielleicht Tumore und die Fallsucht, man wurde vielleicht von verrückten Diktatoren ins Gefängnis geworfen, doch letztendlich graute es einem nur vor einem: der Schuhverkäuferin bei Leiser.

Das war Gustavs Welt, das war Zehlendorf, der Westen Berlins, wo er sich einigermaßen auskannte, eine friedliche, bürgerliche Gegend, jedenfalls abschnittsweise, jedenfalls in jenen Teilen Zehlendorfs, wo die Gärten so groß waren, dass man seine Nachbarn nicht sah, und der Nachbar dieses Hauses war der Präsident der Bundesversicherungsanstalt, wie Gustav zufrieden rekapitulierte. So sah es aus, und Gustav war perfekt einverstanden mit dieser Umgebung, Gustav, der dieses Haus als sein Zuhause betrachtete, weil in seiner Welt jeder Mensch ein Zuhause haben musste und er kein anderes sich vorstellen konnte.

7. KAPITEL

Die letzte Party

So war also der vorletzte Besuch verlaufen, und schon damals hatten Gustav und Lilli eingepackt. Nach der Audienz bei Gustavs Großmutter hatten sie sich ins Erdgeschoß begeben, mit folgendem Plan: Lilli würde die Busenrost ablenken, die irgendwo, wahrscheinlich in der Küche, herumwirtschaftete, und Gustav, der sich hier auskannte, würde einpacken. Im Augenblick nur die Preziosen, kleinere Kostbarkeiten, die man ohne viel Aufhebens und merkliche Lücken würde wegschaffen können. Zu diesem Zweck hatte Lilli extra die größte Handtasche mitgenommen, die sie besaß, ein monströses Stück aus dem Fundus ihrer Mutter, ein wahres Fluchtutensil, aus grobem englischem Stoff und mit Bambusbügeln. Lilli öffnete den Metallverschluss der Monstertasche und stellte sie auf die kleine Biedermeierbank neben dem hohen Spiegel zur rechten Seite der Haustür.

»Da ist was drin«, bemängelte Gustav – mit einem scharfen Blick, »ich hatte dir doch gesagt, du sollst die Tasche leer mitnehmen!«

»Entschuldige mal«, entgegnete Lilli, »aber ich gehe nicht aus dem Haus ohne Lippenstift und Blutgruppenausweis. Man weiß ja nie, was einem zustößt.«

»In der Tat«, sagte Gustav, der dabei war, einen noch prüfenderen Blick in die Tasche zu werfen, »und dann haben wir hier noch: Bingokarten, eine Tüte mit Dörrobst, eine Stange Siegellack, ein Messer. Sowie ein Büchlein mit dem Titel *101 Witze zum Zeitvertreib auf der Toilette.*«

»Wie ich schon sagte«, erklärte Lilli, »es gibt ja immer das Problem, dass man nie genau weiß, was ist.«

Gustav und Lilli fanden Frau Busenrost in der Küche. Die Küche war vom Korridor getrennt durch eine Wand, deren obere Häfte aus einer Front von Glasscheiben bestand, so dass man immer sehen konnte, wenn jemand dort am Wirtschaften war. Nun wirtschaftete Frau Busenrost in der Küche allerdings durchaus nicht. Was sie tat, war vielmehr unklar. Sie saß einfach vor der Arbeitsplatte aus gewachstem Eichenholz, direkt unter dem an der Wand angebrachten Kasten, der ein Überbleibsel aus jenen Zeiten war, als man im Hause in jedem Zimmer eine Klingel fürs Personal hatte. In dem Kasten saßen drei Reihen von Fähnchen, jedes mit einer Nummer für ein Zimmer versehen, und wenn man in irgendeinem Zimmer auf die Klingel gedrückt hatte, war das entsprechende Fähnchen in die Höhe gegangen. Es war allerdings ausgeschlossen, dass die Busenrost hier saß und auf ein hochschnellendes Fähnchen wartete, denn das gesamte Klingelsystem war schon seit Jahrzehnten außer Betrieb.

Neben dem Kasten befand sich das Küchenfenster, das auf einen kleinen Vorplatz ging, der mit einer Art Kies bestreut war und außer zwei Mülltonnen und etwas Wildwuchs nicht viel zu bieten hatte. Es war dies der Durchgang zum Garten von der Straßenseite her. Bevor man von hier in den Garten trat, lag linkerhand, versteckt hinter einer hohen, efeuüberwucherten Pergola, noch ein Gerätehäuschen. Aus ebendiesem Schuppen hatte Gustavs Mutter eines Nachts in den sechziger Jahren, aufgeschreckt durch das Feuerwerk des Deutsch-Amerikanischen Volksfestes ganz in der Nähe, im flatternden Nachthemd sich mit der nächstbesten Harke bewaffnet, wobei sie den Ruf ausstieß: »Die Russen kommen! Es ist so weit! Lasst die Hunde raus! Die Russen!«

Abgesehen davon, dass Gustavs Mutter seinerzeit gerade einen Hausstand gegründet und damit Besitz zu verteidigen hatte und auch sonst schon immer zu den imperialistischsten Elementen der Bourgeoisie gehörte, hatte sie akuten Grund zur Sorge, denn ihr Bruder Julius war damals in die Kommune gezogen und ihre Schwester Franziska in die Kommunistische Partei eingetreten, um sich mit den (gar nicht anwesenden) werktätigen Massen gegen die Verkümmerung ihres Lebens durch eine unmenschliche Ausbeutung zu solidarisieren. Die ersten Silben von Gustavs Cousin Felix waren: Ho Chi Minh. So jedenfalls verlautete es aus gewissen Familienkreisen. Worauf Gustavs Mutter fürchtete, Zissel würde ihr nun im Klassenkampf den neuen Audi in die Luft sprengen, dieses Monument reaktionären Besitzstanddenkens, dieses Hindernis für den Sieg des Sozialismus! Sie befand sich also gewissermaßen in einer Art permanentem Alarmzustand; daher der etwas vorschnelle Griff zur Harke.

Auch die Küche war mit Einbauschränken aus Grunewaldbuche versehen, die allerdings Platz ließen für einen alten, doppeltürigen Kühlschrank. Neben dem Kühlschrank befand sich an der Wand eine Rolle mit Notizpapier; grobes, gelbliches Papier, auf dem Hildchen Stöhr mit einem daneben an einem Stück Bindfaden hängenden Bleistiftstummel über Jahrzehnte die anstehenden Besorgungen und Erledigungen aufzuschreiben gepflegt hatte. *Schweppes Bitter Orange* stand dort auf dem Papier, darunter *Reinigung* – und darunter in der klaren, schwungvollen und ebenmäßigen Handschrift von Gustavs Großmutter: *Hildchen – Ver-*

zeihen Sie das Durcheinander. Ich bin ausgerutscht. PS: Die Grießklöße waren köstlich.

Dort in der Küche saß also Frau Busenrost und vor ihr lagen ein paar bunte Eierlöffel aus Plastik, die Gustav als Kind benutzt hatte.

»Verzeihen Sie, gibt es in diesem Hause irgendwo ein Schlückchen Portwein?«, fragte Lilli, als sie mit Gustav den Raum betrat, mit sicherem Instinkte dafür, dass man die Busenrost auf diese Weise würde ansprechen müssen.

»Ich trinke eigentlich nicht«, antworte die Angesprochene denn auch wie aus der Pistole geschossen. Mit welchen Worten sie – schnick! – eine riesige Flasche Sechsämtertropfen ans Tageslicht hob, die sie offenbar die ganze Zeit in Händen gehalten hatte. Verdächtigerweise war nirgends ein Glas zu sehen.

»Auch gut«, sagte Lilli, »solange es nur in der Kehle tüchtig brennt.«

»Dann werd ich mir ausnahmsweise ebenfalls ein Schlückchen genehmigen. Man soll ja nicht alleine trinken«, erläuterte Frau Busenrost großzügig und schenkte ein. Worauf sie zu erzählen begann. Dazu bedurfte es keiner Aufforderung, keiner Erkundigung, nicht einmal eines vermeintlich ermutigenden Blickes. Frau Busenrost betrachtete sozusagen bereits die körperliche Anwesenheit von Gustav und Lilli (in Verbindung mit der momentanen körperlichen Abwesenheit von Gustavs Großmutter) als vollkommen ausreichenden Anstoß, in einen Automatismus der Mitteilung zu verfallen und mit ihrem Dasein abzurechnen. Ein derartiges Verhalten ist, wiewohl meist unschön, gar nicht selten und auf eine Vielzahl von Gründen zurückzuführen: Einsamkeitsüberreizung, mangelnder Abstand, naive Vorliebe für die eigene Person, zu viel Sechsämtertropfen. Jedenfalls erfuhren Gustav und Lilli, wie Frau Busenrost und ihr Gatte, der alte Busenrost (so titulierte sie ihn), seinerzeit den Zusammenbruch der Deutschen Demokratischen Republik erlebt und mehr oder weniger achselzuckend verkraftet hatten – verkraftet, indem sie genau das Richtige taten: sich auf den Unternehmergeist zu besinnen, der ja tief in jedem Menschen wurzelt, sagte Frau Busenrost, und ohne Verzug mit vollen Segeln in die kapitalistische Glitzerwelt hinauszusteuern begannen, indem sie eine Imbissbude eröffneten. An irgendwelchen Gleisen. Irgendwo zwischen Gotha und Eisenach.

Das war nicht ohne. Weiß Gott nicht. Man kann in Deutschland nicht einfach mir-nichts-dir-nichts eine Imbissbude eröffnen, erklärte Frau Busenrost. Dafür waren Anträge zu stellen und Behördengänge zu erledigen, der Amtsschimmel wieherte (sagte Frau Busenrost und schenkte sich noch ein Schlückchen ein. Dann ahmte sie das Wiehern nach). Gewerbeaufsichtsamt, Gesundheitsamt, Ordnungsamt, polizeiliches Führungszeugnis, ärztliches Tauglichkeitstestat – brav und zügig wurden all diese Gänge und Pflichten erledigt, und da stand die Hauptaufgabe noch bevor: die eigenhändige Errichtung der Imbissbude. Eigenhändig. Aus Fertigbauteilen, die sie irgendwo aufgetrieben hatten, sie und ihr Gatte, so unter der Hand, ging ja vieles damals so, sagte die Busenrost. Ein Meisterwerk sowjetischer Fertigbauingenieurskunst sei sie gewesen, diese Imbissbude, der Ventilator zum Beispiel hätte vorher bei einem Ausflugsdampfer auf dem Schwarzen Meer die Turbinen gekühlt. Und trotz derart anspruchsvollen Bauteilen sei die Bude in einem Tag errichtet worden.

»Dies im Gegensatz zu Rom«, stellte Lilli fest, indem sie Frau Busenrost ihr Glas entgegenstreckte.

Frau Busenrost selbst hatte bei der Konstruktion des Imbissstandes tatkräftig Hand angelegt, obschon inkommodiert durch ihren schlimmen Rücken, sie habe nämlich einen schlimmen Rücken, aber der alte Busenrost sei nicht zu gebrauchen, zu nichts. Marktschreier auf Volksfesten sei er gewesen, habe dann auf dem Bau ein Handwerk gelernt (»auf dem Bau« oder »im Bau«, das verstand Gustav nicht so genau), sei später ins Teergeschäft eingestiegen, daraufhin als Gebäudereiniger tätig gewesen, um schließlich als Müllwerker zu enden (»Müllwerker« – das war jedenfalls das, was Gustav verstand, obschon er nicht so genau wusste, was man sich darunter vorzustellen hatte, aber er fragte nicht nach). Kurz: Zu nichts zu gebrauchen, ein verstimmter Mann, ein Schmoller, der die Seinen den verfehlten Aufbau seines Lebens durch schlechte Laune entgelten ließ. Nur dann, als der Imbissstand nach einem Tag errichtet war – da habe er vor dem Bierfass gekniet und aus dem Zapfhahn getrunken.

»Das hab ich auch schon mal gemacht!«, rief Lilli dazwischen.

»Ja«, sagte Gustav, »das war, kurz bevor wir rausgeflogen sind, weil du direkt anschließend noch im Mund eines Seemanns eine Margarita gemixt hast.«

»Manno«, machte Lilli, »als wäre ich die erste Person, die das je getan hätte!«

»In *Uschis Bierstall* offenbar schon«, erwiderte Gustav.

Na ja, sagte Frau Busenrost, Jeanette habe auch noch mit angepackt, ihre Tochter Jeanette, von Hause aus gelernte Friseuse, bloß leider arbeitslos und momentan nur gelegentlich als Kiosk-Aushilfe tätig und jedenfalls nicht zimperlich, wenn's ums Zupacken gehe (ein derbes Landmädchen offenbar, vermutete Gustav, jedenfalls – *patent*).

Und am Anfang sei die Bude auch ganz gut gelaufen, nee wirklich, eine Goldgrube sei das gewesen, viele Russen unter der Kundschaft, Rote Armee, sie wüssten schon, die trinken Wein und Wodka, halb und halb, danach Tomatensaft, gegen den Brand, auch mit Wodka, halb und halb. Und an dieser Stelle bekam Frau Busenrost, wahrscheinlich animiert durch die fesselnde Anschaulichkeit ihrer eigenen Lebensrückschau, offenbar Durst und schenkte nach.

»Ich nehm auch noch ein Schlückchen«, sagte Lilli, indem sie Frau Busenrost ihr Glas entgegenstreckte. Es handelte sich um ein altes Senfglas. Im Wohnzimmer und in den Vitrinen des Musikzimmers stand schlangenweise Steuben-Kristall, aber für die Küche war man auch mit alten Senfgläsern zufrieden.

Aber dann sei das Meisterwerk sowjetischer Ingenieurskunst einfach in sich zusammengebrochen, eines Nachts, bei einem entsetzlichen Hagelwetter. Frau Busenrost setzte nun an zu einer durch ihre künstlerische Kraft erschütternden Darstellung ebenjenes Hagelwetters, das einmal ihre Imbissbude verwüstet und sie um all ihr Hab und Gut gebracht hatte. Das Grollen des Donners stieg empor aus der Tiefe ihrer gewaltigen Kehle, durch welche zuvor literweise Sechsämtertropfen geronnen war, und sie imitierte das Prasseln des Hagels durch ein Trommelfeuer ihrer resoluten Finger auf der Platte aus gewachstem Eichenholz. Übrigens blickte Frau Busenrost diesem heimtückischen Schlag eines launischen Schicksals im Nachhinein gelassen ins Auge. Pah. Von wegen Rekordbauweise! Der größte Reinfall seit der Tupolew Tu-144 seien diese russischen Fertigbauteile gewesen, das könne sie ihnen sagen. Was soll's. Es dauerte auch nur einen Tag, den Imbiss wieder aufzustellen. Frau Busenrost persönlich klaubte die Friteuse aus dem Trümmerkrater, und sie stellten die Bude wieder auf, irgendwo an den Gleisen zwischen Gotha und Eisenach (»sie« hieß hier: Frau Busenrost mit ihrer Tochter Jeanette – der alte Busenrost war ja nicht zu gebrauchen). Aber irgendwie kam danach alles anders, der Laden lief nicht mehr, die Russen waren zurück nach Russland gegangen oder blieben jedenfalls aus, na ja, hier kamen nun extrem viele Dinge zusammen, sagte Frau Busenrost, nun wird's kompliziert, aber wenn man die Sache in eine Nussschale tun wolle, dann müsse man wohl sagen: Der Imbissstand wurde zum zweiten Mal erledigt, diesmal nicht von den Kräften der Natur, sondern von den noch viel unerbittlicheren Kräften des freien Marktes.

Auch dies aber hatte Ingelore Busenrost keinesfalls entmutigen können, unerschrocken blickte sie der Zukunft ins Auge, resolut und robust, unerschütterlich und urwüchsig, wie die Natur des Fichtelgebirges, im Land vor dem böhmischen Wald, wo der Sechsämtertropfen herkommt. Zunächst hatte sie in einem Autorestaurant an einer der neuen ostdeutschen Landstraßen gearbeitet (wo die motorisierte Kundschaft ihre Bestellungen in den Mund eines riesigen Clowns aus Plaste zu rufen hatte); anschließend hatte sie sich vorübergehend als Animationsleiterin in einem Altenpflegeheim verdungen – um schließlich bei einem überregional arbeitenden, privat geführten Krankenpflegedienst anzuheuern, für den sie nun als mobile Schwester unterwegs war. Wobei ihr die Kenntnisse aus der Seniorenanimation ganz gewiss nicht schadeten, befand Frau Busenrost.

»Haben Sie denn Erfahrungen im medizinischen Bereich?«, fragte Gustav.

»Ich hatte mal Hepatitis«, antwortete Frau Busenrost.

Derart also bilanzierte Ingelore Busenrost die Wechselfälle ihres Lebens. Und wenn aus alledem auf einer grundsätzlichen Ebene folgte, dass wir alle doch nur Staubkörner sind, die durch ein gefühlskaltes Universum treiben, das voller Tragödien ist, welche ihrerseits nicht selten durch Waffengewalt gelöst werden; wenn also aus alledem folgte, dass man sich ebenso gut resignierend zurücklehnen konnte und die Welt getrost an sich vorüberziehen lassen durfte – so tat Frau Busenrost dies eben nicht. Nein, sie ließ sich nicht beirren. Sie roch nach Bratfett, Haarfestiger und Sechsämtertropfen, und in ihrer Vorstellung waren reiche Leute jene Menschen, die es sich leisten konnten, wunderschöne Autos zu fahren und Parmesankäse am Stück zu kaufen. Frau Busenrost aber ließ sich nicht beirren. In seliger Leichtfertigkeit missverstand sie jedes Unglück als bloßen Zufall. Sie versuchte tapfer, das Beste aus ihrem kleinen Leben zu machen, dachte Gustav. Denn das war die Redewendung, die man in seiner Familie für Existenzen vom Schlage der Ingelore Busenrost bereithielt.

»… und nun werde ich Ihnen mal verraten, was die zwei wichtigsten Dinge im Teergeschäft sind«, kündigte diese soeben an, da packte Lilli ihren Schulfreund ziemlich grob beim Arme und raunte ihm ins Ohr: »Bevor Äsop hier zur nächsten Pointe kommt, läufst du eventuell besser mal durchs Haus und hältst nach dem Silber Ausschau!«

Es fiel Gustav nicht leicht, sich von Frau Busenrosts Anekdoten loszureißen, aber es ging nicht anders, er hatte zu tun. Er lief vom Wohnzimmer durch das Musikzimmer über den Wintergarten in das Zimmer seiner Großmutter, das Zimmer mit dem unbequemen Biedermeiersofa, dem leicht zerlumpten Kristallleuchter und einem Schreibtisch, einem französischen Zylinderbureau, an dem seine Großmutter ihre Post erledigt hatte. Angeblich. Gustav hatte sie nie an jenem Tische sitzen sehen. Das Möbel war repräsentativ und ein bisschen unbequem, wie die meisten Möbel in diesem Hause. Es war weiterhin ein bisschen eklektisch, mit seinen volutenförmigen Füßen und Espagnoletten aus vergoldeter Bronze an den Seiten. Die Zargenschubladen hatten Griffe in Form von Ranken und Blättern und waren außerdem verziert mit reizvollen, detailreichen Einlegearbeiten aus verschiedenen exotischen Hölzern, die Motive aus der lothringischen Landschaft zeigten. Die Mitte des Zylinders schmückte ein ovales Medaillon mit Blumenmarketerien, aus Walnussholz geschnitzt. Gustav öffnete den Zylinder. Darunter befanden sich ein eingerichtetes Schreibfach und eine ausziehbare, lederbezogene Schreibunterlage, worauf ein paar unbeschriebene Karten aus Büttenpapier lagen. Außerdem lag dort der Montblanc-Meisterstück-Füllhalter, den Gustavs Großmutter benutzt hatte, um die Bütten-Karten mit dicker blauer Tinte zu beschreiben, in der hübsch geschwungenen und alterslosen Hand, die ihr eigen war. Gustav steckte den Füllhalter ein.

Zwischen der angewandten Kunst und der Literatur bestand zu jener Zeit, als der Schreibtisch angefertigt worden war, ein gutes Verhältnis (jedenfalls in Frankreich), und so war über dem Schreibfach eingesetzt ein Wort von Voltaire zu lesen:

Tout les genres sont bons,
hors le genre ennuyeux

Gustav schloss den Zylinder. Er sparte es sich, die Schubladen aufzuziehen. Dies hatte er verbotenerweise längst getan, als er noch in diesem Haus gelebt hatte. Sie enthielten Kreuzworträtselheftchen. Gustav konnte sich noch gut erinnern, wie schockierend damals dieser Fund für ihn gewesen war, denn in Gustavs Familie hielt man selbstverständlich das Lösen von Kreuzworträtseln für vollkommene Zeitverschwendung. Nichtsdestoweniger hatte seine Großmutter eine Vielzahl der Rätsel in den Heftchen gelöst, ausgefüllt mit festen, hübsch geschwungenen Buchstaben; ja, ganz offensichtlich hegte sie eine geheime Leidenschaft für Kreuzworträtsel, was nun der Leser vergleichsweise harmlos finden möchte, aber für Gustav war es immer wieder ein Schock, wenn der Schein von der Wirklichkeit erreicht wurde. Denn die Wahrung des Scheins hielt man schließlich in seiner Familie für die vordringlichste Aufgabe. Seine Mutter beispielsweise hatte drei Kinder aufgezogen und war dabei ohne die Wahrheit leidlich über die Runden gekommen.

Gustav verließ das Zimmer seiner Großmutter, in dem übrigens aus unerklärlichen Gründen nun ein Feldbett aufgestellt war, vermutlich ein Werk der Busenrost, die allerdings Wasserbetten bevorzugte, wie Gustav zufällig hörte, als ihn seine Inspektionsrunde wieder an der Küche vorbeiführte, nachdem er den Füllhalter und ein kleines, eigentlich recht hässliches Meissen-Schälchen im Vorübergehen in Lillis gewaltiger Handtasche hatte verschwinden lassen, die seine Freundin ja extra zu diesem Zwecke auf der Bank im Korridor deponiert hatte.

Also Wasserbetten. Frau Busenrost erörtete soeben die aus ihrer Sicht beträchtlichen Vorzüge von Wasserbetten gegenüber konventionellen Schlafstätten. Und ohne fühlbare Überleitung schilderte sie anschließend in entzückender Prägnanz, wie sie in den siebziger Jahren einmal mit verstauchtem Knöchel ein ganzes Tischtennisturnier bestritten hatte, in irgendeinem DDR-Freizeitheim für Werktätige, irgendwo zwischen Gotha und Eisenach. Offenbar war Ingelore Busenrost, ihrem resoluten Erscheinungsbild zum Trotz und obschon sie sicher schlimmer zutreten konnte als Godzilla, leider einigermaßen anfällig für die verschiedensten Gebresten und Gebrechen. An der Tropischen Ruhr wollte sie auch schon gelitten haben. Viel alarmierender als das fand Gustav allerdings den Umstand, dass seine alte Freundin Lilli, die ihn vor wenigen Minuten noch ermahnt hatte, nach dem Silber zu suchen, und die von Tischtennis nicht die geringste Ahnung hatte, nun soeben in Frau Busenrosts Ausführungen mehr oder weniger sachkundige Bemerkungen über diese Sportart einflocht; die meisten davon mutmaßlich *weniger* sachkundig.

Doch als Gustav sich anschickte, Lilli zu Hilfe zu kommen, da bedeutete sie ihm durch ein Handzeichen, eben dies zu unterlassen. Genauer gesagt wedelte sie ihn mit dem Arm aus der Küche, noch bevor er diese wirklich betreten hatte, und weil Gustav wusste, dass Lilli stets ganz gut allein zurechtkam, und weil er außerdem das Silber noch nicht gefunden hatte (monogrammiertes Silber von Asprey und Christofle, drei Kassetten aus hellrotem Saffianleder), drehte er noch eine Runde durch das verlassene Haus. Gelegentlich eignete er sich hier und dort mit sicherem Griff einen Gegenstand an und schob ihn in Lillis Handtasche: den bevorzugten Aschenbecher seiner Großmutter (aus grüngeädertem Onyx), ein vergoldetes Zigarettenetui aus dem Hause van Cleef & Arpels, eine Pillendose (mit Inhalt) und dergleichen mehr; kleine, harmlose Andenken, deren Fehlen niemandem auffallen würde (oder höchstens Tante Gretel, die bestimmt ihre eigenen Listen führte – aber Gretel war in ihren Auftritten zwar fürchterlich, letztendlich jedoch machtlos wie jedes schwarze Schaf). Außerdem merkte sich Gustav einige Sachen für später, zum Beispiel das Paar dreiflammiger silberner Leuchter, die im Wohnzimmer auf der bauchigen englischen Kommode aus poliertem Nussbaum standen. Das Silber aber entdeckte er nicht. Er sah sogar im Safe nach, der sich hinter dem Kakaomädchen befand (dies war der Titel für ein oval gerahmtes Ölgemälde über der Kommode im Wohnzimmer. Das Bild stellte ein Hausmädchen dar, das eine Schürze trug, mit einer riesigen Schleife über dem Hinterteil, und Kakao servierte). Die Kombination für das Zahlenschloss des Panzerschrankes war einfach: 121011. Der Geburtstag von Gustavs Großmutter. Die ganze Familie kannte die Kombination (außer vielleicht Gustavs Mutter).

Die Großeltern hatten den Panzerschrank selten benutzt, selbst nach ein paar Einbrüchen nicht, und so wirkte der Inhalt des Wandtresors auch ein bisschen beliebig und unordentlich: ein paar Unterlagen über Kapitalanlagen und Immobilien, eine brillantenbesetzte Minaudière von van Cleef, goldene Manschettenknöpfe mit den Initialen von Gustavs Großvater, ein Bändchen Gedichte von Alfred Kerr – und drei verwitterte Päckchen Psychopharmaka, die Gustavs Großmutter hochwahrscheinlich in den sechziger Jahren nur aus dem Grunde hier verwahrt hatte, um sie wiederzufinden. In dieser Zeit hatte sie massenweise Schönwettermacher konsumiert, wie man solche Pillen in der Familie nannte, und in der Tat war sie damals ein paar Mal an der terminalen Sedierung vorbeigerutscht, die sie ein paar Mal sogar angestrebt hatte, wenn man sich auch darüber streiten konnte, wie ernst es ihr damit gewesen war – aber in der Familie wurden solche Debatten selbstverständlich nicht geführt. Stattdessen sprach man lakonisch von der »rituellen Überdosis«. »Was soll's«, pflegte Gustavs Mutter zu sagen, »meine Mutter hat im Laufe ihres Lebens so viele Pillen geschluckt – wenn du sie schüttelst, klappert sie!«

Als Gustav das nächste Mal an der Küche vorbeikam, war Lilli dabei, mit seinem Fotoapparat ein paar Aufnahmen von Frau Busenrost zu machen, die inzwischen nicht mehr vor, sondern auf der Arbeitsplatte aus gewachstem Eichenholz saß, mit Gewalt die Beine übereinandergeschlagen hatte, aus irgendwelchen Gründen ihren blauen DDR-Pass in die Höhe hielt, kicherte wie eine junge Pionierin und dazu in einer Tour Sachen sagte wie: »Nein, wirklich nicht – ich bin doch gar nicht fotogen – mein Mann sagt immer, ich seh auf Photos aus wie sieben Zentner – nein, wirklich nicht …«

»*Sie* doch nicht!«, versicherte Lilli leutselig, während sie sich, ohne den Fotoapparat aus der Hand zu legen, eine Zigarette anzündete, was völlig gegen ihre Gewohnheit war, »*Sie* doch nicht!«

Darauf sagte sie Frau Busenrost ein paar Artigkeiten über ihre Frisur, wofür ihr die Busenrost mit frischen und ritterlichen Worten dankte.

»Verzeihen Sie«, sagte Gustav zu Frau Busenrost, indem er Lilli am Arme aus der Küche zerrte, »Sie verzeihen, nur einen Augenblick!«

»Was soll denn das?«, zischelte Lilli und versuchte, sich aus Gustavs Griff zu lösen, »Frau Busenrost erzählt gerade so schön vom Quallenfestival!«

»Du musst mir helfen«, sagte Gustav eindringlich und rüttelte ein bisschen an Lillis Ärmchen, um seine Freundin zu ernüchtern, »ich finde das Silber nicht! Du musst sie aus der Küche locken, hörst du, Elisabeth!«

»Was ist denn das«, machte Lilli und zog ein Gesicht, »das stinkt ja bestialisch!«

»Das ist Schwefel«, erwiderte Gustav, »du wirst dich dran gewöhnen.«

Dabei deutete er auf die Bananen, die auf der Marmorkonsole vor der Küche lagerten, in einer Schale aus durchbrochenem preussischem Porzellan, und verrotteten.

»Du musst die Busenrost aus der Küche locken«, wiederholte Gustav nachdrücklich.

»Muss das sein?«, maulte Lilli, »ich verpasse dann sehr wahrscheinlich die Geschichte von den Landstreicheroscars.«

»Andernfalls verpassen wir das Silber«, erwiderte Gustav, »also – was ist dir wichtiger?«

Ein feiner Hauch bewegte die Tür zum Wohnzimmer. Deren gelbliches Glas klirrte leise.

»Lilli?«

»Moment. Ich denke über die Frage nach.«

»Okay«, seufzte Lilli, kehrte auf dem Absatz um, ging zurück in die Küche und erkundigte sich bei Frau Busenrost: »Funktioniert hier eigentlich der Fernseher?«

Damit hatte sie ins Schwarze getroffen.

»Du lieber Gott«, schnaufte die Busenrost, »also da sagen Sie was! Der Fernseher! Ich bin am Verzweifeln. Ich bringe ihn nicht in Gang.«

»Sicher nur ein kleines technisches Problem«, erklärte Lilli resolut, indem sie Frau Busenrost, die sich im Vergleich zu ihr gleich doppelt so gewaltig ausnahm, mit einem eleganten kleinen Kniff unterfasste und aus der Küche bugsierte, »wir wollen mal sehen, was sich da machen lässt.«

Lilli begab sich mit Frau Busenrost ins Wohnzimmer. Dort stand, vor dem Durchgang zum Musikzimmer, der Fernsehapparat. Gustavs Großeltern hatten viel ferngesehen, jedenfalls seit den sechziger Jahren. In dieser Zeit hatten sie ihre gemeinsamen gesellschaftlichen Auftritte ziemlich reduziert, denn die sechziger Jahre waren die goldenen Zeiten von Frau Pechnest, der Mätresse von Gustavs Großvater, gewesen; und wenn sie sich nicht gerade zuhause bei ehelichen Auseinandersetzungen durch die Glastüren drückten und wenn Gustavs Großvater nicht gerade bei seiner Mätresse war oder Gustavs Großmutter entmündigt in der Nervenklinik, dann saßen sie abends zusammen vor dem Fernseher. Das waren ihre friedlichsten Momente, damals. Gustavs Großmutter rauchte Zigaretten und Gustavs Großvater nahm dann und wann einen Schluck lauwarmer Coca-Cola, aus der er zuvor mit einem Holzquirl die Kohlensäure entfernt hatte. Sie hatten keine besonderen Ansprüche an das Programm, sie sahen Nachrichtensendungen, Spielfilme und Shows, und gelegentlich mischte sich Gustavs Großvater ein, indem er den Darstellern oder Moderatoren irgendetwas zurief, meistens, wenn sie seiner Meinung nach Unfug redeten oder machten. Worauf Gustavs Großmutter die Luft durch die Zähne zog wie bei einem Nervenschmerz und sagte: *»Die hören dich doch nicht, Fritz!«*

Und aus dieser Ära, wo bessere Kreise den Fernseher noch versteckten, stammte das Luxusmodell von Telefunken. Das eigentliche Gerät war in einen Korpus aus poliertem Mahagoni eingebaut, so dass man den Bildschirm hinter einer Lamellentür verschwinden lassen konnte. Später, als das Verstecken gesellschaftlich nicht mehr nötig war und der Telefunken nicht mehr einwandfrei lief, hatten Gustavs Großeltern einen neuen, großen Fernseher gekauft und diesen einfach auf den Mahagoni-Korpus gestellt. Da war Gustav vielleicht so acht oder zehn Jahre alt gewesen, aber trotzdem war ihm das seinerzeit ein bisschen bedenklich vorgekommen, ein Fernseher auf dem anderen, das war ja beinahe schon wie bei seiner Tante Paula. Sei's drum, Gustavs Großeltern ließen den neuen Fernseher auf den alten stellen, nachdem zuvor die Lamellentür vor der Telefunken-Mattscheibe für immer geschlossen worden war. Oder fast. Denn jetzt zerrte Lilli daran. Der neuere Fernseher, der mittlerweile auch schon überhaupt nicht mehr neu war, war in die erste Etage geschafft worden, nachdem Gustavs Großmutter im Schlafzimmer lebte.

»Es muss irgendwas mit den Kabeln sein«, keuchte Frau Busenrost, nachdem sie Lilli unter die Arme gegriffen und mit brachialem Schwung die Mattscheibe freigelegt hatte, »wenn ich einschalte, passiert nichts!«

»Mit Kabeln kenn ich mich aus!«, erklärte Lilli zuversichtlich, während sie die Rückseite des Fernsehmöbels inspizierte, »ich hab mal auf einer Tankstelle in Britz gearbeitet!«

Indessen suchte Gustav in der Küche nach dem Silber. Er zog die Schubladen aus gewachstem Eichenholz auf, die einigermaßen wacklig in ihren Halterungen saßen und für die Lederkassetten mit dem Silber sowieso zu klein waren. Sie enthielten die bunten Eierlöffel aus Plastik und zusammengewürfeltes Alltagsbesteck. Gustav öffnete die Schränke, aber er sah bloß alte Senfgläser und angestoßene Kaffeebecher und ein paar riesige, verbeulte Kochtöpfe, die aussahen wie aus der Requisite für ein Drama von Strindberg. Widerstrebend hatte er einzusehen, dass die drei Kassetten nicht in der Küche waren, und dies bedeutete, dass das Silber vermutlich überhaupt nicht mehr im Hause war, es sei denn, seine Großmutter hatte es unter ihr Bett geschoben, was Gustav für hochgradig unwahrscheinlich hielt … oder es war im Keller. Dies war ebenfalls unwahrscheinlich, aber man könnte ja mal nachsehen. Am besten mit Lilli.

Seine Freundin jedoch war nach ihrer vorgängigen, bei einer Flasche Sechsämtertropfen stattgehabten Anfreundung mit Ingelore Busenrost von derselben eigentlich gar nicht mehr wegzubringen und soeben fröhlich schwatzend dabei, irgendwelche Stecker an der Rückseite des uralten Fernsehgeräts umzustöpseln.

»Verzeihen Sie«, sagte Gustav zu Frau Busenrost, nachdem er im Wohnzimmer aufgetaucht war und die Szene besichtigt hatte, »wir müssen kurz in den Keller. Ich will … meiner kleinen Freundin hier … das Goldfischbecken zeigen.«

Mit seinen letzten Worte hatte er Lilli sanft, aber bestimmt am Arm gefasst.

»Ach, das macht nichts!«, erklärte die Busenrost und vollführte eine grandios wegwerfende Handbewegung wie eine Wagnersche Heroin, »das mit dem Fernseher ist auch wieder nicht so wichtig. Ich sitze auch gern in der Bibliothek!«

Womit sie das Zimmer von Gustavs Großmutter meinte.

»Wahrscheinlich kippt sie auf dem Feldbett eine Flasche Sechsämtertropfen und liest *Geschlecht und Charakter*«, dachte Gustav.

Die Türe zum Keller war weiß lackiert und bildete das Ende einer kleinen Abzweigung des Korridors gegenüber der Küche.

»Also«, stellte Lilli fest, als Gustav die Kellertür öffnete und eine Wolke kalter Moderluft ihnen entgegenschlug, »also, ich unterhalte mich ja ganz gern mit Leuten. Mit Leuten wie der Busenrost, meine ich. Das macht mir Freude.«

»Lass uns schnell nachsehen, ob irgendjemand aus dieser verdrehten Familie das Silber in den Keller geschafft hat«, sagte Gustav und ließ den Arm seiner Freundin nicht los, denn die steinernen Stufen der Kellertreppe waren feucht und ausgetreten, »die Chancen sind allerdings klein.«

»Es ist nämlich so«, fuhr Lilli fort, wobei sie einen Ton annahm, als gebe sie eine Schwäche zu, »das sind ja doch lauter Größen. Diese Leute vom Schlage der Busenrost, meine ich. Denn das Groteske hat eben *auch* seine Größen und nicht die schlechtesten. Oh ja, ich bin gern unter Leuten. Und zum Beispiel esse ich auch gern Silberzwiebeln …«

»Ich weiß«, erwiderte Gustav und betätigte einen Lichtschalter. Sie waren inzwischen am Fuße der Kellertreppe angelangt.

»Ich bin nicht sicher«, überlegte Lilli, »entweder ich habe mich gerade in die Busenrost verliebt, was mir irgendwie Angst machen würde …«

»Mir auch!«, versicherte Gustav.

»Oder aber«, erklärte seine Freundin, »oder aber es verhält sich tatsächlich so, dass Frau Busenrost eine erstaunliche Kenntnis aller möglichen Verhältnisse, Zustände, Schicksale, Lebenskreise und Personen besitzt. Wo sie sich nur überall aufgehalten haben mag! Das ist doch Leben! Ich meine, zwar ist es wahrscheinlich so, dass man so eine Geschichte wie die

Lebensgeschichte von Frau Busenrost in kleineren Variationen an jeder Imbissbude mithören kann … aber … aber wenn die Busenrost sie erzählt, die Geschichte … dann wirkt sie brandneu, so fesselnd anschaulich! Mit … leben … lebensprühender Treue in den Einzelheiten! Ach, herrlich ist das!«

»Du bist betrunken«, stellte Gustav fest.

»Ja«, sagte Lilli, »natürlich bin ich betrunken. Denn ich hasse mein Leben. Von einer Party zur anderen. Da wird man ja nie richtig nüchtern. Ein Nicht-Alkoholiker geht da vor die Hunde! Ich bin ja selbst schuld. Ich bin viel zu nett und werde daher immer wieder eingeladen. Uh, ich hasse mein Leben, in dem noch nie was Wesentliches passiert ist, und deswegen bin ich auch froh, wenn jemand Bodenständiges wie da Dings … Dings-da-Rost daherkommt und mir was von der Wirklichkeit erzählt. Ich meine, das sind doch Abenteuer, Abenteuer, die uns mehr über Liebe, Verständnis und Vertrauen gelehrt haben als alle Schulen dieser Welt … ist es nicht so? … in dieser schlingernden Karawane, die wir das Leben nennen. Das Leben – das, was passiert, während Leute wie wir sich umziehen! Was? Wovon sprachen wir eigentlich gerade?«

»Du brauchst nicht zu schreien«, sagte Gustav und ließ Lillis Arm los. »Nun also. Sehen wir uns um.«

8. KAPITEL

Dosenfrüchte in Neuosier

Die Kellertreppe hatte Lilli und Gustav an den Anfang eines breiten, betonierten Korridors geführt, dessen Wände vor vierzig Jahren das letzte Mal geweißt worden waren. Nicht weit vor ihnen stand eine massive Werkbank aus Metall, auf der verrostete Werkzeuge und allerlei Gerätschaften lagen. An den Wänden befanden sich Regale mit Konservendosen: Diese enthielten vor allem Ananasscheiben und geschälte Pfirsichhäften. Gustav hasste Dosenfrüchte, und besonders hasste er geschälte Pfirsichhälften. Unzählige Male waren ihm nach einem Mittagessen mit seiner Großmutter in einem Neuosier-Schälchen diese Pfirsichhälften vorgesetzt worden, weich, blassgelb und wässrig. Für seine Großmutter war es selbstverständlich gewesen, dass in guten Häusern nach dem Essen ein Dessert folgte, und Dosenfrüchte waren, was sie anging, eine vollkommen akzeptable Nachspeise, also wurden Dosenfrüchte aufgetischt. (Nur manchmal, wenn sie zum Friseur fuhr, brachte sie anschließend rote Grütze mit Vanillesauce von Butter Lindner mit.) Der Vorrat war unerschöpflich. Ordentlich gereiht standen Schlangen aus steinalten Konserven in den Regalen im Keller, in staubigen Kohorten, wie chinesische Tonkrieger. Und während man bei Medikamenten in diesem Hause mit den Haltbarkeitsdaten hinlänglich großzügig verfuhr, so hielt man ein Verfallsdatum bei Konserven für völlig unbeachtlich und eine reine Formalität.

»Uh«, sagte Gustav und tippte gegen eine Dose mit Pfirsichhäften, worauf eine Staubflocke sich löste und zu Boden schwebte, »meine Großmutter, Hildchen und ich hätten jeden nuklearen Winter in dieser bedrohten Stadt mühelos mit Obst aus der Dose überlebt. Es sei denn, wir wären an Bleivergiftung eingegangen … oder was immer Furchtbares sonst man durch verfallene uralte Konserven kriegen kann. Jedenfalls ist es kein Wunder, bei den Lebensmittelvorräten, dass in meiner Familie niemand wirklich Angst hatte vor den verrückten, nach der Weltherrschaft strebenden Kommunisten. Bis auf meine Mutter natürlich. Aber meine Mutter fürchtet sich praktisch vor allem.«

»Bei uns in der Vorratskammer ist auch die Hälfte der Sachen abgelaufen«, sagte Lilli.

»Das ist ebenfalls kein Wunder«, erwiderte Gustav, »dein Vater ist Arzt.«

Übrigens wurde im Hause von Gustavs Großeltern ansonsten gut gekocht: Rindfleisch mit Meerrettich, Königsberger Klopse oder Kabeljau mit Senfbutter. Und selbstverständlich hatte Gustav das Dessert aus der Dose stets artig aufgegessen. Denn wenn er nicht artig aufgegessen hätte, hätte seine Großmutter ihn böse angeblitzt und ihn für ein verwöhntes, affektiertes Balg gehalten, dem nicht mal geschälte Pfirsiche gut genug waren. Während Gustav die Pfirsichhälften also pflichtschuldig mit Gabel und Löffel bewältigte, piekte seine Großmutter ihrerseits nur ein wenig mit der silbernen Dessertgabel, die ihr Monogramm trug, im Konservenobst herum, und obendrein hielt sie die Gabel auch noch in der linken Hand. In der rechten hielt sie meistens schon eine brennende Zigarette. Sie bevorzugte eine starke englische Marke, deren parfümierter Rauch in zarten Gespinsten hinter ihr durchs Haus zog wie eine böse, bläulich schimmernde Schleppe.

Gustav sah sich sinnloserweise noch ein wenig auf der Werkbank nach dem Silber um, vielleicht hatte es irgendjemand hierher verbracht. Er warf außerdem einen Blick in den Heizungsraum (zum ersten Mal in seinem Leben) und in den Weinkeller, wo er Lilli wiederfand, im Arme eine verstaubte Flasche Dom Pérignon wiegend.

»Glaubst du, man kann die Flasche hier mit einem von diesen mönströsen Dingern auf der Werkbank aufmachen?«

»Lieber nicht.«

»In diesem Falle nehme ich sie mit nach oben«, erklärte Lilli.

»Nimm gleich noch irgendwas für die Busenrost mit«, rief Gustav, der inzwischen in der Waschküche stand, in der sich außer einer alten Waschmaschine gar nichts befand. Durch ein paar lukenähnliche schmutzige Fenster dicht unter der Decke fiel etwas Sonnenlicht in den kahlen geweißten Raum. Von der nackten Glühbirne, die als Beleuchtung diente und erstaunlicherweise noch funktionierte, seilte sich eine aufgeschreckte Spinne ab.

»Ohh, natürlich«, rief Lilli zurück, »das hat sie sich verdient.«

Hinter der Waschküche lag ein weiterer Raum, in dem eine Tiefkühltruhe stand, die noch älter war als die Waschmaschine und aussah wie ein Sarkophag. Hauptsächlich aber war dieser Raum für das Aufhängen der Wäsche bestimmt gewesen; Reste und Fetzen von Wäscheleinen hingen reglos von Haken an den Wänden, und weiter hinten, in der Ecke rechts, befand sich ein riesiges gekacheltes Becken, in dem die fetten Goldfische des Springbrunnens überwintert hatten. Nun war es leer. Einige Kacheln waren abgefallen und auf dem Boden des Beckens zerschellt. Dort, auf dem

Boden des Bassins, lag außerdem etwas, das aussah wie ein silberner Teelöffel. Gerade als Gustav sich anschickte, in das Becken zu steigen, um der Sache mit dem Teelöffel auf den Grund zu gehen, schlug mit einem drastischen Knall die weiß lackierte Türe am Kopf der Kellertreppe zu.

»Die Tür!«, schrie Lilli aus dem Weinkeller. »Herrje! Die Busenrost ist durchgedreht! Sie schließt uns ein! Wie in *Misery*!«

»Okay, Okay«, sagte Gustav zu sich selbst, »dann gehen wir besser mal wieder nach oben. Und ich hoffe, das hier ist *deine* Hand …«

Diese letzten Worte waren an seine Freundin gerichtet, die sich inzwischen dicht neben ihm befand.

»Es ist so dunkel«, wisperte Lilli, »mir ist schlecht.«

»Halt dich an den Flaschen fest«, sagte Gustav, »wir gehen nach oben.«

Die Tür am Ende der Kellertreppe ließ sich anstandslos öffnen. Wahrscheinlich war sie nur bewegt worden durch einen kleinen phantasmagorischen Hauch. Von Frau Busenrost war nicht das Geringste zu sehen.

»Das mit dem Silber regt mich jetzt ein bisschen auf«, murmelte Gustav, »ich habe Gretel im Verdacht …«

»Gehen wir lieber«, erwiderte Lilli, »bevor die Busenrost die Handtasche meiner Mutter findet – wo steckt sie überhaupt?«

»Die Tasche?«

»Nein. Die Busenrost.«

»Liegt wahrscheinlich auf dem Feldbett und schläft ihren Rausch aus.«

»Was für ein Feldbett?«

»Egal«, sagte Gustav, »würdest du bitte dieses Bild mit dem

Gockel an der Wand lassen, Lilli. Ich weiß wirklich nicht, was wir damit sollen. Das kann später mein Bruder haben.«

»Wenn Sie sich vielleicht ein kleines Andenken mitnehmen wollen«, dröhnte die unvermittelt aufgetauchte Frau Busenrost leutselig in Gustavs Rücken, »nur zu!«

»Für Sie!«, rief Lilli, indem sie mit einer blitzartigen Bewegung von der Zeichnung mit dem roten Gockel abließ und der Busenrost zugleich eine Flasche Dom Pérignon entgegenstreckte. Es war diese Behendigkeit, die Gustav an seiner Freundin bewunderte.

»Da sag ich nicht Nein!«, erwiderte die Busenrost unumwunden, indem sie die Flasche kassierte, »und, wie gesagt, falls Sie ein kleines Andenken wollen … irgendjemand hat schon die Mocca-Tassen mitgenommen …«

»Wer?«, forschte Gustav, sich einen Augenblick vergessend.

»Ich erinnere mich nicht genau«, antwortete die Busenrost, »es waren ein paar Damen hier, in letzter Zeit. Eine Dame hat die Mocca-Tassen mitgenommen, und eine andere das Silber, gerade letzte Wo…«

»Das Silber?«, unterbrach Gustav unhöflicherweise, wobei er sich erfolglos bemühte, seiner Stimme einen unbeteiligten Klang zu geben.

»Ja!«, gab Frau Busenrost fröhlich zur Auskunft, »so drei Koffer aus rotem Leder, und ich sag noch: Wieso ist das Silber im Koffer, war es verreist?«

Und Ingelore Busenrost lachte wie eine kalbende Kuh.

»Warten Sie einen Moment!«, sagte Gustav in das Lachen hinein, »diese … *Person*, die die Koffer mitgenommen hat, war die eher klein und dick und herrschsüchtig oder eher größer und mager und durch und durch böse?«

»Ach, lassen Sie nur«, sagte Lilli schnell, indem sie ihren Freund beim Arme fasste, »das ist furchtbar nett von Ihnen, vielen Dank, aber lassen Sie nur, wir brauchen nichts.«

Mit welchen Worten sie fröhlich die von ihr mitgebrachte Handtasche, die sie auf der kleinen Biedermeierbank rechts neben der Haustüre deponiert hatte, bei den Bambusbügeln ergriff – und für einen Moment durch deren Gewicht ein wenig in die Knie ging. In der Tasche rumpelte und schepperte es ganz gehörig.

»Danke schön«, wiederholte Lilli fidel, immer noch an Frau Busenrost gewandt, »was brauchen wir schon? Nichts! Bleiben Sie, wie Sie sind! Passen Sie auf sich auf! Auf Wiedersehen!«

Gustav aber zog hörbar die Luft durch die Zähne, wie bei einem heftigen Nervenschmerz.

»Keine Sorge!«, erklärte die Busenrost, immer noch sehr aufgeräumt, »als Pflegerin bin ich krisensicher. Solange es Schmerzen und Gebrechen auf der Welt gibt, geht's mir gut! Haha! Keine Sorge, keine Sorge. Aber auf die alte Dame, da werd ich aufpassen!«

»Machen Sie das«, sagte Gustav, »mit der letzten Nurse, die das versucht hat, prozessieren wir noch immer.«

Aber da war die schwere Eichentüre schon knarrend hinter unserem Helden ins Schloss gefallen.

9. KAPITEL

Gretel tritt auf den Plan

Da die vorigen rückblickenden Kapitel wieder über Gebühr angeschwollen sind, tun wir gut daran, ein neues zu eröffnen, um endlich den Leser zurückzuführen zu jenem ganz bestimmten Vormittag im Juni. Der vorletzte Besuch, bei dem Frau Busenrost ihr Leben erzählt und eine Flasche Dom Pérignon kassiert hatte, lag etwa sechs Wochen zurück; der letzte Besuch, bei dem Gustavs Großmutter ihren Enkel zu sich ans Bett gewunken hatte, um ihm ins Ohr zu flüstern: »Die fällt mir auf die Nerven«, wobei sie mit dem beringten kleinen Finger ihrer linken Hand in eine Richtung wies, in der Frau Busenrost zu vermuten war, war etwa zwei Wochen her. Inzwischen war Gustavs Großmutter gestorben. Sie war in ihrem Leben ein paar Mal stärker als der Tod gewesen – oder nicht organisiert genug für den Selbstmord – aber jetzt war sie nicht mehr. Sie war gegangen, und es war Zeit, die Erbmasse zu sichten.

Womit Gustav und Lilli ganz gut vorankamen. Sie hatten anhand des mitgebrachten Verzeichnisses bereits ein paar am Tag zuvor beschaffte Umzugskartons vollgestopft und beschriftet. Gustav war soeben dabei, sich in jenem kleinen Waschraum links vor der Küche die Hände zu waschen, denn er hatte im Wintergarten die Kurland-Teller unter den Blumentöpfen entfernt.

Lilli rief aus der Beletage herunter: »Soll ich die Fliesen im Badezimmer abschlagen?«

»Welche Farbe haben sie?«

»Äh … *Sterbendes Blau!*«

»Dranlassen!«

»Und was ist mit den zwölf Bänden *Pathologie des Weibes*?«, rief Lilli, deren wildes Herumlaufen im ersten Stock Gustav trotz den schweren Teppichen ausgezeichnet hören konnte.

»Stehenlassen!«, schrie er zurück.

»Ein Jammer, dass man das Klosett nicht mitnehmen kann«, brüllte Lilli weiter, »das ist doch das Modell *König von Preussen*, nicht wahr? Wir haben das gleiche zuhause. So was wird heutzutage gar nicht mehr hergestellt!«

»Manchmal ist sie nicht ganz bei Trost«, sagte Gustav zu sich selbst.

In diesem Moment war das Geräusch eines Schlüssels im Schloss zu hören. Die Haustür öffnete sich knarrend. Darauf passierten verschiedene Dinge gleichzeitig: Gustav glaubte für einen Augenblick, das Ticken von Pfennigabsätzen auf den Solnhofer Kacheln im Eingang zu hören und sagte sich im selben Moment, dass dies unmöglich sein könne. Lilli hingegen, soeben im ersten Stock aus dem Ankleidezimmer kommend und bis unters Kinn beladen mit einem Stoß gepresster Bettwäsche – Lilli also hielt auf dem Treppenabsatz der Beletage inne und stieß einen Schrei aus, der schmetternd klang wie ein Trompetenstoß.

Im Eingang stand Tante Gretel.

Gott weiß, wie sie an einen Haustürschlüssel gelangt war! Selbstverständlich hatte Gustav jeden Augenblick mit Gretels Ankunft gerechnet; er hatte schließlich dies und das gehört in der Familie, Gretel habe sich aus Bogenhausen aufgemacht, Gretel sitze schon lange in den Startlöchern, Gretel hätte noch zu Lebzeiten ihrer Mutter bei ihren Besuchen im elterlichen Hause die Stühle gezählt, die Decken und Vorhänge gemustert und sich versichert, dass der Geheimschrank unangetastet war, dessen Schlüssel sie sich längst angeeignet.

»Gretel und Geld«, hatte Gustavs Großmutter zu sagen gepflegt, »das kannst du in *einem* Atemzug nennen!«

Und nun also stand Tante Gretel wahrhaftig in der Tür, und selbst wenn man mit dem Schlimmsten rechnet, so ist es ja doch immer noch ein kleiner Schreck, wenn es tatsächlich eintritt, auch wenn es ganz regulär durch die Haustür kommt.

Später stellte sich heraus, dass Gretel, kaltblütig wie ein Reptil, sich zur Schlüsselbeschaffung das schwächste Glied in der Kette ausgesucht hatte, nämlich Gustavs Onkel Julius, der nach dem Tod seiner Mutter in eine schwere allgemeine Leidigkeit gefallen war, die sich schließlich in einer lebensbedrohlichen Herzmuskelentzündung Ausdruck verschaffte, welche Julius glücklicherweise überstand. Im Genaueren hatte Julius darunter zu leiden, dass er niemals besonders viel Aufmerksamkeit von seiner Mutter bekommen hatte und ihr Ende in dem Sinne herzlos für ihn war, als es ihre Teilnahmslosigkeit unwiderruflich besiegelte – eine Teilnahmslosigkeit, zu deren Bebilderung etliche Anekdoten existierten: Julius, der auf dem Weg in die Ferien vergessen wird; Julius, der an seiner Mutter zupft, als er mit seiner Schwester Paula gegen Ende des Krieges von seinem Vater mit dem letzten Zug aus der Verschickung nach Posen zurückgeholt wurde – aber seine Mutter ist damit beschäftigt, sich darüber zu echauffieren, dass Tante Anna, das Aas, die Kinder einfach in Pferdedecken gewickelt und die guten Plumeaus behalten hatte.

Übrigens sollten wir an dieser Stelle einflechten, dass die Gleichmütigkeit von Gustavs Großmutter gegen ihren einzigen Sohn nicht das Ergebnis einer besonderen charakterlichen Abneigung oder idiosynkratischen Hemmung war, sondern einem allgemeinen Mangel an Interesse entsprang, einer charakterlichen Reserve, die ein familiäres Erbteil darstellte. Gustavs Großmutter interessierte sich in erster Linie für ihren Mann. Was die Kinder anging, so lassen wir Schwester Lena sprechen, eine der Krankenschwestern aus den Diensten von Gustavs Großvater, eine treue Seele, über die nie jemand ein schlechtes Wort verlor und die eines Tages zu Riekchen sagte: »Deine Mutter hatte immer nur genug Liebe für *ein* Kind, Kind.«

Von seinem Vater hingegen hatte Julius oft das Wort »Holzkopf« gehört. Julius war ein Holzkopf, weil er sich damals an der Zonengrenze für den Transit am Ausländerschalter angestellt hatte, denn dort war die Schlange am kürzesten; Julius war ein Holzkopf, weil er Psychologie studieren wollte, denn Psychologie war eine Disziplin für Holzköpfe. Tatsächlich aber verübelte es Gustavs Großvater seinem einzigen Sohn, dass er zu seiner Mutter hielt, in jenen Jahren, als sie trank und betrogen wurde. Die übrigen Kinder waren verwirrt und unentschlossen, denn sie sahen nur, dass ihr Vater abends nach Hause kam und ihre Mutter ihm betrunken entgegenwankte, aber Julius war aus irgendeinem Grunde überzeugt, dass sein Vater der Schuldige sei. Sobald Gustavs Großvater eine abfällige Bemerkung über seine Frau fallen ließ, was in jenen Tagen oft genug passierte, gefroren Julius die Gesichtszüge, und er wurde bleich bis in den Schlund hinunter. Was sein Vater mit den Worten kommentierte: »Na, Jul, ziehst du wieder deine Schnute?« Julius konnte nichts erwidern, weil sein Vater sonst cholerisch wurde. Stattdessen wurde er mit zunehmendem Alter selbst cholerisch. Wenn er nicht gerade leidend war. Bis in sein vierzigstes Lebensjahr träumte er immer denselben Traum: seine Eltern zogen um und vergaßen ihn im alten Haus, wo es kälter und kälter wurde, bis er schließlich ganz vereist war. Später fertigte er in seiner Freizeit Collagen an und gab ihnen Titel wie »Die Hölle in meinem Kopf« oder »Tanz um eine tote Ratte«.

Julius hatte einen Schlüssel zum Hause seiner Eltern. Denn er benutzte das elterliche Mercedes-Coupé – Leidigkeit hin oder her! Und diesen Schlüssel hatte Gretel sich verschafft, die kleine Intervention war ein Leichtes für sie, da war sie nicht zimperlich, und nun also stand Gretel in der Tür! Ihr Antlitz war fast vollständig verdeckt von dunkelblauen Dior-Brillengläsern, und sie trug ein scharlachrotes Kostüm, wie es sonst höchstens der Sekretärin des Satans stehen würde, dachte Gustav, als er sie sah.

Tante Gretel erfasste die Lage im Handumdrehen. Drohend schwang sie ihre giganteske Louis-Vuitton-Handtasche und rief anstelle einer Begrüßung mit einer Stimme von sieben Donnern: *»Hier wird nichts weggeschafft!«*

Schnell barg Gustav, der ein paar Schritte auf Gretel hin unternommen hatte, ein kleines Kurland-Schälchen mit Deckel und Goldrand, das ihm quasi im Vorbeigehen untergekommen war, hinter seinem Rücken, während er in tiefer Betrachtung auf eine Fuge im Fußboden starrte, verlegen mit dem Fuße scharrend.

»Was geht hier vor?«, inquirierte Gretel ruppig, um, als ihr Neffe nicht gleich antwortete, noch einmal mit einem gewissen Nachdruck hinzuzusetzen: »Hier wird nichts weggeschafft!«

»Oh«, sagte Gustav, der sich gesammelt hatte, »wir holen nur schnell ein paar Sachen ab. Für Paula. Von der Liste. Du weißt schon.«

Dazu wies er mit der freien Hand auf die Liste, das Inventarverzeichnis des Hauses, das übrigens inzwischen einigermaßen mitgenommen aussah und auf der kleinen Biedermeierbank zur rechten Seite der Haustür lag, direkt neben Lillis Handtasche mit den Bambusgriffen, die Lilli wieder dort deponiert hatte, wie beim letzten Mal.

Gretel drehte reptilartig den Kopf.

»Woher hast du die Liste?«, schnarrte sie, und ohne Gustav für eine Erwiderung Zeit zu lassen, wiederholte sie die Frage. Das Ganze mit einer gewissen Fassungslosigkeit. Natürlich kannte Gretel die Liste, selbstverständlich hatte sie ihr eigenes Exemplar, und glücklicherweise rührte sie das Exemplar auf der Biedermeierbank nicht an, denn darunter lag ein kleines Schnappetui aus Schlangenleder mit goldenen Manschettenknöpfen, die die Initialen von Gustavs Großvater trugen.

»Wieso?«, sagte Gustav, »die hat doch jeder, diese Liste. Jeder. – Ich bringe dich nach Hause, Lilli!«

Mit diesen letzten Worten ergriff er die Hand seiner Freundin, welche seit einiger Zeit, von Gretel ignoriert, neben ihm stand, mit einem Stoß Bettwäsche unterm Arm. Lilli indes war, wie immer, ganz praktisch und langte ohne zu zögern nach ihrer gewaltigen Handtasche aus. Gleichzeitig ergriff sie das Inventarverzeichnis, und zwar fasste sie es so, dass das Etui mit den Manschettenknöpfen unsichtbar darin eingeklemmt ward, versenkte das Ganze in der Handtasche, streifte sich deren Bambusbügel über den dünnen, weißen Unterarm, wobei durch die Füllung der Tasche genau wie bei deren letztem Einsatz ein erhebliches Geräusch verursacht wurde, worauf Lilli, davon augenscheinlich unbeeindruckt, demonstrativ die Bettwäsche auf der Biedermeierbank ablegte und sich etwas Staub vom Pepita-Röckchen klopfte, um anschließend mit beiden Händen die Rechte von Tante Gretel zu ergreifen, von der sie zu diesem Zeitpunkt immer noch keines Blickes gewürdigt worden war.

»Wiedersehen!«, sagte Lilli und schüttelte Gretels Hand, als würde sie dafür bezahlt, »hat mich sehr gefreut!«

10. KAPITEL

Mehr über Gretel. Und den Rest der Familie

Gustav war erleichtert, nachdem die schwere Eichentüre hinter ihm und Lilli ins Schloss gefallen war. Tante Gretel war ihm immer etwas unheimlich gewesen.

»Wo stehen die Kartons?«, fragte er seine Freundin, als sie den kurzen Weg durch den Vorgarten zu Lillis Wagen gingen.

»Die Hälfte ist oben im Ankleidezimmer«, antwortete Lilli, »und die andere Hälfte habe ich unter den Flügel im Musikzimmer geschoben.«

»Okay«, sagte Gustav, »mit etwas Glück entdeckt Gretel die nicht sofort. Und bevor sie nach oben geht, sind wir zurück. – Hier, das ist für dich!«

Womit er seiner Freundin das kleine Kurland-Schälchen mit Goldrand übergab, das er seit Gretels Auftauchen die ganze Zeit über hinter seinem Rücken verborgen hatte.

»Oh, danke schön, das ist süß«, sagte Lilli, »aber ich will trotzdem den Sessel aus dem Ankleidezimmer … und die Bodenvase vom Korridor. Und diese Schale mit den Putten. Die im Wohnzimmer auf dem Bücherschrank steht.«

»Sessel und Vase sind für dich«, erwiderte Gustav, »aber die Putten nehme ich!«

Während Gustav und Lilli sich auf den Weg Richtung Mexikoplatz machten, wurde Tante Gretel hinter der schweren Eichentür aktiv. Sie durchquerte in leicht irrem Zickzack das Haus, das einmal ihr Zuhause gewesen war, drehte Geschirr um und prüfte dessen Herkunft, hob die Ecke des Perserteppichs unter dem riesigen Tisch aus Palisander an, um die Knoten zu zählen, und ging durch die einzelnen Stücke der Sammlungen an Porzellan und Kristall, mit Hilfe eines Verzeichnisses, das sie selbst verfertigt hatte (und das sie gleichzeitig andauernd mit der offiziellen Inventarliste in der anderen Hand verglich). So geisterte Gretel durch das leere Haus, wo in verlassenen Zimmern die zerschlissenen Seidentapeten in Fahnen wie Trauerflor von den Wänden wehten, in ihrem flammend roten Kostüm und einem Zustand leicht irritierter Enttäuschung, dabei unablässig wispernd den Rest der Familie des Unterschleifs und der Beiseiteschaffung von Staatspapieren und Wertsachen bezichtigend.

»Wo ist der Füllhalter?«, murmelte Gretel vor sich hin, »wo ist der goldene Füllhalter?«

Tante Gretel war wirklich etwas unheimlich. Aber sie hatte es auch nicht leicht gehabt. In gewisser Weise hatte ein problematischer Stern über ihr gestanden seit ihrer Geburt, damals in den letzten Kriegsmonaten im Bunker der Charité, als der erste Kommentar der Hebamme über dieses gerade erst begonnene Leben lautete: »Na, da hätten Sie dem Führer aber auch noch ’n kleinen Soldaten schenken können!«

Die junge Mutter antwortete auf diesen Kommentar spontan mit: »Halten Sie die Klappe, Sie Idiotin!«

Auf diese Weise also begann Gretels problematisches Leben, dessen weitere Stationen auch nicht viel lustiger waren. Amüsiert hatte sich Gretel nur als Teenager im Reitstall, jedenfalls nach der Einschätzung ihrer Mutter, die den süffisanten Slogan prägte »Gretel amüsiert sich im Reitstall«, wobei auch nie so ganz klar wurde, welche Art von Amusement hier eigentlich gemeint war. Gustavs Großmutter pflegte mit diesem Hinweis nicht zuletzt sämtliche von Gretels Verehrern abzuschrecken (oder wenigstens die, die nicht im Reitstall waren). Fest stand, dass Gretel damals der Reitstall für ein halbes Jahr verboten worden war, nachdem Gefahr bestanden hatte, sie würde in der Schule sitzenbleiben (was schon Gustavs Onkel Julius passiert war und später noch seiner Tante Tutti widerfahren würde). Nach Auffassung von Gustavs Großeltern sollte man Abitur machen und am besten Arzt werden. Die Noten waren weniger wichtig, aber man musste schließlich irgendwie durch die Schule kommen, denn sonst drohte eine Zukunft als Schuhverkäuferin bei Leiser.

Es war übrigens durchaus nicht ersichtlich, wer von den sieben Kindern warum auf welche Schule geschickt wurde. Paula und Julius, die beiden Ältesten, hatten in den ersten chaotischen Nachkriegsjahren zunächst Privatunterricht bei einem gewissen Herrn Roederer (der in der Familie Roderer Cristal genannt wurde). Später dann gingen Julius, Gretel und Tutti sowie Gustavs Mutter auf die Schadow-Schule, ein rotes Backsteingebäude mit Turm und Kupferdächern in Zehlendorf-Mitte, wobei ein erschöpfter Lateinlehrer namens Vinzenz Mickelburg seinerzeit zu Tutti, die in der Schadow-Reihe die Jüngste war, die Worte sprach: »Ich hoffe, nach dir ist dann mal Schluss!« In welcher Hoffnung der Pädagoge getrogen wurde, denn es dauerte kaum fünfundzwanzig Jahre, da saß Gustav auf den zerschnitzten Holzstühlen unter Turm und Kupferdächern – freilich zu spät für Vinzenz Mickelburg, der längst das Zeitliche gesegnet hatte, was wahrscheinlich sein Glück war. Die Schadow-Schule aber, eine in mancher Hinsicht einmalige Anstalt, hatte da immer noch viel von ihrem früheren Geist, dem Geist aufmüpfiger und indolenter Bürgerkinder, wovon später noch die Rede sein wird.

Riekchen, Zissel und Paula hingegen besuchten die Königin-Luise-Stiftung, eine überkonfessionelle Privatschule in Dahlem. Im Hause von Gustavs Großeltern war man allerdings der Etikette nach katholisch, und in der Tat hatten Gustavs Großeltern zuerst versucht, ein paar ihrer Töchter auf eine katholische Privatschule zu schicken, doch als sich herausstellte, dass dort die Mädchen im Winter keine Hosen anhaben durften (beziehungsweise höchstens, wenn sie über der Hose noch einen Rock trugen), sprach Gustavs Großvater: »Meine Kinder laufen nicht rum wie die Hottentotten!«, und setzte den Nachwuchs um. Die religiösen Neigungen hielten sich in Gustavs Familie ohnehin in Grenzen. Seine Mutter zum Beispiel hatte als kleines Mädchen bei ihrer Taufe auf die Frage des Geistlichen, ob sie in Gottes Gemeinschaft aufgenommen werden wolle, so lange mit »Nein« geantwortet, bis der arme Mann nach der soundsovielten Wiederholung sich zum Publikum drehte und eine andere Frage stellte, nämlich: »Vielleicht kann mal ein Erwachsener für das Kind mit Ja antworten?«

II. KAPITEL

Mal sehen, ob Frau Weichbrodt was übrig gelassen hat

Gustav saß indessen bei Lilli zuhause im Esszimmer, einem nicht allzu großen, mit wuchtigem, dunklem Mobiliar ausgestattetem Raum, durch dessen schwer verhangene Fenster nur wenig Licht fiel. Auf jeder verfügbaren freien Fläche stand Meissner Porzellan. »Das meiste sieht natürlich schrecklich aus«, pflegte Lilli zu sagen, »aber mein Vater liebt nun mal das Schwanenmuster. – Mal sehen, ob Frau Weichbrodt was übrig gelassen hat.«

Mit diesen letzten Worten pflegte Lilli den Deckel einer riesigen Meissner Bonbonniere zu lüpfen, die im Esszimmer auf einer wuchtigen dunklen Anrichte stand. Das war stets das Erste, was Lilli tat, wenn sie nach Hause kam: Sie ging ins Esszimmer und sah nach, wie viele Pralinen die Putzfrau gegessen hatte. Ermenegilda Weichbrodt stand seit über zwanzig Jahren im Dienste von Lillis Familie, und jeder in Lillis Familie (und wie Gustav manchmal hinzusetzte: jeder in *Zehlendorf*) wusste, dass Frau Weichbrodt sich während der Arbeit gerne mal ein Stückchen Konfekt genehmigte, bloß Ermenegilda selbst lebte offenbar in dem Wahn, niemand würde das merken, wenn sie nur den Deckel wieder richtig auf die Bonbonniere setzte. Frau Weichbrodt, eine kräftige Erscheinung schwer bestimmbaren Alters, die fest auf ihren säulenartigen Beinen in der Wirklichkeit stand, hatte ihren exotischen Vornamen, weil jemand in ihrer Vorfahrenschaft mal mit dem Wanderzirkus durchgebrannt war. Dies war jedenfalls das, was Lilli erzählte, obschon es nicht wirklich einen Sinn ergab. Aber auf diese Weise begegnete man in ihrer Familie so realen Erscheinungen wie jener der Frau Weichbrodt: mit einer leicht herablassenden und amüsierten Großzügigkeit, mit der man es hinnahm, dass Ermenegilda das Konfekt verspeiste, denn sie musste sich schließlich durchschlagen und in ihrem sehr realen Dasein zweifellos Widrigkeiten bewältigen, von denen man infolge der Vorzüge der eigenen gesellschaftlichen Stellung suspendiert zu sein glaubte und nicht mal eine Ahnung hatte. Und so beschränkte man sich darauf, regelmäßig den Deckel der Bonbonniere zu lüpfen und einen kleinen Kommentar abzugeben, und ließ ansonsten Frau Weichbrodt ihre Pralinen essen. Was keinesfalls ausschloss, dass einem die Sache dann und wann die letzten Nerven kosten konnte, zum Beispiel, wenn Frau Weichbrodt Lillis Lieblingstruffes verschlungen hatte. Das war ärgerlich. Aber nur so lange, bis Lillis Vater zu Butter Lindner fuhr und neue besorgte.

Nicht weit von der Bonbonniere stand ein uraltes, riesiges schwarzes Telefon mit Wählscheibe, und Gustav saß daneben auf einem unbequemen, pseudogotischen Stuhl und sprach mit seiner Tante Paula, genannt Pümmel. Genauer gesagt: Er hörte ihr zu.

»Gretel ist immer zu kurz gekommen«, erklärte Pümmel soeben und atmete hörbar aus, aber nicht aus rhetorischen Gründen wie ihre Mutter, sondern weil sie zu dick war, »und diese Mitleidsmasche hängt mir langsam zum Hals raus.«

Gustav telefonierte mit Paula, weil er ihr versprochen hatte, ein paar Sachen im Hause seiner Großeltern für sie zu reservieren. Das war keine besondere Auszeichnung; Paula hatte alle möglichen Leute gebeten, ihr Sachen zu reservieren. Sie war nicht anspruchsvoll in der Auswahl derjenigen, die ihr einen (oder zwei) Gefallen tun könnten. Sie selbst bewegte sich wenig. Sie saß seit ungefähr zwanzig Jahren in ihrer Wohnung in Köln zwischen einer Unmenge von Büchern und drei bis vier Fernsehern und Fotos, die entweder ihren Sohn Benjamin oder Bob Dylan zeigten, trank Rotwein und erklärte, sie habe Depressionen wegen der politischen Situation in Mittelamerika. Oder weil in Afrika Menschen verhungerten. Oder weil der Nahe Osten voller Terroristen sei. Manchmal trank Pümmel auch Bier. Ansonsten lebte sie von Mahlzeiten aus Plastikschalen, die eine Freundin für sie vorkochte und mit Etiketten für die jeweiligen Wochentage versah, sodass Pümmel dann nur entsprechend den Etiketten aufwärmen musste, was sie in ihrer Küche tat, die zugestellt war mit abgelaufenen Medikamenten und Gläsern voll kristallisierter Marmelade.

Zwischendurch schaffte es Paula irgendwie auch noch von Köln nach Leverkusen, wo sie als Praktische Ärztin tätig war. In ihrer Praxis legte sie sich erklärtermaßen zwischen dreizehn und fünfzehn Uhr auf den Fußboden und hielt dort Mittagsschlaf.

»Ich habe nicht die geringste Ahnung, wann Paula ihre letzte Fortbildung absolviert hat«, pflegte Riekchen dazu zu sagen, »fest steht, dass sie Sonnenbrand mit Cortison-Creme behandelt. Mit *abgelaufener* Cortison-Creme. Na ja, für diese Arbeitergegend da in Leverkusen ist sie wahrscheinlich genau richtig; ich meine, sie sagt diesen Leuten, sie sollen sich ordentlich waschen und so. Obschon Paula mir ja selbst neulich erklärt hat, man müsse sich nicht jeden Tag duschen. Und obschon sie bekanntlich manchmal den Hosenbund nicht schließt, besonders nach dem Essen. Ich meine, streng genommen ist Pümmel eigentlich so was wie eine Obdachlose; und diese Wohnung in Köln ist ihr Einkaufswagen. Und mir kann keiner erzählen, dass sie damals in den sechziger Jahren im Love-and-Peace-Rummel irgendwann die Orientierung verloren hat. Wohl kaum. Nicht Paula. Gretel vielleicht, allenfalls noch Tutti, für kurze Zeit – aber Paula hatte da schon Familie! Nein, bei Pümmel ist das *konstitutionell*, da lagen schon als Teenager die Käsestullen unterm Bett und obendrauf lag sie mit ihrem Dostojewski ... und später dann ... na ja, du kennst ja die Geschichte vom Schwur meines Lebens ...«

DER SCHWUR MEINES LEBENS

Stellen Sie sich vor: die Toskana in den frühen siebziger Jahren des letzten Jahrhunderts. Durch diese blühenden Landschaften, das damalige Dorado des gehobenen sozialdemokratischen Milieus von Westdeutschland, rast im Zickzackkurs ein quittengelber Volvo. Der Wagen wird gesteuert von Paulas Ehemann, einem Fernsehredakteur beim Westdeutschen Rundfunk, dessen Lebenskredit die Einführung einer Rockmusiksendung darstellt (»... und dadurch wird man auch nicht interessanter«, hören wir an dieser Stelle Gustavs Großmutter sagen). Der Redakteur, der damals schon ein Alkoholproblem hat, langt ab und zu nach hinten Richtung Rücksitz aus, um seinen ungefähr zehnjährigen Sohn Benjamin zu erwischen, der dort kräht und krakeelt, wie das antiautoritär erzogene Kinder nun mal so zu machen pflegen. Natürlich will sein Vater ihn nicht wirklich hauen, sonst wäre ja die ganze anstrengende antiautoritäre Erziehung zum Teufel. Andererseits ist Ben natürlich auch nicht wirklich strikt antiautoritär erzogen, zum Beispiel hat seine Mutter ihn in West-Berlin aus dem herrschaftsfreien Kinderladen genommen, nachdem ihr zu Ohren gekommen ist, dass dort als Disziplinierungsmaßnahme die chinesische Tröpfchenfolter angewendet wird, was ja wirklich nicht mal im weiteren Sinne als antiautoritär durchgehen kann, und nachdem Paula außerdem mit eigenen Ohren hat mitanhören müssen, wie Rudi Dutschke seine Frau Gretchen rumkommandiert, was weder im engeren noch im weiteren Sinne als antiautoritär durchgehen kann. Gustavs Großvater, der, wie manche Konservative, einen feinen Sinn für Ironie besaß (denn Ironie ist niemals fortschrittlich), pflegte sich übrigens zu amüsieren über »das Antimilitaristenkind«, wie er den kleinen Ben nannte, wenn der sich mal wieder einen Kleiderbügel griff und auf seine Eltern zielte und »Peng! Peng! Peng!« schrie.

»Ein grässliches Kind«, stellte hingegen Gustavs Großmutter fest.

Weniger amüsiert ist auch Riekchen, die auf der Rückbank des quittengelben Volvo neben dem plärrenden Zehnjährigen sitzt und abwechselnd nach vorne an die Adresse ihres Schwagers ruft: »Halt das Lenkrad fest, Georg! Halt das Lenkrad fest!«, und auf ihre Schwester Paula starrt, die, damals schon zu dick, auf dem Beifahrersitz sitzt und ihrerseits damit beschäftigt ist, in regelmäßigen Abständen ihr Batikkleid unter ihre Brüste zu schieben, um diesen Halt zu geben.

»Dieses Kleid«, sagte Riekchen, wenn sie sich an die Sache erinnerte, was nicht selten geschah, »dieses Kleid! Das hatte so ein Wohngemeinschafts-Einheitsgrau! Ent-setz-lich.« Und dazu zog Rieckchen die Luft durch die Zähne wie bei einem heftigen Nervenschmerz.

Und dann verliert Riekchen die Geduld. Man ist konsti-

tutionell nicht besonders geduldig, besonders mit den eigenen Anverwandten. Man ist von geistigen und seelischen Spannungen so durchsättigt, dass es nie lange dauert, bis irgendein neues Ingrediens eine merkliche Gärung verursacht und die ganze Sache schäumend über den Rand schwillt, bis man auch auf kleinste Reize mit einer Funkenkette von Entladungen reagiert, und Paulas ungebremster Busen ist, zusammen mit der schlingernden Fahrt und dem plärrenden Kind, weit mehr als ein kleiner Reiz.

Also sagte Riekchen: »Mein Gott, Paula, zieh dir einen BH an!«

Worauf Pümmel, indem sie ihr einheitsgraues Batikkleid mit einem besonders energischen Ruck unter ihren Busen schiebt, erwiderte: »Werd du erst mal so alt wie ich. Dann werden wir ja sehen, was du dann für 'ne Figur hast!«

»Tja, was soll ich sagen, da war Paula Mitte dreißig«, sagte Riekchen, »und in diesem Moment tat ich den Schwur meines Lebens. Indem ich mir vornahm, mit fünfunddreißig nicht so auszusehen wie meine Schwester Paula. Und auch nicht mit fünfundfünfzig. Und voilà. Bundweite neunundzwanzig bis heute!«

12. KAPITEL

Die Angst, zu kurz zu kommen

Wir sind wieder im schwarzen Esszimmer von Professor Ortius in Zehlendorf, in dem Gustav sitzt und mit seiner Tante Paula telefoniert.

»Gretel glaubt ständig, sie würde zu kurz kommen«, erklärte Paula soeben und atmete hörbar aus, »und diese Mitleidsmasche hängt mir langsam zum Hals raus.«

Paula war seit Jahren geschieden. Ihr blieben ihr Sohn Ben und ein Therapeut namens Schleierweber. Ben, der mittlerweile etwa so alt war wie seine Mutter in jener Episode, da Riekchen den Schwur ihres Lebens tat, und übrigens auch dabei war, eine ähnliche Figur zu entwickeln, war inzwischen in die Stadt New York übersiedelt, wo er sich als Fotograf versuchte. Er lebte dort an der Upper West Side in einem Apartment, das ungefähr die Größe eines Schuhkartons hatte, und seine Mutter, die, wenn sie sich hinlegte, etwa die Hälfte des Apartments ausfüllte, hatte keinerlei Skrupel, sich dort regelmäßig einzuquartieren. Gustav kannte Ben, wie viele seiner Cousins und Cousinen, kaum. Er erlebte ihn Jahre später einmal während eines Abendessens, bei dem Ben seinen Blackberry neben sein Gedeck legte, seinen Jetlag beklagte und ansonsten so Sachen sagte wie: »Also ich, der ich als New Yorker am 11. September in New York war …« Was Gustav ziemlich behämmert fand für jemanden, der im Grunde aus Köln-Nippes stammte.

Pümmel jedenfalls kannte nach ihrer eigenen Versicherung die Stadt New York im Allgemeinen und die Upper

West Side im Besonderen inzwischen wie ihre Handtasche (in der sie übrigens bei Flugreisen stets einen Satz Unterwäsche transportierte, falls das Gepäck verlorenginge). Gerne ließ sie typisch amerikanische Wendungen wie »in no time« in ihre Rede einfließen, auch sagte sie öfter »I like it« – und dies alles in frischer Unbekümmertheit über einen schweren deutschen Akzent, wie er sonst höchstens noch in Nazifilmen der BBC verwendet wird. Ansonsten ernährte Paula ihren Sohn vom Erbe ihres Vaters. Welcher übrigens mit einer gewissen pessimistischen Scharfsichtigkeit, die man konservativ nennen mag, vorhergesagt hatte, dass es das Antimilitaristenkind nicht weit bringen würde.

»Dein Cousin Ben ist leider ein Taugenichts«, pflegte Gustavs Großmutter zu sagen, »schon dein Großvater hat immer gesagt, Ben sei ein Nichtsnutz und Tagedieb, mein Gott, wie oft hab ich das hören müssen, aber man kann ja über deinen Großvater sagen, was man will – und ich könnte dir *einiges* zu ihm sagen –, bei solchen Einschätzungen lag er immer richtig. Ich meine, dieser Junge, Ben, der ja eigentlich längst kein Junge mehr ist, sondern ein ausgewachsener Mann, lebt noch vom Geld seiner Mutter! So was gehört sich doch nicht. Im Grunde ist das nicht weniger skandalös als dein Cousin Florian, der Sohn von … Dings … Gretel, der mit dieser wahnsinnig streitsüchtigen und mannstollen sogenannten Künstlerin nach Mexiko durchgebrannt ist. Denn von daher stammte die Dame. Die obendrein über vierzig war und schon von irgendwoher zwei Kinder hatte. Na ja. Was soll's. Davon wird man auch nicht interessanter. Wie du weißt, hat Florian angefangen, die Sachen seiner Mutter in einer Art Garagenverkauf zu veräußern, um das Geld für die Reise zusammenzukriegen. Und das, obwohl seine Mutter nach

Luipolds Pleite und Herzattacke sowieso schon vor dem Offenbarungseid stand. Was soll man dazu sagen? Nun, ich denke, Gretel war froh, dass Florian überhaupt noch lebte, nachdem er kurz zuvor gerade erst bewusstlos und intoxikiert im Englischen Garten gefunden worden war. In *München*! Das muss man sich mal vorstellen. Wie auch immer. Wenn Paula glaubt, sie müsse die pseudokünstlerischen Ambitionen ihres Sohnes in New York finanzieren, bitte sehr, doch ich für meinen Teil …«

»Aber«, beeilte sich Gustav einzuwerfen, wofür er einen emphysematischen Ausatmer seiner Großmutter nutzte, »aber … von Bens Fotos soll offenbar eines demnächst in *Esquire* gedruckt werden. Jedenfalls, wenn man Paula glaubt.«

»Schön«, erwiderte seine Großmutter in ihrer typischen Art, das Wörtchen *schön* auszusprechen, so als rutschte es einen kleinen Berg herunter, »*schön*. Das tut bloß niemand. Niemand glaubt Paula. Versteh mich nicht falsch, Paula gehört, neben Riekchen, zu den klügsten meiner Töchter, aber in Bezug auf ihren Sohn ist sie nicht ganz dicht. Außerdem ist sie beinahe so raffgierig wie Gretel. Ich muss es wissen. Ich bin ihre Mutter.«

»Vergiss nicht, ich will das Kakaomädchen und die Kommode!«, schnaufte Paula.

»Wie bitte?«, rief Gustav und presste sich den riesigen Hörer fester ans Ohr. Paula war schlecht zu verstehen, weil im Hintergrund ein Fernseher in voller Lautstärke lief, man hörte Stücke eines englischen Dialogs, versetzt mit starkem Rauschen, was bedeutete, dass Paula wieder ihre Lieblingsfernsehserien in der Originalfassung auf diesem holländischen Kanal schaute, den sie in Köln jedoch nur verrauscht empfangen konnte. Sie war also zuhause. Gustav hatte zuerst versucht, sie in der Praxis zu erreichen, doch da fehlte Paula heute, vermutlich aufgrund fürchterlicher Depressionen, die der Tod ihrer Mutter in ihr ausgelöst hatte. Sowie aufgrund der Gefahr, das Kakaomädchen an Gretel zu verlieren.

»Das Kakaomädchen!«, wiederholte Paula eindringlich. »Ich will dieses Bild mit dem Kakaomädchen. Und die englische Kommode, über der es hängt. Kleb da 'nen Zettel mit meinem Namen dran! An alles! Hörst du? – Hallo?«

Gustav reagierte nicht sofort, weil in diesem Moment Lilli das Esszimmer betreten hatte und er mit den Lippen tonlos den Namen *Paula* formte, wozu er überflüssigerweise mit seiner linken Hand die Sprechmuschel des Telefonhörers abdeckte.

»Hallo?«, schrie indes seine Tante am anderen Ende der Leitung. »Hallo?«

»Ja«, sagte Gustav, »ich bin hier. Mit oder ohne Inhalt?«

»Mit oder ohne Inhalt was?«

»Die Kommode. Möchtest du die mit oder ohne Füllung?«

»Hm«, machte Paula und hielt jenen winzigen Moment inne, den dingliche Charaktere brauchen, um ein mögliches Angebot zu überschlagen. Dann fragte sie: »Was ist drin?«

»Hauptsächlich Pillen«, antwortete Gustav nach bestem Wissen.

»Brauch ich nicht«, sagte Paula mit jener mühsam unterdrückten Verstimmung, die das gesamte Wesen des Raffgierigen überwältigt, wenn sich eine materielle Gelegenheit vergibt. »Kann ich mir selbst besorgen.«

13. KAPITEL

Landleben

»Also«, sagte Gustav, als er mit Lilli wieder in deren Wagen einstieg, »kannst du noch mal rekapitulieren, was wir für Paula auf der Liste haben?«

»Ich nicht – *du*!«, verbesserte Lilli und ließ den Motor an, »ich setze keinen Fuß mehr in dieses Irrenhaus. Ich fahr dich nur dahin.«

»Schön«, erwiderte Gustav, wobei er das Wort ein bisschen so betonte als rutschte es einen kleinen Berg herunter, »*schön*. Dann werde *ich* eben rekapitulieren. Also, was haben wir hier … das Kakaomädchen, die Kommode samt darauf stehender Biedermeieruhr, dann … zwei Biedermeierstühle aus dem Musikzimmer … sowie … die grünen Steuben-Gläser mit Goldrand …«

»Zu spät! Hab ick schon einjepackt!«, meldete Lilli.

»Achtung!«, rief Gustav, »der Typ vor uns bremst!«

»Fahr schneller oder verzieh dich von der Straße, du Vollidiot!«, schrie Lilli aus dem geöffneten Autofenster.

»Ist das ein Gin-Glas, was hier im Fußraum rumrollt?«, erkundigte sich Gustav, indem er sich bückte und anschließend seiner Freundin ein mit Fingerabdrücken übersätes Glas entgegenhielt, auf dessen Boden eine halbvertrocknete Zitronenscheibe klebte.

»Habe ich dir eigentlich schon erzählt«, entgegnete Lilli, »dass ich gelernt habe, mit Zwischengas zu fahren?«

»Naja. Was soll's. Die Steuben-Gläser sind egal«, sagte Gustav und tippte auf die Liste in seiner Hand, »wir gebrauchen Paulas Ansprüche einfach als Waffe gegen die Verwandtschaft …«

»Wir sind gleich da«, stellte Lilli überflüssigerweise fest, nachdem sie von der Argentinischen Allee abgebogen waren, »du meine Güte, was ist denn nun passiert – hat hier ein Gebrauchtwagenhandel aufgemacht?«

Vor dem Haus standen neben Gretels leicht abgetakeltem kleinem Auto ein Lieferwagen, eine Limousine und das Mercedes-Coupé, das eisblaue Coupé, das Gustav nur zu gut kannte: der letzte Wagen seines Großvaters.

»Herr im Himmel steh mir bei!«, entfuhr es Gustav.

»Heißt das, dein Onkel ist hier?«, fragte Lilli mit kaum unterdrückter Verwunderung in der Stimme.

»Natürlich nicht!«, antwortete Gustav, »mein Onkel liegt im Bett und weint.«

»Woher weißt du das?«, fragte Lilli.

»Von Friederike«, antwortete Gustav.

»Mein Gott«, sagte Lilli, »was für ein Weichling.«

Gustav stimmte ihr zu. Er hatte zuhause gelernt, dass es sich nicht gehörte, die Fassung zu verlieren. Das war peinlich, unschicklich und nützte niemandem etwas. Man hatte sich gefälligst ein bisschen zusammenzunehmen, alles andere war ja rücksichtslos, wo kämen wir hin, wenn wir uns alle gleich bei der erstbesten Gelegenheit aufs Bett würfen und in Tränen ausbrächen?

»Ja«, seufzte Gustav, »die Familie wird immer untüchtiger. Das hat meine Großmutter schon vor Jahren festgestellt.«

»Darf ich mal fragen«, erkundigte sich Lilli, »wer dann mit diesem Auto hierhergefahren ist?«

»Madeleine«, antwortete Gustav.

»Oh«, erwiderte Lilli, »die Schwierige?«

Gustav nickte. Madeleine war die Frau seines Onkels Julius – und dies schon seit Jahrzehnten. Trotzdem kannte Gustav sie kaum. Jeder in der Familie kannte sie kaum, aber jeder in der Familie hatte eine Meinung zu Madeleine. Madeleine war – »schwierig«. Also unfassbar, nicht zu berechnen und daher heikel, wenn nicht gar gefährlich. Was genau an ihr schwierig war, wurde nie weiter ausgeführt; üblicherweise trat eine kurze kühle Stille ein, sobald, was selten genug passierte, irgendwie Madeleine ins Spiel kam, und auch dies war etwas Besonderes, denn Stille herrschte selten in Gustavs Familie. Gustavs Mutter beispielsweise erwähnte ihre Schwägerin nie, und Gustavs Großmutter erwähnte sie nie namentlich, sondern sprach stets nur von »Julius' Frau«, wobei sie diese drei Silben genau so zu betonen verstand, wie man als normaler Mensch etwa »Genug davon!« intoniert.

Wahrscheinlich war es der armen Madeleine einfach zum Verhängnis geworden, dass sie für ihren Platz eigentlich nicht vorgesehen war. Julius war nämlich vorher mit einer anderen verlobt gewesen, mit Diana Ziegenhain, der Tochter eines gut situierten Orthopäden und einer unglaublich geizigen Schwäbin, bevor er, durch irgendwelche Vorgänge, die wohl kindisch und lächerlich waren und bestimmt auch irgendwas mit den Kommunenzuständen zu tun hatten, an Madeleine geriet, mit der er übrigens sehr glücklich zu sein schien, was ebenfalls verdächtig war.

»Madeleine ist also aufgetaucht«, murmelte Gustav, »nun, ich bin sicher, sie wird ein paar Ansprüche erheben. Ganz gewiss hat sie auch eine kleine Liste dabei. Madeleine und Gretel in einem Haus – ich weiß nicht, wann das zum letzten Mal vorgekommen ist. Das ist wie Godzilla gegen Mechagodzilla.«

»Ja – aber«, sagte Lilli, »da sind doch noch andere Leute angekommen. Der Mercedes da drüben und dann dieser Lieferwagen quer über der Garageneinfahrt, der deiner Tante Gretel die Ausfahrt versperrt – wer ist das?«

»Das«, erwiderte Gustav tonlos, »dürften wohl meine Eltern sein.«

»Ach du liebe Zeit!«, sagte Lilli und begann zu husten

Obgleich ja schon von jeder Menge Verwandtschaft die Rede war, haben wir Gustavs Eltern bisher nur am Rande gewürdigt, und der Leser mag das seltsam finden, denn immerhin ist Gustav doch unsere Hauptfigur. In der Tat aber verhielt es sich so: Gustavs Eltern hatten Berlin verlassen und waren aufs Land gezogen, an einen etwas verlorenen und auserwählt beschaulichen Zipfel der Welt, wie es sie zum Beispiel in Norddeutschland noch gab, wo Stille und ungestörte Zufriedenheit herrschten in den Sitten der Menschen, wo das Schicksal Pause machte, wo die Zeiger aus der Uhr fielen, wo mittags für drei Stunden die Geschäfte schlossen. Genauer: das Geschäft. Der Himmel schien sich dort näher an die Erde zu schmiegen, er spannte sich über den Flecken wie ein väterlich schützendes Dach, wie um den beschaulichen Winkel vor allen Fährnissen zu schützen. Dort lebten Gustavs Eltern. Sie waren dorthin gezogen, weil es in den siebziger Jahren unter Berliner Rechtsanwälten und solchen Leuten schick wurde, sich in der westdeutschen Provinz eine alte Schule oder ein altes Bauernhaus zu kaufen. (Allerdings waren die meisten Rechtsanwälte umsichtig genug, eine Bleibe in Berlin zu behalten.) Vor allem aber waren sie dorthin gezogen, weil Gustavs Mutter, die für die Wirklichkeit zu schwache Nerven hatte und häufig an Kopfschmerzen litt, es so wollte. Denn sie war für den Frieden, für eine glatte

Oberfläche, für einen reibungslosen Tag. Und sie schien ins Schwarze getroffen zu haben! Scheinbar gleichmäßig und ungestört vollzog sich in der norddeutschen Provinz der Kreislauf des Jahres. Ereignisse jeglicher Art waren außerordentlich selten. Die Leute dort glaubten nicht recht an seelische Aufregungen, und noch weniger hielten sie das Karussell des ewigen Strebens nach irgendwelchen Zielen und in irgendeiner Absicht für ein richtiges Leben. Das Schicksal zeichnete sie nicht, wie die anderen Menschen, mit vernichtenden Schlägen oder vorzeitigen Falten. Alkohol und fettes Essen zeichneten sie.

Und wie anderswo die Leiber und Herzen der Menschen von der vulkanischen Tätigkeit eines inneren, seelischen Feuers ausbrennen, so erstickte die Seele in der norddeutschen Provinz höchst friedlich und ohne Störungen an Langeweile. Ohne einen Mucks von sich zu geben. Alles versprach ein ruhiges, langes Leben bis ins Greisenalter und einen unmerklichen, schlafähnlichen Tod (übrigens schon deshalb unmerklich, weil er sich von der rundherum herrschenden tödlichen Langeweile nicht wesentlich unterschied, der Tod – ja, manchmal brauchte man dort sehr lange, bis man merkte, dass jemand tot war). Das schien alles ganz genau richtig für Gustavs Mutter. Die Menschen dort waren träge von Natur. Das Gegenteil des Berliners. Deshalb wollte Gustavs Mutter dahin. Denn vor allem anderen fürchtete sie sich. Natürlich hasste sie trotzdem das Landleben insgeheim, deshalb wurden auch ihre Kopfschmerzen nicht besser.

»Weißt du, diese Leute da, auf dem Lande, wo meine Eltern jetzt wohnen«, sagte Gustav zu Lilli, »diese Leute plagen sich niemals mit irgendwelchen nebelhaften Fragen nach der guten Form oder nach dem richtigen Benehmen. Zumal jede Frage an Verstand und Herz zehrt und das Leben verkürzt. Dafür strotzen sie von Unbefangenheit und Gegenwart, dass es nur so eine Art hat!«

»Klingt wie die Wiege der Idiotie«, erwiderte Lilli.

»Allerdings! Die Leute da leben in Windmühlen, bewerfen sich mit Ferkeln, laufen Wasserski auf Klotüren und lieben sich bei Polka-Musik. Deshalb findet das Schützenfest aus Sicherheitsgründen auch nur alle vier Jahre statt.«

»Okay«, machte Lilli.

»Die Leute da«, fuhr Gustav fort, »nennen sich Mecki und Kröte …«

»Äh …«, machte Lilli.

»Ich bin noch nicht fertig!«, sagte Gustav, »Sie geben sich selbst Namen wie Stöpsel und Keule … Speiche …«

»Okay!«, schrie Lilli, »Schluss! Genug! Ich hab's verstanden! Die Botschaft ist angekommen! Übrigens muss ich langsam gehen. Ich habe Kopfschmerzen.«

»Kopfschmerzen?«, erwiderte Gustav, »aber das ist doch nicht das geringste Problem! Ich stamme aus einer Familie von Kopfschmerzopfern! Hier ist die Kopfschmerzzentrale! Wenn wir in diesem Haus keine Medikamente gegen Kopfschmerzen finden, dann finden wir sie nirgendwo! Was ist es denn für ein Schmerz? Dumpf? Hämmernd? Oder fühlst du dich, als hättest du eine Axt im Schädel?«

»Ja«, antwortete Lilli, »Letzteres trifft es ungefähr. Das hier ist alles ein bisschen viel für mich. Du musst entschuldigen, aber ich möchte jetzt wirklich nach Hause. Ich komme aus einer Familie, in der man nicht mal aus der Rolle fällt, wenn man in Flammen steht. Und ich meine das nicht metaphorisch.«

»Aber«, wandte Gustav ein, »hast du mir nicht neulich erzählt, dass deine Mutter deinen Bruder und dich mal kurzzeitig ausgesetzt hat, als ihr klein wart?«

»Nicht ausgesetzt im engeren Sinne«, verbesserte Lilli, »sie hat uns nur mal kurz aus dem Auto geworfen, weil wir ihr auf die Nerven gefallen sind. Dann ist sie um den Block gefahren und hat uns wieder aufgepickt.«

»Aber«, reklamierte Gustav erneut, »was willst du denn machen, wenn du jetzt zurück nach Hause fährst?«

»Ich will«, erklärte Lilli, »mein Gesicht in eine Eiswasserschüssel tauchen.«

»Und wie willst du atmen?«

»Durch einen Strohhalm.«

So verabschiedete sich Gustav von seiner Freundin, und ging auf die schwere Eichentür zu, durch den kurzen, verwilderten Vorgarten, und indem er diese Schritte tat, erinnerte er sich daran, wie seine Mutter, eine Deutschlehrerin mit der Angewohnheit, grammatikalisch verbessernd in dem abgebrochenen Satze ihres Gegenüber fortzufahren, über dieses Haus, ihr Elternhaus, gesagt hatte: »Das ist die Hölle. Da färben die Niedertracht und die Bosheit ab wie Kohlenstaub von Eierbriketts.«

»Du hast doch noch nie in deinem Leben Briketts angefasst«, gab Gustav damals zu bedenken.

»Du«, sprach darauf seine Mutter, »du wirst hier nur geduldet!«

14. KAPITEL

Inferno

Gustav betrat das Haus. Die Haustüre knarrte. Ein eisiger Hauch fuhr ihn an, und es war ihm, als zucke eine schwarze Nebelschwade zurück über die Solnhofer Kacheln des Korridors. Niemand war zu sehen. Nichts war zu hören. Gustav ging über den Korridor ins Zimmer seiner Großmutter und setzte sich an ihren Schreibtisch. Er öffnete dessen Zylinder, so dass über dem Schreibfach das Wort von Voltaire sichtbar wurde:

Tout les genres sont bons,
hors le genre ennuyeux

– und schloss ihn wieder. Dann aber zog er, halb gedankenverloren und halb durch eine sentimentale Anwandlung bewegt, eine der Zargenschubladen mit den Rankengriffen auf, um ein paar ausgefüllte Kreuzworträtselhefte anzuschauen, und dies hätte er nun besser unterlassen. Denn anstelle von Kreuzworträtselheften quollen Couverts ihm entgegen, größere und kleinere, prallgefüllte und auch eher dürre Umschläge in allen denkbaren verblichenen Papiertönen, verknickt und versiegelt und angerissen und weitgereist und bestimmt voller Überraschungen. Bütten und Luftpostpapier, beschriftet mit verblasster Tinte oder verschmierten Schreibmaschinentypen und versehen mit längst veralteten Briefmarken, die sich schon halb wieder abgerollt hatten. Auch sah er ausgebleichte Ansichtskarten mit exotischen

Postwertzeichen, und jemand rief seinen Namen. Jemand rief seinen Namen? Gustav fuhr zusammen. Ja, tatsächlich, er vermeinte, Stimmen zu hören, in der Einfahrt oder im Haus, da redeten Menschen in wechselnder Lautstärke durcheinander, es hörte sich an wie eine Mischung aus einer Unterhaltung und einer Auseinandersetzung … das war die Familie, die durchs Haus zog und den Besitz aufteilte, und er saß hier, am Schreibtisch seiner Großmutter, was nun wirklich der völlig falsche Platz war, um von der Verwandtschaft gestellt zu werden!

Gustav stieß die Schublade zu, wodurch nicht nur ein paar Briefumschläge, sondern auch sein Zeigefinger, mit dem er versucht hatte, gleichzeitig die Couverts nach unten zu drücken, eingequetscht wurde, alles drehte sich ihm vor Augen, Pulssturm, Schwindel, jede Sekunde könnte sein Vater in der offenen Tür erscheinen oder seine Mutter, und er saß hier, und alles sah danach aus, als würde er in der Post seiner seligen Großmutter herumstöbern, kompromittierender ging's ja gar nicht! Man muss nämlich wissen, dass Gustav sich auch immer ein bisschen vor seinen Eltern fürchtete, in der Art jenes Unbehagens, wie man es flüchtigen Bekannten gegenüber empfindet, denen man nach langer Zeit wieder über den Weg läuft und aufgrund der Konvention glaubt, Rechenschaft ablegen zu müssen. Es gab Momente, da brauchte sich Gustav nur das Bild seiner Eltern vorzustellen, und es wurde ihm schon zumut wie als Pennäler, wenn er im Lateinischen aufgerufen wurde und Angst hatte, nicht zu entsprechen. Immer unter Kontrolle, immer vor der stummen Forderung wie vor der Mündung eines geladenen Revolvers, immer in innerer Habtachtstellung, bei jeder Begegnung, jedem Gespräch, bei jeder Bewegung, jeder Zeile, jedem

Worte. Immer in Fechterpositur, auch wenn weit und breit kein Feind zu erblicken war. Wie die Ritter der alten Zeit, die in der Rüstung zu schlafen pflegten. Und augenblicklich steckte er in der Privatkorrespondenz seiner Großmutter wie ein Veterinär in einer kalbenden Kuh!

Da wurde es plötzlich still. Jedes Geräusch war wie abgeschnitten. Gustav wollte schon die Gelegenheit nutzen und sich an einen unverfänglicheren Standort begeben – als er hörte, wie irgendwo im ersten Stock knarrend eine Zimmertüre zum Treppenhaus geöffnet wurde. Jemand lief über den dicken blauen Teppich und begann, die Treppe herabzusteigen, wobei der Mensch eine Melodie vor sich hin summte. Gretel? Nee, dachte Gustav, die summt nicht. Er hörte schwere, gleichmäßige Schritte, die Schritte eines Menschen, der keine Eile hat. Er hörte das Knarren der Stufen, er konnte mitzählen: zweiundzwanzig, siebzehn, drei … gleich war es so weit! Der Treppensteiger ließ zwischen den Takten seiner Melodie einige Male ein beachtliches Schnaufen hören, der Mensch ist offenbar dick und gewaltig, so fuhr es Gustav durch den Kopf, während er seinerseits frisch durchatmete und aufstand, meine Güte, was ist dieses Summen – *They Can't Take That Away From Me*? Gustav sah durch den Rahmen der geöffneten Türe eine große, fleischige Hand von dickem Rot das gusseiserne Geländer der Treppe herabrutschen; und mit einer raschen und gewandten Bewegung trat er hinaus in den Korridor, und vor ihm stand: Madeleine.

Gustav hatte Madeleine, soweit er sich erinnern konnte, noch nie in diesem Haus gesehen. Im Grunde hatte er sie überhaupt noch nie gesehen. Sie war klein, und wiewohl sie nicht im strengen Sinne füllig, sondern allerhöchstens etwas untersetzt war, so wirkte ihre Figur schwer und massig, was einerseits gewiss an ihrer groben, graugrünen Tweedjacke lag, die sie in Kombination mit einem derben Wollpullover und jagdgrünen Hosen trug, andererseits an ihren verhältnismäßig kurzen Beinen. In der Tat wirkten ihre Beine und die breiten Füße mit den ausgebuchteten Fersen wie etwas, was Kinder mit dicken Buntstiften malen. Das schwere Atmen auf der Treppe rührte jedoch offenbar von der Anstrengung her, ein invalides Bein nachzuziehen, Madeleine hinkte.

»Tachchen«, sagte Madeleine, als wären sie und Gustav alte Bekannte, »ich suche den Flügel.«

Dabei fixierte sie Gustav nicht unfreundlich durch die Gläser ihrer etwas schief sitzenden und altmodischen Brille. Wahrscheinlich wusste sie nicht genau, welcher ihrer Neffen hier vor ihr stand. Sie hatte glanzlose, blau umränderte Augen, und glanzlos war auch ihr dünnes Haar, das ihr in einer Art Pagenschnitt vom Kopfe hing und farblich alle Nuancen von ungepflegtem Trompetenblech aufbot.

»Madeleine!«, sagte Gustav, »Wie geht es dir?«

»Es geht so«, erwiderte das Trompetenblech, »ich hab mich verletzt. Ich hab mich verletzt. Beim Reiten. Jetzt muss ich eine Zeitlang humpeln.«

»Besuch in der Hölle«, murmelte Gustav, dem das brandrote Kostüm seiner Tante Gretel wieder einfiel.

»Was?«, machte Madeleine.

»Nichts«, erwiderte Gustav und betrachtete den hinter Madeleine an der Korridorwand befestigten Gong aus Messing, mit dem früher zum Essen gerufen wurde, als sehe er ihn zum ersten Mal.

»Das Musikzimmer ist da hinten«, sagte er anschließend.

»Ich weiß«, erwiderte Madeleine irritierenderweise. »Dann will ich mich mal auf den Weg machen.«

Mit diesen Worten griff sie nach einer riesigen amorphen Tasche aus irgendeiner Naturfaser, die ihr um die Schulter hing. Sie hatte wirklich große Hände, die abgeschrubbt und trocken waren und zupacken konnten. Ihre Finger waren von einem leuchtenden Rot, als hätte sie eben erst davon abgelassen, mit den bloßen Händen einen Ochsen in Stücke zu reißen. Die Nägel waren so kurz geschnitten und wurden mit einem kleinen, scharfen Instrument so gründlich gereinigt, dass die Ränder von den spatenförmigen Fingern wegstanden.

»Ich will den Flügel und den Esstisch«, erklärte Madeleine, und als Gustav keinen Widerspruch erhob, fügte sie hinzu: »… mit sämtlichen Stühlen!«

Da gab es einen Knall. Ungefähr so, als wäre eine Bodenvase zu Bruch gegangen.

»Zur Hölle noch mal!«, rief Tante Gretel.

»Uuch!«, machte Madeleine erschrocken, stolperte zurück und führte gleichzeitig eine großzügige Wirbelbewegung mit ihrer Monstertasche aus, um das steife Bein auszubalancieren, wobei sie gegen den Gong schlug.

Damit war die letzte Runde eröffnet. Gustav hörte ein Knarren, ein eisiger Hauch zischte vorbei, die Haustür öffnete sich, und in ihrem Rahmen standen seine Eltern.

15. KAPITEL

Rückzug ins Ankleidezimmer

Nach dieser kleinen Irritation räumte die Familie friedlich das Haus aus, vereint in der altgermanischen Freude an Macht und Beute. Gustav sah seine Mutter, die, sonst oft verstimmt, vergnügt summend ein komplettes Breslauer Service abtransportierte, und dachte bei sich: »So untüchtig ist die Familie nun auch wieder nicht, Kopfschmerzen hin oder her.«

Irgendwann näherte sich ihm Gretel von der Seite mit der Frage: »Wo ist eigentlich dieser Montblanc-Meisterstück-Füllhalter mit der Goldfeder?«

»Keine Ahnung«, erwiderte Gustav mit der unschuldigsten Miene von der Welt.

»Na ja«, sagte Gretel, »was soll's! Das sind ja auch nur materielle Dinge! Das ist ja bloß ein Gegenstand! Ein furchtbar teurer, wunderschöner materieller Gegenstand, mit Goldfeder, der jetzt futsch ist! Was soll's!«

Alle trugen die Inventarliste in der Hand, und neben Madeleine, Gretel und Gustavs Eltern war auch noch Gustavs Bruder Ferdinand anwesend, und zwar in Begleitung seiner damaligen Verlobten Ines, von der Gustav nicht allzu viel wusste, bis auf den Umstand, dass ihre Schwester offenbar einen Imbissstand an irgendeiner Bundesstraße in Westdeutschland unterhielt. (Ferdinand trennte sich später von Ines – beziehungsweise umgekehrt –, aber Tante Gretel würde noch Jahre später erzählen, dass Ines an jenem Tag die gesamte Tisch- und Bettwäsche mitgenommen hätte, beste Ware von Porthault und aus Leinen, alles.

Gustav hatte alsbald genug. Er hatte die Kartons unter dem Flügel längst gesichert, ein paar Mobilien mit seinem Namen und dem seiner Tante Paula versehen, seiner Tante Gretel den kleinen Fotoapparat wieder abgefordert, den er leichtsinnigerweise für einen Moment auf der Bank im Korridor aus den Augen gelassen hatte – und nun machte er sich auf den Weg ins Ankleidezimmer. Einerseits, weil Lilli ja dort noch einige Kisten verwahrt hatte, andererseits, weil seine Mutter und ihre Schwester Gretel im Wohnzimmer die bauchige englische Kommode ausräumten und Gustav jetzt gerne irgendwo sein wollte, wo es friedlich war, wo unberührbare Einsamkeit und kühle Stille herrschten, wie früher im Ankleidezimmer seiner Großmutter. Als Kind hatte er dort manchmal heimlich auf den cremefarben lackierten Louis-Quinze-Fauteuils gesessen und aus alten Senfgläsern bittere englische Orangenlimonade getrunken oder Leitungswasser mit abgelaufenen Aspirin-Tabletten. Hier, im Ankleidezimmer, konnte das Herz genesen von den Schlägen der Zeit und wieder heil sein für die eigenen Sorgen. Dieser Raum schwebte über dem Leben, ein Ort von zarten Stoffen und blassen Farben und nirgendwo eine Zeitung oder ein Buch oder Brief, die vom Jammertal kündeten oder es gar beschrieben.

Gustav nahm sich also aus einem Kasten, der unter der Marmorkonsole vor der verwüsteten Küche stand, ein Fläschchen bitterer Orangenlimonade, ohne auf deren Haltbarkeitsdatum zu achten, und ging nach oben, in die Beletage, sorgsam die knarrenden Stufen vermeidend.

Das Ankleidezimmer lag im ersten Stock, gegen den Garten, den Gustavs Großmutter von ihrem Frisiertisch aus stets überblickt und überwacht hatte. Gustav setzte sich neben den Frisiertisch auf eine monströse Récamière, die gegenüber dem weit geöffneten französischen Fenster platziert war. Das war sein Lieblingsplatz. Draperien aus besticktem Brokat umschlangen die bodenlangen Fensterflügel, die Lilli vorhin weit geöffnet hatte. Durch einen Windhauch gerührt, schlug der schwere Stoff der Vorhänge einen trägen, einschläfernden Takt gegen den Fensterrahmen. Man sah hinaus durch die wuchernde Glyzinie, die in Jahrzehnten fast die gesamte Fassade umwunden hatte und deren Blütentrauben im Sommer jeden Lichtstrahl, der sich ins Haus wagte, wasserblau einfärbten, weshalb man sich bisweilen vorkam wie in einem riesigen Aquarium. Wasserblau … Gustav hörte Gespräche im Plauderton die arkadische Szene beleben, eine sommerliche Gesellschaft saß auf kleinen Feldsesseln und herangeschafften Gartenmöbeln um den Springbrunnen herum, dessen kristallener Strahl geheimnisvoll auf das zerklüftete Gestein hinabplauderte, das man in kunstvoller Natürlichkeit um die Fontäne aufgetürmt hatte, es wehten sanfte Sommerluft, milder Blütenduft, dazwischen zirpten die Zikaden, und Gustav hörte die wachsamen Kindermädchen rufen, die Kinder selig quieken, und er hörte das Lachen seiner Großmutter, die Lustigkeit von Dämonen, so wie damals, als Matthias, der Sohn von Hildchen Stöhr, der Haushälterin, in den Springbrunnen gefallen war. Allein, über dieses Missgeschick zu lachen, wäre freilich sehr meschant und fischblütig von Gustavs Großmutter gewesen, und außerdem war ein derartiger kleiner Unfall nichts Besonderes, sämtliche ihrer Kinder und Enkelkinder hatte sie früher oder später in diesen Springbrunnen fallen sehen, manche sogar mehr als einmal; das war nichts Dramatisches, höchstens für das Opfer selbst. Bloß als Matthias Stöhr in den Springbrunnen fiel, da fügte es sich, dass Tante Gretel, damals etwa siebenjährig, in der Nähe stand, und nachdem Matthias im Wasser gelandet war und die auch nach kleineren Katastrophen übliche kurze Stille herrschte, da blickte die kleine Gretel entsetzt auf das Malheur und sprach die in Gustavs Familie alsbald geflügelten Worten: »Die armen Fische!«

Man amüsierte sich ganz köstlich über Gretels niedlichen Kommentar. Nur Hildchen lachte nicht und verdrosch anschließend ihren Sohn recht fürchterlich.

Jetzt aber stand die Sonne schon unterm Horizont, und nur das Abendrot noch glühte durchs Blattwerk. Das war bloß ein Nachklang des Gartens, den Gustavs Großmutter von ihrem Frisiertisch aus stets überblickt und überwacht hatte.

Gustav legte den Nacken in die gefalteten Hände und versuchte, seine Gedanken auf nichts Bestimmtes zu richten. So überdachte er kurz sein Leben, das noch gar nicht so wahnsinnig lange dauerte, Altes und Neues, seine spröde und hochmütige Jugend, die Tage kurz vor dem Untergang des Hauses, dem Untergang der Stadt, die Tage, als er in diesem Haus gelebt hatte, zusammen mit seiner Großmutter … Er ging im Geist den alten Plätzen wieder nach, sah die Schule, das Kopfsteinpflaster in Zehlendorf Mitte, die weiße Villa seiner Freundin Atlanta, die zwei Hausnummern hatte, die morgendliche Fahrt durch den Park mit dem Fahrrad, die übrigens gegen das Gesetz verstieß … All das zog jetzt wieder an ihm vorüber, und dazwischen erschien seine Großmutter, in jenen Tagen noch gut bei Weg, aber auch schon hart und herbe wie kurz vor ihrem Ende.

Die cremefarben lackierten Schranktüren, deren Glas mit blauer Atlasseide verhängt war, standen zum Teil offen und gaben den Blick frei auf eine endlose Reihe von Kleidern, die dort unter Plastikfolien auf mit blaugrauem Taft drapierten Bügeln hingen: Roben aus Samt, weich wie flüssige Sahne vom Land, und aus Satin, gelackt wie Butterblumen. Gustavs Großmutter hatte gern Chiffon getragen, der sie umspielte wie goldene Dunstspiralen, oder dünnes, duftiges Schwarz und dazu die großartigen Perlen, die auf ihrer Brust weinten. Denn Perlen, Leser, Perlen bedeuten Tränen!

Gustav aber sah gar nicht in die Schränke, sondern lag rücklings auf der monströsen Récamière und blickte in den Lüster aus milchigem Porzellan, der von dem weiß umschnörkelten Mittelpunkt der Decke herabhing.

»Kann bestimmt jede Sekunde runterfallen«, dachte er, »dann bin ich tot.«

Plötzlich stieg ihm der süßliche Duft verwelkender Blüten in die Nase, er wandte den Kopf, und dort, links neben der Türe zum Schlafzimmer, stand ein Bouquet verstorbener langstieliger Rosen, die ein dienstbarer Geist in einem Pokal aus preussischem Porzellan arrangiert hatte, als sie noch lebendig waren, und da war er wieder: ein feiner, aber vollkommen deutlicher Duft nach Moder.

Gustav setzte sich ruckartig auf, sah ein wenig bestürzt vor sich hin und presste die Fingerkuppen der linken Hand auf die Lippen, eine Knabengebärde, die er sich nicht abgewöhnen konnte. Vor der Récamière befand sich ein Tisch von mäßiger Größe, dessen achteckige Platte aus milchiger Perlmutter bestand. Gustav versuchte, sein Limonadenfläschchen auf dem Tisch abzustellen, der mit jeder Menge kleinerer und größerer Fundstücke beladen war. Dabei stieß er gegen eine rechteckige russische Zigarettendose, die seine Großmutter früher für nützlich gehalten hatte, ohne sie je zu benutzen – und da fiel das Armband zu Boden. Es musste unter der Zigarettendose gelegen haben. Das schwere fünfreihige goldene Armband, das sie ums rechte Handgelenk getragen hatte und dann und wann beim Mittagessen mit einem kleinen Knall gegen den Rand der Kurland-Kaffeetasse oder des Neuosier-Suppentellers hatte schlagen lassen, um eine missliebige Unterhaltung abzubrechen oder einen hörbaren Ausatmer zu unterstreichen. Und mit genauso einem kleinen Knall schlug das Armband jetzt auf den Parkettfußboden, wie um einer zu Ende gespielten Rolle einen letzten Schnörkel anzuhängen. Gut ein Viertel des durch gelbliche Intarsien in große Vierecke geteilten Parkettfußbodens war übrigens von paarweise aufgestellten Schuhen besetzt, eine herren- beziehungsweise damenlose Armee aus Saffianpumps mit Pfennigabsätzen und pfeilscharfer Spitze. Die meisten steckten in Beuteln aus rohrzuckerfarbenem Leinen, auf die das Monogramm von Gustavs Großmutter gestickt war.

Gustav hob das Armband auf und hielt es gegen das Dämmerlicht. Dann rollte er es liebevoll zusammen und schob es in einen Saffianpumps aus Alligatorenleder, um es Gretel nicht zu leicht zu machen. (Schließlich aber ging das Stück, wie bekannt, an Gustavs Mutter, die vielleicht etwas weniger drakonisch, dafür aber mit der Systematik einer Lehrerin zu Werke ging, wenn es sich um die Besitzaneignung handelte.)

Dann sah er durch die offene Tür ins Schlafzimmer. Dort hatte seine Großmutter gestanden, damals, als sie mit energischer Bewegung den Krückstock zur Seite gewischt hatte, den Frau Busenrost ihr angeboten hatte, dort hatte sie gestanden, in ihrer riesigen, doch brüchigen Verschanzung, wenn der Posten auch verloren war, denn das war Pflicht. Dort hatte sie gestanden, etwas wacklig, und sich auf Gustavs Arm gestützt. Sie besaß zweihundert Paar Schuhe, sieben Nerzmäntel und zwölf Enkelkinder. Oder vierzehn, das konnte Gustav auf die Schnelle nicht so genau rekapitulieren. Dort hatte sie gestanden, hatte ihren klapprigen Nerven eine leicht gequälte Herablassung abgerungen, ihre eigene Zartheit und Schwäche verachtend und wissend, dass die Kraft und das starke Glück auf Erden im Rechte sind. »Fritz«, hatte sie über ihren Mann gesagt, »Fritz war ein groß angelegter Mensch. Einer von denen, die ihr Leben als Sache des persönlichen Beliebens, nicht als herkömmlich geregeltes Ding ansehen.«

Und während ihr Enkelkind hier saß, in der verblassenden Grandiosität zwischen den goldgepressten Tapeten des Ankleidezimmers, hinter denen der Kalk rieselte, in den Trümmern einer versunkenen Zeit, die er in abendlicher Dämmerung um das Andenken seiner Großmutter herum stückweise wieder aufrichtete, erstand ihm mit leisem Zauberschlag eine ganze vertane Welt, von Leichtsinn durchweht und von Zweifeln umwittert, eine Zeit seines Lebens, die ihm im Nachhinein geradezu vollkommen erscheinen musste. Letzteres allerdings hatte nicht viel zu bedeuten, denn Gustavs launisches Gemüt war gesegnet mit der Gnade einer überaus wählerischen Erinnerung. Gustav dachte an die Vergangenheit wie an weit entlegene Länder, die man niemals zu Gesicht bekommt, und wie beinahe jedem hielands Geborenen war auch Gustav die Gabe wirklichen Vergleichenkönnens völlig versagt, weil jeder echte, mit Spreewasser getaufte Berliner, männlich oder weiblich, seinen Zustand nur an seiner eigenen kleinen Geschichte, nie aber an der Welt draußen misst, von der er, wenn er ganz echt ist, weder eine Vorstellung hat noch überhaupt haben will.

ZWEITER TEIL

in dem wir mit Gustav in die Schule gehen und am Mittagstisch sitzen. Außerdem werden Erwartungen enttäuscht, Herzen gebrochen, Illusionen geschürt und ein paar Malzkaffeebecher zertrümmert. Und Mareike malträtiert ein Klavier.

16. KAPITEL

Die Zeit begann in einem Garten

I

Das Haus, das Gustav mit seiner Großmutter bewohnt hatte, war von einem einigermaßen berühmten Berliner Architekten für eine jener Ausstellungen entworfen worden, wie sie in den zwanziger Jahren des letzten Jahrhunderts den fortschrittlichsten Prinzipien der Baukunst gewidmet wurden. Der Mode der damaligen Zeit gehorchend hatte man bei der Gestaltung der Fassade besonderen Wert auf Schlichtheit gelegt. Es gab hier keine Schnörkel. Das ließ das Gebäude allerdings nicht weniger großartig erscheinen. Es verkörperte jene Bescheidenheit, die sich nur begnadete Verschwender überhaupt zu leisten imstande sind. Damit war das Haus auf den ersten Blick nicht besonders auffällig zwischen den üblichen Villen der besseren Gegenden im Südwesten der Stadt, wo die sturmgefriedeten Anwesen von Hochfinanz und Professorentum und früherem Militär- und Hofadel in stillen Vorgärten träumten.

Gustav genoss den ersten Blick auf das Haus, wenn er von der Straßenseite aus darauf zulief. Die mächtige Fassade kam seinem Sinn für Sicherheit und Beständigkeit entgegen. Da stand es, inmitten des gepflegten, baumlosen Vorgartens, vierschrötig, solide und zu unverwüstlichen Diensten. Man dachte an Menzels *Flötenkonzert* und Reihen von Thomas-Mann-Romanen hinter Glas und Sonntagsbraten pünktlich zu Mittag, wenn man es betrachtete. Man sah sofort, dort drinnen knallte nie jemand eine Tür, da polterte niemand die Treppen hinauf und hinunter, da streute niemand Krümel oder Asche auf den Boden, schluckte Psychopharmaka oder ließ das Licht im Badezimmer brennen. So schien es. Ach, wie schön sah es aus!

In Gustavs Familie nannte man dieses Haus das *Fischtal*, denn sein Garten grenzte rücklings an einen Park dieses Namens, der in der Tat nichts anderes war als ein ausgetrocknetes steinzeitliches Flussbett. Jeden Morgen durchfuhr Gustav den dicken, gelben märkischen Sand der Parkwege mit dem Fahrrad, mühsam die Balance haltend, auf seinem Weg zur Schule. Das Fahrradfahren auf Parkwegen verstieß natürlich gegen das Gesetz, in Zehlendorf und überall in Berlin, und mit verlässlicher Regelmäßigkeit erschien immer wieder derselbe Polizist, der Gustav früher oder später anhalten würde, und ihn ersuchte, vom Sattel zu steigen.

Allerdings äußerte der patrouillierende Gesetzeshüter seine Bitte mit einer für einen Schutzmann im Allgemeinen und für einen Berliner Ordnungshüter im Besonderen beachtlichen Höflichkeit, die verzichtete auf jene machtvollen Ausdrücke, die das berlinische Volk doch sonst bevorzugt. Die manierlichen Umgangsformen dieses Beamten verbanden sich außerdem mit einer leichten Zerquältheit seiner Gesichtszüge, als litte er persönlich unmäßig unter diesem täglich wiederkehrenden Gesetzesbruch, den er eher als gesellschaftliche Taktlosigkeit aufzufassen schien.

Immerhin tat der Polizist stets so, als sähe er Gustav zum allerersten Mal. Dieser freundlich geheuchelte Erinnerungsverlust sorgte dafür, dass Gustav in den Augen des Berliner Gesetzes (das allerdings auch nicht alles Vorkommende erblickte) einigermaßen gerechtfertigt dastand. Er stieg vom Fahrrad ab und schob es ein Stückchen, bis der Schutzmann außer Sicht war. Dann stieg er wieder auf und fuhr weiter.

2

Das Fischtal gewann die Bauausstellung. Gustavs Großeltern kauften es erst fünfundzwanzig Jahre später. Das war bereits nach dem Krieg. Der Krieg hatte, wie wir schon erfahren haben, den Präsidenten der Berlinischen Baugesellschaft, der mit seiner Familie das Haus zunächst bewohnte, um einen Sohn beraubt. Anschließend verlor der Präsident überdies das Haus, indem es von verschiedenen Siegern abwechselnd beschlagnahmt wurde, um erst als Sitz der Generalität und dann als Kinderheim zu dienen.

Schließlich wurde das Fischtal dem Präsidenten zurückgegeben. Diesem aber kam es vor wie ein riesiges Monument auf einem Grab. So verkaufte er es an Gustavs Großeltern, mit denen er eine rein gesellschaftliche Bekanntschaft unterhielt. Allerdings wollte sich der Präsident auch nicht völlig trennen von diesem Haus, das ihm ja auch das letzte Denkmal glücklicher Tage war, und deshalb zog er mit seiner Gattin in das Gartenhaus. Das Gartenhaus, mit dem gleichen, ehemals aschweißen, nunmehr hellgrau verwitterten, sandig schimmernden Verputz verkleidet wie das Fischtal, war auch nicht gerade klein, so dass der Präsident, der ohne repräsentative Annehmlichkeiten gar nicht existieren konnte, seinen Umzug keinesfalls als Abstieg zu betrachten hatte. Er führte nämlich das Leben eines Bonvivants. Charakterlich geprägt von jener weltmännischen Gewandtheit, die nur irrtümlich als oberflächlich gilt, weil sie schamhaft genug ist, heiße Tränen hinter dem heimlichen Wappenschilde des Lächelns zu verbergen, brachte der Präsident es fertig, permanent über seine immerhin recht annehmlichen Verhältnisse zu leben. Der unbändige Trieb nach Genuss und Steigerung, ein gewisser Lebensrausch, war ihm zweite Natur.

»Er ist vergnügungssüchtig«, so pflegte Gustavs Großmutter diese Konstitution zusammenzufassen, »das wird ihn eines Tages ruinieren.«

Der Präsident, der eine Vorliebe für alles Englische hatte, erschien Gustav wie eine Erscheinung aus einer untergegangenen Salonwelt. Er trug mit Vorliebe hochgeschlossene Anzüge mit Glencheck-Muster unter pelzverbrämten Paletots. Dazu Fingerringe mit taubeneigroßen Glitzersteinen, darunter einen Ring mit einem etwa siebenkarätigen Diamanten in Treppenschliff, wie sie sonst nur von schwerreichen Frauen in Zeichentrickfilmen getragen werden. Es handelte sich um Schmuckstücke, denen nach Auffassung von Gustavs Familie seriöse Herren unbedingt skeptisch gegenüberstehen mussten.

Ein schöner Mann, nach dem Geschmack seiner Zeit, war der Präsident übrigens niemals gewesen. Er litt ein wenig an Schiefwüchsigkeit, wohl infolge geringer Widerstandsfähigkeit der Knochen und Muskeln, wohl auch durch Verharren des Skeletts auf jugendlicher Stufe, das war jedenfalls die Erklärung, die Gustavs Großmutter dafür parat hielt. Jedenfalls war der Präsident von gedrungener Statur mit kurzem, dickem Halse und ständig gerötetem Gesicht. Sein etwas verfetteter, einst sicher ganz ansehnlicher Kopf wurde durch die weit vorspringende gradlinige Nase mit gewaltigen Nasenflügeln nicht gerade verziert. Anstelle der Wangen zeigten sich zwei kreisrunde und scharlachrote apoplektische Flecken, stets verzogen durch jenes gesellschaftlich freundliche Lächeln, hinter dem meistens etwas Nervöses liegt.

Gustavs Großeltern hatten mit dem Präsidenten vereinbart, das Fischtal in bar zu bezahlen. Regelmäßig und lange, bevor die monatliche Rate fällig war, wurde bei Gustavs Großeltern das treue Hausmädchen des Präsidenten vorstellig. Die dienstbare Seele namens Leni, eine magere Gestalt mit einer dicken Brille, die die Fischtal-Kinder gerne versteckten, kaum dass Leni sie nach Betreten des Hauses aus Eitelkeit abgesetzt hatte, kam mit der dringenden Bitte ihres Herrn um eine vorzeitige Auszahlung des Geldes, sofern nur irgend möglich. Mit kindlichem Empressement und herzergreifender Verlegenheit erklärte Leni dieses Begehren unter Hinweis auf die exorbitanten Kosten, die heutzutage schon eine einigermaßen moderate Haushaltsführung verursachte. Dieses veranlasste Gustavs Großmutter, erstens hörbar auszuatmen und zweitens der armen Leni nebst dem Gelde einige goldene Ratschläge zur sparsamen Wirtschaftung an die Adresse des Hausherrn mit auf den Weg zu geben.

Der Präsident im Gartenhaus, von dem Gustav nicht allzu viel wusste und von dem deshalb hier im Weiteren nicht mehr die Rede sein soll, wurde übrigens noch auf eine andere, ein wenig seltsame Weise in das Leben von Gustavs Familie verwickelt. Der Herr war nämlich ein Sonntagsmaler. Er war der Schöpfer einer beträchtlichen Anzahl großformatiger Gemälde, die allesamt entstanden in den ersten Jahren, in denen Gustavs Familie im Fischtal lebte und Gustav selbst natürlich noch nicht einmal geboren war. Gustav war übrigens asphyktisch zur Welt gekommen, was nicht auf die Ungeschicklichkeit irgendeiner Hebamme geschoben werden konnte, denn es war sein Großvater selbst gewesen, der ihn ans Tageslicht befördert hatte. Er schien sich dann gut entwickelt zu haben, abgesehen von gewissen Hospitalismus-Erscheinungen, die allerdings in Gustavs Familie notorisch waren und durch Nichtbeachtung allmählich abklangen. Als Kind litt Gustav abwechselnd an nervösem Ausschlag und melancholischer Apathie. Dazu gehörten wohl ebenfalls jene seltsamen Anfälle von fürchterlicher Langeweile, die seine Kindheit mit rätselhafter Qual belasteten und ihm ein häufiger Albdruck gewesen waren. Doch das nur nebenbei.

Bei den Gemälden des Präsidenten handelte es sich um Bildnisse in Öl, die später wie ein kleines Verhängnis über dieser Jugend schweben sollten, ohne dass dieser das jemals bemerkt hätte. Jene Gemälde zeigten beispielsweise Gustavs Mutter und ihre Geschwister als niedliche Kinder beim sonnigen Ballspiel am Rande des Springbrunnens. Ein beliebtes Motiv waren Innenansichten des Fischtals. Man sah Gustavs Großmutter lesend im sonnendurchfluteten Wohnzimmer. Nicht, dass sie das je getan hätte. Stattdessen rauchte sie, meistens bei zugezogenen Vorhängen. Aber diese in Öl gefrorenen Szenen eines freundlichen Alltags voller Licht und Unschuld sollten offensichtlich nur heiter wirken. Ihrem Erschaffer fehlte zwar die ästhetische Schulung, und die Malerei verkörperte für ihn nur eine Passion, aber gerade Unernst ist ja der Herr der Musen, und der Präsident hatte ein Auge, das fähig war, die Schönheit der Form und die vielfältige Bestimmtheit der Dinge zu erkennen. Was mit dem anderen Auge war, wissen wir nicht.

Doch ohne jede Absicht und gerade entgegen dem Willen, dem sie ihre Entstehung verdankten, wirkten die Bilder stets etwas düster. Über die Heiterkeit der seligen Gefilde strich ein böser kleiner Hauch, der Schein der Farben verfärbte sich trüb und verworren, und es verschlimmerte sich mit jedem Tag, mit jeder feinen Verwirrung und Verirrung der Nerven. Unter Staub und Rissen, dem Niedergang des Materials, entgleisten diese Gemälde, ganz gegen den Plan und Wunsche ihres Schöpfers, ins Fratzenhaft-Abscheuliche, wie eine fressende Säure wirkte das süßliche Lügengebräu, das über ihnen ausgegossen war.

Einige von diesen Bildern hingen später im Hause von Gustavs Eltern, jedoch an ungünstigen, schattigen Stellen, wie Gustav verwundert feststellte. Flüchtig kam ihm der Gedanke, man habe die Gemälde absichtlich versteckt, man habe sie überhaupt nur höchst widerwillig angebracht, nur irgendeiner höheren Verpflichtung nachgebend, zum Beispiel dem, was sich gehörte. Es gab kaum etwas Wichtigeres als das, was sich gehörte. Aber Gustav hörte sofort auf, darüber nachzudenken, denn er hatte gelernt, sich davor zu hüten, derartige Gedanken weiterzuverfolgen. Man musste sich schonen. Das war noch wichtiger als das, was sich gehörte. So schenkte er den Bildern höchstens einen irritierten Blick, wenn er seine Eltern besuchte. Was selten passierte. Wir müssen leider bekennen, dass Gustav, den nach Selbstverfügung dürstete, bei seiner frühen Trennung vom Elternhause eine betrübende Gleichgültigkeit an den Tag gelegt hatte, sich jedenfalls zu keinerlei Rührung verstehen wollte und sogar so herzlos war, den Moment des Abschieds durch die Frage zu unterbrechen: »Geht's nicht bald los?«

Der Präsident der Berlinischen Baugesellschaft jedenfalls wurde nach Gottes Willen dahingerafft, ohne je gesehen zu haben, was er angerichtet hatte. Er hatte nur einen durchschnittlichen Lebenswillen, und dieser glich bei seiner Unfähigkeit, irgendeinem Reiz zu widerstehen, einem schwächlichen Reiter auf einem wilden Pferde. Dies Missverhältnis seines Wesens brachte ihn um. Selten ohne Zigarre und Scotch anzutreffen, einer streng soliden Lebensweise völlig abgeneigt, fettleibig, untersetzt und vollblütig und damit ein Paradebeispiel des sanguinischen Typs, dem die Phlegmatiker vorwarfen, mit dem Tode zu liebäugeln, zerriss dem Präsidenten eine Kette kleiner Schlaganfälle das Gehirn.

17. KAPITEL

Die Erscheinung muss aufrechterhalten werden

I

Bei Lichte besehen war das Fischtal zu jener Zeit, als Gustav dort einzog, gar nicht das Haus seiner Großmutter. Diese lebte nur dort. Ein lebenslanges Wohnrecht war alles, was ihr geblieben war, denn ihr Mann hatte sie enterbt.

Sie verließ das Haus selten, nur, falls es unumgänglich werden sollte. Unumgänglich waren ihre wöchentlichen Besuche beim Friseur. Gesellschaftliche Anlässe waren niemals unumgänglich. In ihren letzten Jahren führte Gustavs Großmutter eigentlich das gesellschaftliche Leben einer Assel. Das hing natürlich auch mit ihrer Art zusammen, jemanden, der ihr missfiel, durch ein genau abgemessenes, feingewähltes, den guten Ton wahrendes und im rechten Moment abgeschnelltes Wort derart zu treffen, dass die geschlagene Wunde größer und tiefer wurde, je mehr man darüber nachdachte. Auf diese Weise war sie nach und nach der Schrecken eitler Leute geworden, und da ihre Sphäre ganz überwiegend aus eitlen Leuten bestanden hatte und bestand, fand sie sich allein.

»Ich habe eigentlich gar keinen Hang, unter Menschen zu gehen. Die Stadt ist mir verhasst. Ich bin *gern* allein«, pflegte Gustavs Großmutter dazu zu sagen, in der Haltung einer Dame, die es in wortkarger Geringschätzung von sich weist, dass man ihre Person zum Gegenstand psychologischer Tüfteleien macht.

In jungen Jahren hatte sie sich über einen Mangel an Verehrern nicht beklagen können. Auch jetzt, in einem Alter, wo die Gewalt der Zeit die blendendsten Züge üblicherweise längst verunstaltet hat, zeigte ihr Gesicht immer noch deutliche Spuren ehemaliger Schönheit. Wahrscheinlich hatte sie zu verschiedenen Zeiten verschieden gut ausgesehen, wie es bei entschieden periodisch angelegten Menschen der Fall zu sein pflegt. Und vielleicht hatte sie etwas zu kleine Augen, Kniepaugen, verborgen unter schweren Lidern, die jedoch völlig verschwanden, wenn sie den Blick aufrichtete.

2

Es war nicht allzu lange her, da hatten Gustavs Großeltern bei ehelichen Auseinandersetzungen regelmäßig das kostbare Mobiliar zertrümmert. Sie hatten offensichtlich aus Zuneigung geheiratet, gleichwohl behauptete Gustavs Großmutter, sie persönlich sei nie gefragt worden. Wenn sie leidlich gestimmt war, ging sie so weit, zu erklären, dass sie eigentlich eher einen Medizinprofessor aus dem Süddeutschen bevorzugt hätte, der sich hartnäckig um sie bewarb, doch schließlich zu katholisch war. Katholisch war Gustavs Großvater allerdings auch, doch im Grunde mehr pro forma, und außerdem sollte man sich hüten, etwelche Begründungen in Liebesdingen durch Vergleiche zu bezweifeln.

Wahrscheinlich aber war es eher das Süddeutsche gewesen, was gestört hatte, denn Gustavs Großmutter hätte die Stadt wohl kaum verlassen. Das war in ihrem Leben nur einmal geschehen, abgesehen von einigen Bäderaufenthalten, Wintersportausflügen, Luftkuren, Mittelmeer-Reisen und anderen Unternehmungen, mit denen sich früher die bessere Gesellschaft die Zeit erträglich machte.

Sie war hier geboren. Ihr Vater, Anton Beutelwitz, war Steuerberater, der sehr auf äußere Formen und Reputierlichkeit hielt und überhaupt auf großem Fuße lebte. Streng genommen war er ein rechter Geck mit Lackschuhen und Gamaschen. Die Neigung zu grandiosen Auftritten hatte seine Tochter von ihm geerbt, ebenso ihre Gewohnheit, die von ihr abhängigen Menschen in einem Wechselspiel aus Gleichgültigkeit und unnachsichtiger Zucht zu halten und zu schweigendem Gehorsam zu verpflichten. Das nämlich tat Gustavs Urgroßvater, sobald es um seine Familie ging. Zuhause führte er ein despotisches Regiment, das den Seinen keinerlei freie Bewegung gestattete. Trotzdem quälte ihn das krankhafte Misstrauen, dass man hinter seinem Rücken allerlei Verschwendung triebe, kleine und unschuldige Verschwendung allerdings, aber doch zu fürchtende, da ja alles Böse eine unscheinbare Wurzel hat. Der alte Beutelwitz war ein Geizhals von geradezu literarischen Ausmaßen, ein Knickstiebel allerersten Kalibers, jedoch von jener Sorte, die nicht am eigenen Leibe spart. Sondern einer von den hunderttausend kleinen Strebern und Zapplern, die an der Oberfläche mitschwimmen und an jedem Monatsersten knieschlotternd vor dem Abgrund winseln, den sie der Familie verhehlen müssen. Wofür sie die Familie bezahlen lassen. Gustavs Urgroßvater, dessen Verdienst ins Casino wanderte statt zum Bäcker und Milchmann, konnte über die kleinsten Aufwendungen, die das Hauswesen verlangte, in gefährliche Rage geraten. Selbst die notwendigsten Ausgaben mussten erfeilscht und erbettelt werden. Anschaffungen wie Schmuck oder Toilettenartikel waren nach den Beutelwitzschen Anschauungen ein Luxus, den sich nur Aristokraten und Komödianten gestatten durften. Denn so was roch von weitem nach Lustbarkeit, nach Vergnügungstaumel, nach Geldverschleuderung! Wenn immer Gustavs Großmutter versuchen sollte, ihrem Vater ein neues Kleid oder ein Paar Schuhe abzuschmeicheln, verengten sich seine Augen zum gefürchteten Beutelwitz-Blick, und heiser und gepresst, als müsste er erst Kräfte sammeln, um der Unverfrorenen zu begegnen, sagte er: »Dich schmückt deine Jugend!«

Der Groll über jede Geldausgabe führte bei Gustavs Urgroßvater allmählich zu einem mittelschweren Fall von Iracundia morbosa, der krankhaften Zornmütigkeit. Ein kleiner Tyrann, wie sie damals und heute zu Millionen vorkamen und vorkommen. Zu dieser Reizbarkeit gesellte sich unglücklicherweise ein fabelhaftes Gedächtnis, wie es sonst eher törichte Leute haben. Der Mensch vergaß überhaupt nichts. Seine Gattin dagegen, Gustavs Urgroßmutter, war eine schöne Neurasthenikerin und nichts als schwach. Warum sie ihren Mann geheiratet hatte, verstand niemand, aber solche Fragen wurden damals nicht gestellt. Die Zeiten, die solche Geschöpfe zur Blüte trieben, sind längst vorüber. Man sagte Gustavs Urgroßmutter periodische Schwermut und nervöse Müdigkeit nach. Oft lag sie tagelang regungslos da, in jenem gestaltlosen Missbehagen, wie es bei Hysterie hie und da vorkommt. Man hielt sie für scheintot. Dann wieder litt sie an Weinerlichkeit als Folge einer schwer zu bekämpfenden tränenreichen Veranlagung und brach in Tränen aus, wenn jemand mit den Fingern schnippte. Sie starb mühelos. Was sie dahinraffte, war nicht so sicher, mit den Worten *Mir wird übel!* sank sie auf ein Kanapee und verschied. Da war sie fünfunddreißig. Später wurde gemutmaßt, dass Gustavs Urgroßmutter einer neumodischen Nervenkrankheit zum Opfer gefallen war, nämlich dem erstmals in jenen Tagen von französischen Irrenärzten beschriebenen *délire de négation*. Danach kann sich besonders bei unbeschäftigten Melancholikern mit der Zeit ein eigentümlicher Verneinungswahn ausbilden. Alle Dinge der Welt sind nur ein trügender Schein, bestimmt, die Leiden des Kranken zu vermehren, Gespenster, die dem Nichts angehören. Nichts ist außer dem Kranken, keine Zeit, kein Raum, er, seine Schuld und seine Strafe sind ewig, wirklich und so unermesslich, dass sie alles erfüllen.

Nun, über so was wurde in Gustavs Familie nicht spekuliert. Man hatte schließlich Pflichten zu bewältigen. Gustavs Urgroßvater überließ nach dem Tode seiner Frau die Tochter zur Erziehung seinen Schwestern, einem Duo tugendgezierter Matronen, die das Kind einige Monate lang prügelten, sich darauf für überfordert erklärten und das Mädchen zur Besserung in ein kirchliches Jugendkorrektionshaus nach Brandenburg überwiesen, damit man ihr Selbstaufgabe, Reue und Bußfertigkeit anerzöge. Dort entwickelte Gustavs Großmutter bald eine galoppierende Schwindsucht, weil sie die Betschwestern nur mit Weißbrot und Marmelade ernährten, wie man sich später in der Familie erzählte. Sie war vierzehn und merkte gar nicht, dass der Tod schon die Sense schwang. Bei den gefährlichsten Zuständen der Lungentuberkulose und anderer schrecklicher Krankheiten wird ja das Krankheitsgefühl oft durch krankhaftes Wohlgefühl ersetzt.

Doch sie entronn erst dem Tod und dann dem Heim. Oder umgekehrt. Dies alles geschah unter seltsamen, völlig ungeklärten Umständen. Sie war sechzehn Jahre alt. Irgendwie kam sie nach Hamburg. Dort bestritt Gustavs Großmutter ihren Lebensunterhalt, indem sie nachts in dubiosen

Amüsierlokalen bediente. Mit ungerührter Sicherheit und niemals angefochtener preussischer Zucht balancierte sie ihr Tablett mit Absinthgläsern durch die Heimstätten der Entgleisten und Strauchelnden, durch die johlende Rotte verkrachter, gestrandeter Existenzen. Vorstadtdirnen, Hehler, Diebe, Einbrecher, Kuppler, Defraudanten, Bankrotteure, Falschmünzer, Wechselfälscher, Giftmischerinnen, das zweibeinige Aas der Vorstädte, der Aushub des Hafens, eine Armee ohne Altersgrenze nach unten und oben, Charaktere für den Bedarf von zehntausend Romanverfassern. Gustavs Großmutter war auf Du und Du mit den Barmixern und Eintänzern aus den Vergnügungsstätten der Umgegend. Sie servierte vagabundierenden Artisten, spielsüchtigen Handlungsreisenden und schwindsüchtig aussehenden Kolporteuren, die sich dem Trunk ergeben hatten. Sie wehrte entflammte Studenten ab und widersetzte sich den groben Schmeicheleien eroberungslustiger Ladenschwengel.

Tagsüber besuchte sie das Gymnasium, bestand das Abitur und erlernte den Beruf der medizinisch-technischen Assistentin. Die Medizin, von der sie nur eine vage und fast romantische Vorstellung hatte, interessierte sie, denn ihr Leseeifer, der sich vorher, bei den Nonnen mit Weißbrot und Marmelade, gezwungenermaßen auf fromme Schriften und züchtige Erbauungsliteratur erstreckt hatte, wandte sich in Freiheit den Romanen zu. Dort lernte sie über die Krankheit als exponierten Daseinszustand.

Schnell ging sie zurück nach Berlin. Da herrschten die zwanziger Jahre, und eine weit verbreitete Theorie damals war, dass ganz Berlin im Grunde auf einem riesigen Morast erbaut und die Berliner Luft von bestimmten Alkaloiden geschwängert und verpestet sei, die eine allgemeine Enthemmung beförderten. Im Romanischen Café hatte Gustavs Großmutter tausend Verehrer und nicht einen einzigen beglaubigten Kavalier. Das waren vielleicht die glücklichsten Tage ihres Lebens. In Gustavs Familie sagte man später: »Kein Wunder, dass sie Kommunistin wurde.«

3

Genauer gesagt wurde Gustavs Großmutter wohl eher das, was böse Zungen eine *Salonkommunistin* nennen würden. Böse Zungen sind ja meistens im Recht. Die Jahre der Knechtung und Entbehrung hatten jedenfalls bei ihr ein wesenstiefes Verlangen nach bombastischen Aufzügen und großartigen Entfaltungen nur geschürt. Gerade rechtzeitig hatte der alte Beutelwitz das Zeitliche gesegnet. Da der Tod ein beträchtliches Zugeständnis darstellt, fällt geizigen Leuten das Sterben schwer. Beutelwitzens zäher Lebenswille stemmte sich erbittert gegen das haarige Scheusal, als ahnte er, was dann passieren müsste: Seine Tochter brachte ihr Erbe durch.

Das Erbe war nicht unbeträchtlich, weil Anton Beutelwitz in den Inflationsjahren durch Spekulation, undurchschaubare Geschäfteleien und widrige Machenschaften zu mehr Vermögen gelangt war, als er in seinen letzten Jahren hatte verpulvern können. Da er, wie die meisten Geldleute, das Kapital zerstreute und in verschiedenen Schlupflöchern sicherte, wurde dieser Schatz zu seinen Lebzeiten durch ein feinverästeltes Netz von Mittelsmännern, Treuhändern und Bevollmächtigten vermehrt, verwaltet und sorgsam gehütet vor dem gierigen Zugriff der Verwandtschaft. Seine zweite Frau,

Marlene Beutelwitz, die übrigens ein angenehmes und bescheidenes Wesen war und später bis zu ihrem Tode im Fischtal bei Gustavs Großeltern lebte, wurde beim Suppengrün nicht weniger kurzgehalten als ihre Vorgängerin.

Jetzt aber sah Gustavs Großmutter freie Bahn. Hier zeigte sich das Ergebnis ihrer Erziehung in seiner Glorie. Sie warf das Geld weg, als hasste sie es, als müsste sie sich an ihm rächen für den andauernden Verzicht, die Kargheit und Sprödheit ihrer Jugend, als müsste sie den Vater noch in der Hölle durch ihre Extravaganzen reizen. Sie gierte hauptsächlich nach Geschmeiden, sie hatte eine unstillbare Lust an Perlen und Brillanten. Das edelste Pelzwerk fand gerade noch Gnade vor ihren Augen, Hüte und Schuhe wurden in unsinnigen Mengen geliefert. Schließlich prophezeite sie in den kostbarsten Pariser Toiletten die kommende Weltrevolution und wurde nach Beginn des Dritten Reiches augenblicklich verhaftet. Sie landete im Polizeigefängnis am Alexanderplatz.

Die Razzia hatte Gustavs Großmutter mitten aus einer dubiosen Geselligkeit gerissen, deren zusammengewürfelte Teilnehmer noch auf den Fluren warteten, entschieden unbürgerliche Personen, Leute von leicht angefaulter Eleganz und schlecht verdeckter Liederlichkeit, die Nachtgestalten der Großstadt. Gustavs Großmutter steckte in einer spitzenverzierten Robe aus vanillefarbenem Taft. Das Dekolleté war gewagt und besetzt mit genug Rheinkieseln, um einen Millionär zu blenden. Dazu trug sie Saffianschuhe und seidene Strümpfe. Ein Astrachan-Petz hing ihr lose um die Schulter, ihre Frisur hatte sich aufgelöst, einen Ohrring hatte sie auch verloren. Dieser Verlust und das Übermaß an Champagner-Verschnitt, das Gustavs Großmutter in dieser Nacht konsumiert hatte, machte sie ungehalten.

Das Verhörzimmer war weder groß noch klein; ein Schreibtisch stand darin, dahinter ein mit Wachstuch bespannter Paravent, der ein Waschbecken versteckte, ein Aktenschrank in der linken Ecke und einige Stühle – das übliche Mobiliar aus poliertem gelbem Holz, wie es der Staat zur Verfügung zu stellen pflegt, welche Form er auch haben mag. Gustavs Großmutter weigerte sich, Platz zu nehmen, stemmte stattdessen die nackten bronzefarbenen Arme auf den Schreibtisch des diensthabenden Polizisten, und auf jeden Anlauf von dessen Verhörversuchen erwiderte sie schreiend: »Ich will nach Moskau! Ich will nach Moskau! Auf der Stelle!«

»Dit hier is keen Reisebüro«, sagte der diensthabende Polizist einigermaßen gutwillig. Es handelte sich um eine gewaltige Person mit freundlichen Glupschaugen und glattrasiertem Doppelkinn, wirklich nicht gerade die Medusenfratze des Beamten. Eher ein Berliner Schutzmann alter Schule, wie sie in diesen Jahren und vereinzelt auch später noch existierten, vieles gewöhnt und schwer zu erschüttern und gleichmütig bis zu einer gewissen Grenze jedem Herren dienend.

Gustavs Großmutter aber, haltlos vor Empörung, zeigte mit spitzem Finger auf das Porträt des Diktators, das man vor wenigen Wochen in der Wachstube aufgehängt hatte, und sagte böse: »Den können Sie gleich abnehmen!«

Es wurde langsam gefährlich. Sie war dabei, sich um Kopf und Kragen zu reden. Das merkte auch der Beamte, dem allmählich der Geduldsfaden riss. Das Schutzmannsgesicht drohte zur Polizeigrimasse zu erstarren. Der Mann, der Engelskötter hieß, erhob sich und stelzte mit vorgestrecktem Hals wie ein fetter Storch um den gelbholzigen Schreibtisch herum und verschlang Luft. Dann blickte er Gustavs Großmutter, die sich soeben in einer kleinen Brandrede für die Vorzüge der klassenlosen und repressionsfreien Gesellschaft engagierte, ins Auge, und in der Art, wie der Lehrer einen aufsäßigen Primaner zurechtweist, damit ihm sein eigenes Ungestüm nicht zum Verhängnis werde, sprach der Schutzpolizist die berühmt gewordenen Worte: *»Frollein Beutelwitz, nu halten Se doch endlich mal den Mund!«*

Das war das Ende des Verhörs. Es hätte viel schlimmer kommen können. Nach einer Nacht in der Arrestzelle wurde sie entlassen, nicht ohne Ermahnungen und den wohlmeinenden Hinweis, dass es beim nächsten Mal nicht so glimpflich abgehen würde. Genau denselben Hinweis hörte Gustav jeden Morgen. Von dem Schutzmann, der ihn im Park anhielt und bat, vom Rad abzusteigen.

4

Kurze Zeit später, beim Nachtdienst in der Charité, traf Gustavs Großmutter zum ersten Mal auf ihren zukünftigen Ehemann, der dort soeben als Assistenzarzt in der gynäkologischen Abteilung angefangen hatte. Es war kein leidenschaftliches Zusammentreffen gleichgestimmter Seelen. Gustavs Großvater musterte seine Zukünftige bei jeder folgenden zufälligen Begegnung zunächst nur eindringlich und prüfend, richtete höchstens die eine oder andere belanglose Floskel an sie, und erst nach einiger Zeit, wohl durch sorgsame Überlegung zu diesem Schluss geleitet, bat er sie zum Abendessen. So war der erste Stich an jener Schicksalsnaht getan, die uns im Zickzack zu Gustav führt.

Die Legende will es, dass Gustavs Großvater nach einigen Monaten sagte: »Sie heiraten mich jetzt!«

Das jedenfalls wusste seine Großmutter stets anzubringen, wenn sich irgendjemand aus der Familie nach dem Grund für diese Ehe erkundigte.

»Man hat mich nicht *gefragt*«, sagte sie, mit Runen auf der Stirn. Dazu lächelte sie wie jemand, der einem Seiltänzer zusieht.

Der nüchterne Anfang dieser Verbindung war eigentlich vielversprechend. Schließlich taugt nichts so wenig für die Ehe wie das Hingerissensein auf den ersten Blick. Andererseits sind im Ehestand gerade die Kleinigkeiten oft die Quelle großen Zwistes. So lag der Fehler bei Gustavs Großeltern wohl darin, dass sie einander auch in unbedeutendsten Dingen niemals nachgeben konnten. Beide waren dickköpfige, gepanzerte Charaktere, die sich lieber eingenagelt in einer Holzkiste im Aralsee hätten versenken lassen, als, beispielsweise, ein Zugeständnis über den richtigen Aufbewahrungsort für Haferflocken zu machen.

Allerdings wurde das Eheleben bei Gustavs Großeltern immer wieder in Zaum gehalten durch eine wechselseitige Bedürftigkeit, die weit hinausging über die übliche Annäherung und Ergänzung der Charaktere mit den Jahren, welche man der Ehe zuschreibt. Vielmehr gelang es den Gatten, ihre Abneigungen und Leidenschaften füreinander zu bändigen, indem sie ihre Feindseligkeiten wie Zuneigungen strengen Förmlichkeiten unterwarfen und sich bis zum Exzess in Routinen erschöpften. Da man genau vorauszusagen wusste, was der eine sprechen und wie er auftreten würde, konnte wie in einer Schauspielstunde festgelegt werden, wie der andere zu antworten hätte und mit welcher Miene und Gebärde. Man brauchte sich gegenseitig, um ein Stück ins Unendliche fortzuschreiben, das eigentlich keiner aufgeführt sehen wollte. Gustavs Großeltern entwickelten dabei allmählich die Gaben und die szenische Phantasie gewiefter Possenreißer, wie man sie heutzutage höchstens noch in irgendwelchen provinziellen Boulevardtheatern finden kann. Und da jeder die Umtriebe und Vorbehalte des anderen schon kannte, ehe sie ausgesprochen oder angedeutet waren, agierten die Eheleute mit müder Gelassenheit, während sie einander aufs Schärfste bewachten. Die Hellsichtigkeit für die Schwächen des anderen führte zu vorauseilenden Vorwürfen, Vertrautheit hatte Verächtlichkeit zur Folge, der drohenden Entlarvung entzog man sich durch die vorschnelle Beleidigung. Man liebte sich, ohne sich besonders zu mögen.

Zu den boulevardkomödiantischen Seiten dieses Dramas gehörte es, dass Gustavs Großvater zeitlebens einige Mätressen unterhielt, und wenn dieser Umstand Gustavs Großmutter auch beinahe das Leben gekostet hätte, so fügte sie sich auch hier nur den Bühnenanweisungen, die das Leben im Fischtal diktierten.

5

Nachdem die Familie das Fischtal bezogen hatte, begann Gustavs Großmutter stärker und stärker unter zunehmender Reizbarkeit und unbotmäßigen Spannungen und Stimmungsschwankungen zu leiden. Diese Zustände, die alle Anzeichen einer Vergiftung des Nervensystems aufboten, hielt Gustavs Großvater nicht ganz zu Unrecht lediglich für eine familiäre Veranlagung. Er schätzte das Seelische gering. Die zahlreichen Erscheinungen von Krankheit und Reizbarkeit, die in seiner Familie ihm so deutlich sich entgegenstellten, der gesamte Katalog des Nervösen wurde von ihm stets bloß leicht verächtlich diagnostiziert. Das immerhin hielt er für seine medizinische Pflicht. Wenn es ganz schlimm wurde, dachte er höchstens an Wurstvergiftung.

Im Jahre 1953 erlitt Gustavs Großmutter bei einem Konzert der Berliner Philharmoniker im Titania-Palast einen mittelschweren Krampfanfall. Jedermann kennt die typische epileptische Attacke: Der Kranke stürzt bewusstlos zu Boden, Zucken geht durch die Glieder, bläulich verfärben sich Gesicht und Lippen, Schaum tritt vor den Mund, und ruckweise geht der Kopf auf und nieder. Gustavs Großvater diagnostizierte Kalziummangel.

Die Anfälle wiederholten sich. Gustavs Großmutter war nicht mehr gesellschaftsfähig. Aber nicht jedermann weiß, dass es auch sogenannte epileptische Äquivalente gibt, das heißt vorübergehende seelische Störungen als Ersatz oder Stellvertretung für epileptische Anfälle: Aufgeregtheit, störrisches Wesen während einiger Tage, Schwermut, unbezwingliche Neigung zu übermäßigem Alkoholgenuss, Händelsucht und dergleichen mehr. Gustavs Großvater diagnostizierte Kalziummangel.

Die Fallsucht entsteht fast immer nur durch angeborene Anlage, vor allem, wenn bei den Vorfahren Geisteskrankheit, nervöse Störungen, Nervenschwäche oder Trunksucht vorhanden waren. Bei Gustavs Großmutter waren somit zwar beste Voraussetzungen gegeben, dennoch war die Krankheit in ihrem Falle die Folge eines Tumors, der sich in ihrem Schädel eingenistet hatte. Es handelte sich um ein Geschwulst der Hirnhaut, das nichts zerfraß, doch allein durch

Druck dem Hirne schadete. Nachdem der Tumor sich in einigen Jahren auf die Größe eines Pingpongballs genährt und Gustavs Großmutter, nunmehr ans Haus gefesselt, mehrere schwerste Krampfanfälle hinter sich gebracht hatte, sprach eines Tages ein guter Geist vom medizinischen Personal in der Charité zu Gustavs Großvater den in der Familie berühmt gewordenen Satz: »Was würden Sie von einem Elektroenzephalogramm halten, Herr Professor?«

Das Geschwulst wurde entlarvt, und Gustavs Großmutter wurde operiert. Ein Eingriff dieser Art war in jenen Tagen noch spektakulär und überhaupt nicht ungefährlich, schon die Narkose war, gewissermaßen, ein Techtelmechtel mit dem Tod, aber Gustavs Großmutter zeigte sich zäh und genas. Allerdings blieb ihr eine Narbenepilepsie.

Von all dem wusste Gustav wenig. So legte er nur ungläubig die Stirn in Falten, wenn seine Großmutter später gelegentlich erwähnte, dass sie gewissermaßen seit Jahren am Abgrund entlang lebte, dass ihr Abtreten jederzeit zu erwarten wäre und der Tod gleichsam jeden Tag mit knöchernen Fingern an die schwere Eichentür des Fischtal pöchelte. Dazu pflegte sie ihr Gesicht effektvoll in gequältem Ausdruck zu verzerren.

Nach allem, was Gustav sah und wusste, war der Gesundheitszustand seiner Großmutter nicht der schlechteste. Sie war nie krank. Als Gustav mit ihr das Fischtal bewohnte, in ihren letzten Jahren, bemerkte er nicht, dass sie fallsüchtig war, und als er es Jahre später rein zufällig erfuhr, war er nicht im Geringsten verwundert darüber, dass niemand ihm diesen Umstand mitgeteilt hatte. Ihm selbst war es niemals aufgefallen, obgleich seine Großmutter gelegentlich darauf verzichtete, ihre Tabletten zu nehmen, was mit tödlicher Sicherheit einen Anfall oder wenigstens eine kleinere Absenz zur Folge hatte. Sie hasste den Zwang zur regelmäßigen Einnahme der Epilepsie-Pillen. Ihren Ärzten gegenüber machte sie geltend, dass damit eigentlich nur eine Betäubung der Nerven, nicht eine Heilung zustande käme und dass infolgedessen allmählich eine Schwächung der geistigen Fähigkeiten stattfinde. Tatsächlich aber war es ihr wohl zu mühselig und langweilig, irgendeinen Zeitplan einzuhalten. Gegen Tabletten hingegen hatte sie, wie wir wissen, grundsätzlich gar nichts.

6

Von höchster Wichtigkeit bei Epilepsie-Patienten ist eine sorgfältige Lebensweise des Kranken, vor allem das strikte Meiden von Gift und Ausschweifungen. Geistige Getränke sind streng verboten, zeitlebens; ebenso meide man Kaffee, Tee, scharf gewürzte Speisen und viel Fleisch. Vegetarische Kost während längerer Zeit versieht oft vorzügliche Dienste, ebenso wie Luftbäder, kalte Waschungen und viel Bewegung im Freien. Eine Heirat innerhalb der Verwandtschaft soll bei Epilepsie nie in Betracht gezogen werden. Aber auch außerhalb der Verwandtschaft soll ein Epileptiker unter keinen Umständen heiraten, es sei denn, er habe dazu ausdrücklich ärztliche Erlaubnis erhalten, was wohl nicht häufig vorkommen dürfte.

Die Tabletten gegen die Fallsucht sorgten dafür, dass Gustavs Großmutter bei geringsten Mengen Alkohol sofort sehr betrunken wurde. Bereits vor ihrer Operation hatte sie getrunken. Manchmal war sie in der Praxis ihres Mannes aufgetaucht und hatte Patienten gebeten, für sie Spirituosen zu besorgen. Es war nämlich so, dass Gustavs Großmutter die außerehelichen Liebschaften ihres Mannes sich zunächst sehr zu Herzen nahm. Und infolge der chronischen Alkoholvergiftung verstärkten sich diese seelischen Störungen, unter welchen eine bedenkliche Schwächung des Willenslebens im Vordergrund stand. Kurz: Sie wurde unausstehlich. Mit dem stechenden Interesse der Verwiesenen horchte sie an Ritzen und spähte durch Schlüssellöcher. Sie hielt das Personal in Atem mit Aufträgen, Botengängen, launenhaften Wünschen und misstrauischen Nachstellungen. Sie verdächtigte jede weibliche Person in der Nähe, stellte mit primitiven Mitteln Nachforschungen an, beschuldigte die Krankenschwestern. Allerlei Hoffnungen und Beängstigungen verquickten sich in ihrem verstörten Gemüt, und führten nur dazu, dass sie ihre Nachforschungen mit doppeltem Eifer betrieb.

Nach ihrer Operation hätte Gustavs Großmutter keinen Tropfen Alkohol mehr trinken dürfen, doch das war, wenn der Ausdruck gestattet ist, eine Rechnung ohne den Wirt. Sie trank stattdessen wie noch nie, und nahm obendrein Tabletten. Morgens konsumierte sie Gin und Tonic, legte sich wieder hin und schlief den ganzen Vormittag über. Zum Mittagessen erschien sie. Es kam zu schrecklichen Auftritten. Nachdem sie getrunken hatte, befand sich Gustavs Großmutter in äußerst angriffslustiger Verfassung. Ihre menschenfeindliche Gereiztheit, stets ein beherrschender Zug ihres Wesens, steigerte sich zu bodenloser Verachtung jeder Kreatur. In dieser Haltung nahm sie ihr Essen zu sich. Hasserfüllt stach sie unter den entsetzten Blicken der Tischgesellschaft eine riesige silberne Gabel, die ihr Monogramm trug, in weichgekochtes Rindfleisch, als wäre dieser zerstörerische Akt das Letzte, was sie täte. Mitunter stand sie mitten bei Tische auf, um für furchtbare Augenblicke in einem kleinen Waschraum zu verschwinden, der am Ende des Korridors im Parterre lag. Gustavs Großmutter pflegte damals einen silbernen Flachmann in ihrer krokodilledernen Handtasche zu transportieren. Sie ließ das Wasser laufen. Sonst hörte man nichts. Mit etwas röchelnder Atmung leicht hyperventilierend kehrte sie zurück, die reaktionslosen Pupillen hinter einer großen Sonnenbrille verborgen. Früher oder später pflegte sie sich dann den Unterbruch einer angestrengten Unterhaltung zunutze zu machen, der seit ihrem Abgang entstanden war, indem sie an die Adresse ihres Ehemannes Mitteilungen richtete in der Art wie: »Eines muss mir hier jeder zugestehen, Fritz, ich war die beste Frau, die du je hattest.«

Oder sie sagte mit vager, leicht singender Betonung in den Raum: »Ich kann diese Visage nicht mehr sehen.«

Dazu schlug ihr schweres goldenes Armband gegen den Rand des Neuosier-Porzellans. Es löste sich ein Knall, der nur langsam zu verklingen schien und überhaupt in seiner Lautstärke fanfarenhaft gesteigert wirkte, denn niemand sagte ein Wort.

Doch selbst in ihren finstersten Zeiten zeigte Gustavs Großmutter kein einziges Zeichen der gewöhnlichen Trunksucht (bis auf die bekannte schwere Zunge beim Sprechen, was dafür sorgte, dass ihre Kinder nachmittags so wenig wie möglich mit ihr redeten). Niemals ging jener stechende alkoholische Geruch von ihr aus, ihre Gesichtszüge blieben unversehrt und entbehrten jeder Ähnlichkeit mit den gedunsenen, geröteten Visagen der Alkoholiker. Keine Spur von allmählichem Siechtum. Die verdächtig roten Wangen, wie sie durch Lähmung der Hautgefäße bewirkt werden, stellten sich nicht ein, ihre Haut wirkte nicht kühl und klebrig, sondern samtig und bronzen. Besonders jede Form der Unempfindlichkeit ging ihr ab, es fehlte das bekannte Zittern, wie es mit Gehirnaffektionen und Nervenentzündungen einhergeht. Sie sah stets adrett aus. Sie war von nichts anderem beansprucht, als sich zu pflegen und zu betäuben.

Dann aber erinnerte sich Gustavs Großvater daran, dass ihm Möglichkeiten zur Verfügung standen, Möglichkeiten, die brachliegende Geisteskraft seiner Ehefrau zu nutzen, um seinen eigenen Zwecken zu dienen. Und so wusste er sich, obschon er das Psychische und dessen Behandlung erklärtermaßen geringschätzte, die Bekanntschaft eines Psychiaters zunutze zu machen. Weil Gustavs Großmutter nicht aufhörte, sich über ihr Betrogensein und die Eskapaden ihres Mannes zu empören, diagnostizierte dieser Psychiater nach einer Blitzvisite kurzerhand: Säuferwahnsinn. Als Zustand bei Ehe.

Gustavs Großvater behauptete, seine Gattin sähe sich von kleinen Tieren umgeben und von Menschen verfolgt, und wo sich in ihren vermeintlichen Wahngespinsten noch ein paar bunte Fäden einschießen ließen, da half er mit geradezu dichterischer Phantasie nach. Der Psychiater erwies sich als wahrer Freund und, dankbar für jede Gelegenheit, sämtliche Diagnosen und Begrifflichkeiten einer blutjungen Wissenschaft zur Anwendung zu bringen, war er nicht zimperlich. Gustavs Großmutter, so stellte er fest, müsse in geeigneten Instituten von Ärzten beobachtet werden, in ihren geistigen Hemmungszuständen drohten Persönlichkeitsverlust und Verschleuderungswahn, die Patientin sei deshalb ohne Säumen einer gutgeleiteten Anstalt zu übergeben, damit durch sofortige Bevormundung wenigstens das Vermögen ihres Gatten vor dem Ruin bewahrt bliebe.

So brachte man Gustavs Großmutter in die Nervenklinik, ein idyllisch und diskret gelegenes Institut in Nikolassee. Die Diagnose lautete schließlich auf paranoiden Eifersuchtswahn infolge des Delirium tremens durch chronische Alkoholvergiftung. Über etwa zehn Jahre hinweg blieb sie, mit mehr oder weniger kurzen Unterbrüchen, entmündigt und wurde zwischen der Anstalt und dem Fischtal hin und her chauffiert. Sie wehrte sich nicht. Es war in der Tat eine angenehme Empfindung von Willensablösung, die sich in ihr vollzog. Dem Gang der Dinge zu widerstreben, war ihr bereits so unmöglich wie sich dem Lauf einer Lokomotive entgegenzustellen.

7

Gustavs Großmutter hörte auf zu trinken, als ihr Ehemann den Entschluss fasste, das Fischtal nicht mehr zu verlassen. Gustavs Großvater fasste diesen Entschluss von heute auf morgen. Er ließ seine Frau in der Praxis anrufen und dem Personal ausrichten, die Patienten abzubestellen, denn er käme nicht mehr. Von diesem Tage an trug er nur noch seidene Morgenmäntel mit passenden Einstecktüchern. Beides kaufte seine Frau ihm stapelweise.

Möglicherweise hatte sich Gustavs Großvater entschlossen, nicht mehr aus dem Haus zu gehen, um seine letzte Geliebte nicht mehr sehen zu müssen. Das war nicht der einzige Ausweg, aber der billigste. Die Situation fiel ihm nämlich auf die Nerven. Die Mätresse wurde ihm allmählich zu viel. Es handelte sich um eine ehemalige Patientin, verheiratet und Mutter zweier Kinder, eine Blondine mit ausgeprägten Wangenknochen, eine ambitionierte, äußerst verbindliche Dame ohne die geringste Bedeutung. In der Gesellschaft machte sie keine Figur. Sonst schon. Sie war, gelinde gesagt, stattlich. »Auf Säulen ruhte der Palast«, pflegte Gustavs Großvater üblicherweise zu einem Unterbau zu sagen, wie Cosima Pechnest ihn vorzuweisen hatte. So hieß die Dame ohne Bedeutung. Der Haushalt, dem sie vorstand, zählte nicht gerade zu den ersten Adressen. Cosima Pechnest aber gehörte zu jenen Charakteren, die durch die Umwegigkeit und Winkelzügigkeit, mit der sie allen Parteien zu dienen scheinen, in die Foyers und Salons eindringen, eine wahre Goldgräberin, immer da zu finden, wo es um die Hauptsache ging, eine anspruchsvolle Dame, die, wie alle Welt wusste, sehr komfortabel von dem Kredit lebte, den ihr ein paar ausgeprägte Wangenknochen und eine stattliche Figur verschafften.

In ihrem Ehemann, Alphons Pechnest, fand Cosima den würdigen Komplizen. Alphons half, die Vergnügungsreisen zu planen, die Cosima mit Gustavs Großvater unternehmen würde; Alphons arrangierte Zusammentreffen von geheuchelter Zufälligkeit; Alphons verfertigte Verzeichnisse von Anschaffungen für das Pechnestsche Hauswesen, die Gustavs Großvater bezahlte. Das Pärchen agierte unverhohlen und vor den Augen der Gesellschaft. Nur Gustavs Großvater selbst stellte sich blind, vermutlich in der Hoffnung, dass es dann auch kein anderer sähe. Und dann entschied er einfach, das Haus nicht mehr zu verlassen, verfügte aber noch Jahre später in ebenjenem Testament, das seine Gattin enterbte, dass Pechnests weiterhin eine seiner Villen in Schmargendorf bewohnen könnten.

»Für eine *lä-cher-liche* Miete«, pflegte Gustavs Großmutter zu sagen, und in zerstückelndem Tempo presste sie jede Silbe hervor, als kostete es sie unermessliche Anstrengungen, sich überhaupt zu äußern. Daraufhin erwähnte sie, dass ihr – und der Welt! – sehr wohl bekannt sei, dass Alphons Pechnest, der Gatte der Mätresse – und *Mätresse* war das mildeste Wort, das Gustavs Großmutter hier brauchte –, dass also Alphons Pechnest die Affäre jahrelang gebilligt und geschürt hätte, um sich ein Leben zu ermöglichen, das er sich andernfalls niemals hätte leisten können.

»Er ist ein *Zuhälter*«, sagte sie, blies den Rauch der Zigarette in die Luft wie ein Geysir und verengte die kleinen Augen zu blitzenden Ritzen, »dieser pastöse Widerling!«

Doch nachdem ihr Mann sich entschlossen hatte, fortan zuhause zu bleiben, verzichtete Gustavs Großmutter auf Gin Tonics und verbreitete später gern die Fama, sie habe nach ihrer Operation nie wieder einen Tropfen Alkohol angerührt, weil ihr kränkliches Gehirn sie andernfalls auf der Stelle getötet hätte.

Cosima Pechnest hingegen war nicht so ohne weiteres zum Verzicht in der Lage. Zunächst versuchte sie, Gustavs Großvater in dessen Praxis abzupassen, wo dieser jedoch nicht auftauchte. Stattdessen wurde Cosima dort regelmäßig von Frau Hornschildt empfangen, der Sekretärin, die nicht nur bei den Fischtal-Kindern aufgrund ihres resoluten Wesens einigermaßen gefürchtet war. Die Mätresse jedoch stellte sich zunächst stur, und eines Tages, nachdem sie wieder einen Nachmittag im verwaisten Wartezimmer vergeblich ausgeharrt, tat sie das, was man wohl in ihren Kreisen tat, um den Gang der Dinge zu beeinflussen: Sie simulierte einen Ohnmachtsanfall. Dies allerdings bewirkte wenig, bis auf folgende Mitteilung der Frau Hornschildt, während sie die dahinsinkende Cosima widerwillig auffing: »Also, nochma machen Se dit nich, Frau Pechnest! Sie sind mir zu schwer!«

Wenn nun aber auch die Mätresse nicht mit Clairchen Hornschildt gerechnet hatte, so hatte andererseits im Fischtal niemand damit gerechnet, dass Alphons Pechnest, der pastöse Widerling, offensichtlich in Sorge um seinen Lebensstandard, nunmehr damit begann, eine Reihe ungebetener Höflichkeitsbesuche im Hause von Gustavs Großeltern zu versuchen. Das war peinlich. Schließlich erhielt Gustavs Großmutter von ihrem Ehemann den Befehl, den Komplizengatten der abgelegten Liebschaft anzurufen und ihn aufzufordern, seine Visiten zu unterlassen. Es entsprach der Natur dieser Ehe, dass Gustavs Großmutter darin keine Demütigung sah. Anschließend fielen die Pechnests bei Gustavs Großvater aus dem Gedächtnis. Jahre später entsetzte er eines Tages die Familie beim Mittagessen mit der Frage: »Wer wohnt eigentlich in meinem Haus in der Weinheimer Straße?«

18. KAPITEL

Dosenfrüchte in Neuosier

I

In jenen Tagen, in denen nur noch Gustav und seine Großmutter das Fischtal bewohnten, erschien Hildegard Stöhr immer noch zweimal in der Woche, dienstags und donnerstags. Hildegard Stöhr, von der Familie schlicht Hildchen gerufen, war die langjährige Hausangestellte, gute Seele und dienstbares Faktotum, der Familie und dem Fischtal ergeben mit der Treue eines Dobermanns. Hildchen war quasi die letzte gute Seele, übrig geblieben aus einer größeren Schar von dienstbaren Geistern, die, wie es so geht, einerseits durch das Familienleben nach und nach vergrault worden waren, andererseits mit der Zerstreuung der Familie überflüssig wurden, denn am Ende, als nur noch Gustav und seine Großmutter das Haus bewohnten, gab es nicht mehr viel zu tun.

Früher war Hildchen jeden Tag zur Stelle gewesen. Umschäumt von familiärem Zwist und Wirrsal, hatte sie als lebender Schild zwischen allen Fronten noch ein bisschen Staub gewischt. Sie war unerschütterlich, eine jener weichgestimmten Naturen, die himmelhoch jauchzen, wenn unter hundert Zufällen ein einziger glücklich ausläuft. Hildchen hatte ein gläubiges Ohr, ein treues Echo und ein aufblickendes Auge. Keine Entgleisung erstaunte, keine Niedrigkeit verletzte sie, keinem Laster bezeugte sie Abscheu, und selbst der Anblick eines entsetzlichen Verbrechens hätte vermutlich kaum einen Zug in ihrem friedlichen und etwas weichlichen

Antlitz verändert. Kein Laut, kein Einwand, kein Anspruch. Genau die Richtige für dieses Haus. Das war wohl der Grund dafür, dass sie überhaupt noch auftauchte, denn in der Tat war sie nur wenig jünger als Gustavs Großmutter (um einen Abstand, der sinnloserweise geheimgehalten wurde). Eines Tages gar hatte Hildchen in einem seltenen Anflug von Widerspenstigkeit erklärt: »Also, ich *kann* jetzt nicht mehr täglich staubsaugen. Ich habe Rheuma.«

Worauf Gustavs Großmutter erwiderte: »Das glaube ich nicht.«

Dennoch wurde nach einigem Hin und Her beschlossen, dass zwei Tage in der Woche wohl ausreichten.

Wenn sie einigermaßen guter Stimmung war, würde sich Gustavs Großmutter mit etwas zwielichtiger Vertrauensseligkeit an Gustav wenden, weil sonst niemand zur Verfügung stand, und etwas sagen wie: »Also, Hildchen ist eine *Perle.*«

Darauf holte sie schwer Atem, was etwa drei Sekunden dauerte. Es gelang ihr, ein rasselndes Geräusch zu erzeugen, nur um deutlich zu machen, mit welch unsäglichen Qualen beladen für sie bereits alltägliche und lebensnotwendige Vorgänge wie beispielsweise Atmen waren.

»Jedenfalls klaut Hildchen nicht«, präzisierte sie anschließend, »wir hatten hier schon Personal, das alles gestohlen hat, was nicht niet- und nagelfest war.«

Damit bezog sich Gustavs Großmutter wohl vor allem auf Hortense Breitsprecher, von den Fischtal-Kindern »Breitschlächter« genannt, eine gewaltige Dame, die in den fünfziger Jahren im Hause als Reinemachefrau beschäftigt wurde und die vor allem aufgrund ihrer konsiderablen Oberweite Eindruck machte. »Mein Mann ist Maurer«, pflegte Frau

Breitsprecher zu diesem Thema zu sagen, »der braucht was zum Anfassen.«

Nun war Hortense Breitsprecher allerdings nicht nur großbusig, sondern offenbar auch ein bisschen kleptoman, jedenfalls fehlten bald nach ihrer Anstellung ein paar Dinge im Haus, zum Beispiel die Perlenkette der zweitjüngsten Tochter Franziska. Nach dem Ausschlussverfahren fiel der Verdacht schnell auf die Breitsprecher. War aber nicht zu beweisen. Der Beweis wurde erst erbracht, als Gustavs Großmutter eines Tages zur Unzeit (jedenfalls aus der Perspektive von Frau Breitsprecher) das Bügelzimmer betrat (warum auch immer) und dort gehortet auf dem Armlehnenstuhl neben dem Waschbecken siebzehn Pfund Butter entdeckte. Aus der Tiefkühltruhe im Keller. Und daraufhin die Breitsprecher zur Rede stellte.

»Meine Mutter konnte solche Leute zur Rede stellen, das konnte sie gut«, sagte Riekchen dazu, »sie hatte diese völlig ungerührte Art. Ich weiß noch, wie sie im Alter von achtzig Jahren ein paar Einbrecher verscheuchte, denen sie abends im Fischtal auf dem Korridor begegnete, einfach, indem sie an die Herren die Frage richtete: *Was wünschen Sie?* Das war ja ihre Standardbegrüßung: *Was wünschen Sie?*«

»Sagen Se's nich meem Mann«, flehte die zur Rede gestellte Breitsprecher, »der verhaut mich.«

Gustavs Großmutter tat ihr den Gefallen. Denn als Reinemachefrau hatte die Breitsprecher Talente! Dann aber wiederholte sich der Vorfall mit einem tiefgekühlten Eisbein.

»Also wurde Hortense gefeuert«, sagte Riekchen, »aber *putzen* konnte die!«

Es war also Hortense Breitsprecher, die Gustavs Großmutter vor allem meinte, wenn sie vom diebischen Personal sprach, um im Kontrast Hildchens Qualitäten zu würdigen – eine Würdigung, die natürlich nicht ohne Einschränkung ablief.

»Wenn Hilde nur nicht so *wahn-sin-nig* neugierig wäre«, seufzte Gustavs Großmutter, »aber ich muss das in Kauf nehmen.«

In der Tat war Hildchen Stöhr neugierig, und gleichfalls redete sie gern und viel, wie es nach Gustavs altmodischer Auffassung geradezu obligatorisch war fürs Personal. Dabei hatte Hildchen eine eigentümlich gehetzte Art, zu sprechen. Im Grunde tuschelte sie, schnell und leise, möglicherweise um die Bedeutung ihrer Worte mit dem Schleier des Geheimen zu ummänteln und somit zu steigern, wahrscheinlich aber in erster Linie aus Schüchternheit. Der hastige Takt ihres Geflüsters versetzte Hildchens ganzen Körper in emsige und eskalierende Vibrationen. Dazu lugten ihre etwas trüben Augen unruhig und ein wenig lauernd unter wimpernlosen Lidern hervor. Hildchens Nase, von der Gustavs Großmutter behauptete, dass sie etwas permanent Witterndes und Schnüffelndes an sich hatte, trug schwer an einer dicken Brille mit blau getönten Gläsern. Das arme Ding war weitsichtig, zu allem Überfluss.

Gustavs Großmutter hörte niemals auf, darauf hinzuweisen, dass Hildchen bekanntlich den einfachsten Verhältnissen entstammte. Dabei pflegte sie das Faktum der niederen Herkunft entweder mit überanstrengtem Mitleid zu erwähnen, als spräche sie von einem zurückgebliebenen Kinde, oder sie äußerte sich mit einem echauffierten Dünkel, dem allmählich die Geduld ausging. Wenn immer Hildchen, getrieben von dem Wunsche, sich angenehm zu machen, etwas besonders Ungeschicktes sagte, wandte sich Gustavs Großmutter schwer atmend an ihren Enkel, drückte Daumen und Mittelfinger der rechten Hand an die Schläfen, und mit dem merkbaren Entschluss, nachsichtig zu sein, entpresste sie sich die Worte: »Mein Gott, ihr Mann ist *Taxifahrer.*«

2

Dienstags und donnerstags also kochte Hildchen. Um Viertel nach eins nahmen Hildchen, Gustav und seine Großmutter das Mittagessen ein, in einer Kurve des kreisrunden Tisches aus schwarzem Palisander, der eigentlich für etwa fünfzehn Personen dimensioniert war.

Gustavs Großmutter ertrug es nicht, wenn ihr Enkelkind zu diesen gemeinsamen Mahlzeiten verspätet erschien. Die Zeit für das Mittagessen war mit ausdrücklicher Rücksichtnahme auf Gustavs Stundenplan auf ein Uhr fünfzehn angesetzt worden. Tatsächlich aber verfügte Gustav nur über etwa zehn Minuten, um mit dem Fahrrad von der Schule ins Fischtal zurückzurasen, und wenn er beispielsweise im Park auf den Polizisten traf, brach der Zeitplan zusammen.

Seine Großmutter verlor über eine entstandene Verspätung kein Wort. Sie begrüsste ihn wie einen Fremden, während Gustav in einem eisernen Gefühl der Konzentration für diese Gelegenheit vorbereitete Gemeinplätze sammelte und dieselben stockend zum Ausdruck zu bringen begann. Seine konventionellen Entschuldigungen wurden mit dem Ekel der Betrogenen und lichtlos-starrem Blicke entgegengenommen. Im Übrigen vermutete Gustav, dass seine Großmutter ganz allgemein nicht allzu viel für ihn übrig hatte. Er war ihr wohl vor allen Dingen lästig, wie ihr seit jeher alle Menschen lästig geworden waren, die sie gezwungen war, regelmäßig zu sehen.

»Sie hat mich im Verdacht von Bummelei und Müssiggang und hasst mich insgeheim«, so dachte er bisweilen, »deshalb versucht sie, mich durch allerlei Schreckmittel zum Gehorsam zu zwingen.«

Auch zur Mittagszeit blieb das Wohnzimmer in den letzten Jahren des Fischtals verdunkelt. Gustavs Großmutter verwies auf ihre empfindlichen Augen. Tonnenschwere Vorhänge aus cremefarbenem Damast ließen nur ein ganz klein bisschen hartnäckigsten Sonnenschein passieren, der einen Fächer aus durchleuchteten Staubbändern über dem Tisch aufschlug. Während des Essens konnten sich Hildchen und Gustav bloß gelegentlich durch Blicke verständigen. Mehr wurde in stummer Übereinkunft vermieden, und viel mehr ließ übrigens auch die Sitzordnung nicht zu, denn Gustavs Großmutter thronte mittenmang. Selbst derart verstohlene Kontakte ihrer Figuranten entgingen ihr meistens nicht und wurden augenblicklich geahndet.

Gustav hatte sich an das strenge Protokoll der gemeinsamen Essen gewöhnt, wie man sich an eine tägliche Folter gewöhnen kann. In der Unterhaltung bei Tisch galt es, keine Scherze zu versuchen, die Gott oder Geld berührten. Es war unstatthaft, eigene Bekanntschaften zu erwähnen. Man durfte niemandem, der sich Gustavs Großmutter gegenüber eine freiere Sprache herausgenommen hatte, Gutes nachsagen. Unbedingt unschicklich war es, von Gustavs Großvater zu sprechen. Überhaupt unterließ man es besser, irgendwelche Privatmeinungen auszuführen. Der geringste lebendige Gedanke wurde als grobe Unmanierlichkeit aufgefasst. Es hätte sich also angeboten, von vornherein zu schweigen. Das aber wurde am schärfsten missbilligt, weil es sehr unmanierlich war. So beschränkte sich Gustav darauf, regelmäßig einige freundliche Plattitüden zu äußern und ansonsten in keiner Form auf die Rede seiner Großmutter einzugehen, denn ernstgemeinte Entgegnungen hätten nur die kindische Verhärtung ihrer Argumente hervorgerufen und eine Nervenkatastrophe zur Folge gehabt. Ansonsten hielt er sich daran, auf ansprechende Art dazusitzen und auf ebensolche Art sein Essen zu verzehren. »Haltung ist die halbe Figur!« war eine der Maximen, die ihm eingeimpft worden waren, seitdem er sich erinnern konnte.

Hildchen für ihren Teil war durch jahrzehntelange Übung vage in die äußere Bauform und die inneren Gesetzmäßigkeiten der Tischgespräche eingeweiht. Sie übernahm fügsam ihren Part. Man spricht leise bei Tische und macht von Kleinigkeiten nicht viel Aufhebens. Das war die Regel. Unter fortgesetzten Vibrationen konzentrierte sich Hildchen also vorzüglich auf die Hervorbringung zustimmender kleiner Geräusche. Von Zeit zu Zeit, wenn Gustavs Großmutter grundlos den Ton verschärfte, würde sie sich unwillkürlich etwas ducken. Ansonsten war sie froh, dass man sie überhaupt anredete, denn das betrachtete Hildchen ihrerseits als Gelegenheit, sich zu äußern. Ihre Äußerungen waren freilich nicht immer willkommen.

Dabei war Hildchen eigentlich eine wandelnde Auskunftei, es gab in Zehlendorf und auch im Wedding, wo sie wohnte, keine Seele, die sie nicht kannte und deren Lebenslauf sie nicht wie am Schnürchen herzusagen wusste. Der fahle Glanz ihrer Augen nahm zu vor schüchterner Glückseligkeit, wenn sie etwas besonders Interessantes zum Besten gegeben zu haben vermeinte.

Gustavs Großmutter ließ Hildchens Redseligkeit für einige Zeit, deren Länge mit ihrer Gemütslage schwankte, schwer atmend über sich ergehen. Dazu machte sie ein Gesicht wie eine alte Kinderfrau, die einen Säugling zu beschwichtigen hat. Früher oder später entzog sie Hildchen das Wort, indem sie anordnete: »Hildchen, Sie arbeiten viel, also essen Sie!«

Falls Hildchen dann allerdings noch weitersprach, was passieren konnte, kannte Gustavs Großmutter kein Pardon. Sie vollführte eine kleine, gebrechliche Bewegung mit dem Arm, aber so unscheinbar die Geste war, so viel Bitte, Befehl und Beschwörung war darin enthalten. Mit sichtbarer Anspannung der Nerven sagte sie: »Hilde, reden Sie nicht, *essen* Sie! Essen Sie!«

Gustavs Großmutter selbst hingegen auferlegte sich keinerlei Zurückhaltung. Manchmal, wenn sie in Schwung oder besonders schlechter Laune war – oder falls Hildchen sich doch einmal unterstanden hatte, Kommentare abzugeben, die man zum Beispiel politisch verstehen konnte (auch die Politik, die doch üblicherweise den Hauptgesprächsstoff in bürgerlichen Familien bildet, war am Mittagstisch nicht zugelassen) –, kam sie sogar auf Frau Pechnest zu sprechen, die Mätresse. Das war dann immer besonders unangenehm, und es passierte meistens beim Nachtisch. Gustavs Großmutter schilderte die Pechnest als das, was sie war: das ewige Schreckgespenst der guten Familie, die zerstörerische lasterhafte Person, die Sirene, das Ungeheuer, das in phantastischen Abgründen der Triebe und tierischen Begehrlichkeiten zuhause ist.

Trotz den zugezogenen Vorhängen pflegte Gustavs Großmutter beim Mittagessen nicht selten eine große Sonnenbrille zu tragen. Sie beharrte auf dieser zusätzlichen Verdunkelung ihres Gesichtsfeldes, weil sie ihre Augen für sehr lichtempfindlich erklärt hatte. Die Brille saß etwas schief, Gustavs Großmutter stocherte im Dessert, in der anderen Hand eine brennende Zigarette haltend.

»Was für eine schauderhafte Person«, sagte sie.

Dann ließ sie den Löffel fallen, öffnete die Pillendose aus poliertem Silber, auf die ihr Monogramm graviert war und die auf kleinen Klauenfüßchen einladend funkelnd neben ihrem Gedeck stand, und streute einige kunterbunte Tabletten über den Nachtisch. In diesem Moment richtete Gustav den Blick diskret gegen die Zimmerdecke. Man spricht leise bei Tische und macht von Kleinigkeiten nicht viel Aufhebens. So saß er da, mit den Fingern die Tischplatte so krampfhaft umklammernd, dass die Knöchel weiß wurden.

Doch eine seltsame Taktlosigkeit ließ seine Großmutter nicht daran denken, dass diese überlangen Auseinandersetzungen mit der abgelegten Liaison ihres toten Ehemannes von der ganzen Tafelrunde als peinlich empfunden wurden, weil sie in dieser Ausführlichkeit, in dieser Umgebung und zu dieser Zeit nicht am Platze waren. Und mit besagter Unempfindlichkeit fuhr Gustavs Großmutter fort, die verkommenen Zustände und ruinierten Verhältnisse der Pestnestschen Sippschaft darzustellen, bis sie endlich glaubte, diese Dinge hinreichend charakterisiert zu haben, und ihr Fazit zog.

»Straßenkleider waren wirklich nicht ihre Glanzrolle«, lautete beispielsweise das Fazit, »ihr ging wohl ein gewisser *Chic* ab.«

3

Weitaus häufiger als über Cosima Pechnest sprach Gustavs Großmutter über – die Verwandtschaft. Mit einer schlecht verhohlenen Vorliebe, die Gustav stets etwas peinlich berührte, pflegte sie beim Mittagessen die tadelnswerte Entwicklung der Familie festzustellen. Serviert wurde dazu gekochtes Rindfleisch mit Meerrettich-Sauce und Salzkartoffeln, das Lieblingsessen von Gustavs Großvater und immer noch eines der bevorzugten Gerichte im Fischtal. Wenn es am Dienstag Rindfleisch gab, wurde am Donnerstag meistens gekochter Kabeljau mit Senfbutter aufgetischt.

Und während Gustavs Großmutter gereizt mit dem großen Silberbesteck hantierte, indem sie wie ein beleidigtes Kind das Rindfleisch zerhackte, entfaltete sie den bedenklichen Werdegang der eigenen Kinder und Kindeskinder. Mit herablassendem Bedauern über diese für eine Mutter schmerzvollen Einsichten, die eine ohne Unterlass marschierende Denkkraft ihr dennoch aufzwang, besprach sie das Fortschreiten der Untüchtigkeit in der Familie, das praktische Versagen, den gänzlichen Verlust jeden Maßes. Eines ihrer bevorzugten Worte in diesem Zusammenhang war in der Tat *maßlos*. (Dazu muss allerdings gesagt werden, dass sie bereits die angeblich zunehmende Kurzsichtigkeit in der Familie für eine bedrohliche Degenerationserscheinung und also maßlos bedenklich hielt.) Wenn sie über die Familie und deren Entwicklung sprach, schilderte Gustavs Großmutter einen Vorgang der Erkrankung, als dessen fassungslose Augenzeugin sie sich gerierte, in der Art eines Nervenarztes, der vor einem Auditorium bedenkliche Symptome erläutert und zu seinem Bedauern feststellt, dass das Ende fatal sei. Dabei bediente sie sich einer ganz eigentümlichen Art zu reden, sie löste kaum die Lippen voneinander, kaum die Zähne, es wirkte alles so angestrengt, so leidensgeübt gleichsam, als predigte sie in der Wüste. Ihre Stimme war sehr trocken, und zwischendurch hüstelte sie effektvoll oder atmete hörbar aus. Trotzdem sprach sie hart, klar und herbe, wie immer, und mit Fanfarenklang schlug ihr goldenes Armband gegen den Rand des Neuosier-Porzellans. Keinen schonte sie, keiner blieb ungezüchtigt und unverdächtigt. Das ganze gelebte Leben sah sie wie einen schmutzigen Fetzen hinter sich zerstampft. Sie fing jeden alten, längst totgehetzten Streit von neuem an. Sie duldete keine Widerrede. Es herrschte in ihren Anschauungen etwas, das nicht anders bezeichnet werden konnte als mit dem Wort Verdorrung. Nein, nicht Verdorrung, Vereisung. Eine fortgeschrittene Vereisung, die nur noch den Betrieb und die Erledigungen des Lebens kennt, seine Wärme nicht mehr, seine Gestalt nur dem Scheine nach.

Für sie war alles pathologisch. Egal, ob es sich um Geltungssucht oder Phlegma handelte, um Jähzorn, Launenhaftigkeit oder Unkeuschheit, jedes Hauptlaster war vertreten, jedes Kind auf diese oder jene Weise verführt, verirrt, korrumpiert, missraten. Paula aß zu viel, Gustavs Mutter war herrschsüchtig bis zum Hochmut, und Gretel natürlich maßlos geldgierig. *»Maß-los!«*, sagte Gustavs Großmutter und atmete hörbar aus, wobei sie es verstand, einen Ruch von Verschwörung in ihre Stimme zu pressen, ganz so, als wäre Gretel ihrerseits emsig besorgt, ihre schrankenlose Habsucht vor der Welt zu verbergen. Maßlos geldgierig sei Gretel, pathologisch habsüchtig, im strikten Gegensatz zu ihren anderen sechs Kindern – denn Gustavs Großmutter schätzte es, die Mitglieder ihrer Familie in beliebigen Besetzungen gegeneinander auszuspielen. Mit schwerem Herzen, auf dem immerhin alle Unterlassungssünden einer völlig unbeteiligten Mutter lasteten, verstand sie es dabei, sittliche Entrüstung über aus preussischer Sicht bedenkliche Charakterbeschaffenheiten zu äußern und zugleich einen verklärenden Schein um sie zu malen, in den Tadel von Habsucht und Völlerei einen Seufzer nach den verbotenen Früchten zu mischen. Und während sie in dieser Weise den Niedergang der Familie feststellte, heftete Gustavs Großmutter einen tieffassenden Blick auf ihr Enkelkind. Gustav war hier angeklagt, kein Zweifel, er verkörperte die Verworfenheit des gegenwärtigen Geschlechts. Sowie Gustav aber aufblickte und ihrem Blicke begegnete, wandte sie diesen gleich ab und ließ ihn unstet durch die Düsternis des Raumes schweifen.

Manchmal konnten Gustav oder Hildchen eine Neuigkeit zum Tischgespräch beisteuern, denn schließlich hörte man bisweilen irgendetwas von der Familie, obschon das Fischtal hermetisch abgeschirmt war. Bis auf Hildchen und Frau Hornschildt, die nach der Auflösung der Praxis die Vermögensverwaltung übernommen hatte, kam niemand mehr ins Haus, und von den Kindern ließ sich eigentlich nur noch Riekchen sehen. Im Wesentlichen handelte es sich also um Gustav und seine Großmutter. Man hätte vergessen können, dass da draußen eine Welt existierte. Nach und nach nahm diese Welt den Charakter gefährlicher und feindseliger Fremdheit an. Gustavs Großmutter unterließ es auch bei keiner schicklichen Gelegenheit, vor ihr zu warnen, vor ihren Verführungen, ihrer Verderbtheit, ihrer Hohlheit und ihrer Mitleidslosigkeit. Es klang glaubhaft genug, und so war noch mehr Grund, sich ganz, ganz stille zu verhalten.

Doch gelegentlich erfuhr man etwas. Fügsam erstatteten Gustav und Hildchen am Mittagstisch Bericht, falls sie dieses oder jenes hatten läuten hören, diese oder jene Tochter in Geldschwierigkeiten steckte oder ein Haus gekauft hatte, hie oder da eine Romanze sich ergeben oder aufgelöst hatte, eine kleine Krankheit oder ein kleiner Gewinn sich niederschlug oder dieses oder jenes Enkelkind seltsame Experimente jedweder Art veranstaltete.

Gustavs Großmutter gab sich einerseits belästigt durch solche Unterbrechungen und Neuigkeiten, erkundigte sich jedoch andererseits im unbeteiligtsten Konversationston rücksichtslos nach sämtlichen Einzelheiten. In der Regel nahm dabei, auch wenn es sich um vordergründig gute Nachrichten handelte, ihre Miene einen immer angeekelteren Zug an, etwa wie bei einem Oberstaatsanwalt, der sich mit einem besonders grausigen Verbrechen zu befassen hat, dessen Einzelheiten nach und nach ans Licht treten. Dann atmete sie hörbar aus und wechselte das Thema.

Manchmal aber konnte Hildchen nicht an sich halten, wenn das kolportierte Unglück ihr unerträglich vorkam, und in berlinisch ungezwungener Art forderte sie Gustavs Großmutter zu Beistand und Hilfe auf. Bei ihren finanziellen Möglichkeiten sei es doch ein Kinderspiel, ihre Kinder aus dem Gröbsten zu erretten. Hildchen hatte immer den passenden Eingreifplan parat: Man könnte doch Julius mit der Hypothek helfen, Paula zum Jahrestag ihrer Scheidung einen Blumenstrauß schicken, oder Florian, den gefallenen Sohn von Gretel, zwischenzeitlich aufnehmen, bevor er mit dieser Malerin nach Mexiko durchbrannte (bei diesem letzteren Vorschlag kassierte Gustav von seiner Großmutter einen Blick, der sagte: »Aufnehmen? Nicht noch einen!«).

Gustavs Großmutter, in deren Gesicht sich kein Zug von Teilnahme auftat, seufzte ungeduldig. Diese naiven Einwände waren ihr fürchterlich.

»Reden Sie nicht, Hildchen, essen Sie!«, ordnete sie an. »Sie haben keine Ahnung, aus welchen Elementen sich die gute Gesellschaft zusammensetzt.«

Und sofern sie milde gestimmt war, rang sich Gustavs Großmutter dazu ein schales Lächeln ab. Dieses Lächeln hatte allerdings einen Ausdruck von solch verachtungsvoller Herablassung, dass Hildchen, wie geschlagen davon, den Kopf senkte.

Üblicherweise reichte das. Aber manchmal war Hildchen tapfer. Zum Beispiel an jenem Tag, als die unglückliche Verbindung von Gustavs Tante Franziska mit einem notorischen Hochstapler zur Sprache kam, eine Jugendsünde, die in die Zeit fiel, bevor Zissel Kommunistin wurde (eine weitere Jugendsünde), eine Liaison, die schließlich doch nicht zu einer Verlobung geführt hatte, weil Gustavs Großeltern seinerzeit erklärt hatten, sich diesfalls nicht weiter für die Ausstattung ihrer Tochter zuständig zu fühlen, was Zissel abschreckte (denn da war sie ja auch noch nicht Kommunistin). Es war unklar, wieso diese uralte Geschichte überhaupt aufgebracht wurde, Gustavs Großmutter bestimmte die Themen bei Tische und hatte sie wohl zur Illustration irgendeiner Verfallserscheinung herangezogen, aber nun hatte etwas an dieser Episode unvorhersehbarerweise Hildchens Widerspruchsgeist geweckt. Denn obzwar Hildchen die Geschichte kannte und schon oft gehört hatte, fing sie nun plötzlich an, Einwendungen zu machen, derart, dass dieser junge Mann ja eventuell auch ganz angenehme Seiten gehabt hätte, wieso hätte sich so eine wählerische Person wie Franziska sonst für ihn interessieren sollen, und möglicherweise hätte man dem jungen Mann eine Chance geben und ihn nicht schlankweg irgendwelcher vergangener Fehler wegen aburteilen und verdammen sollen, man hätte ihn ja wenigstens mal zum Abendessen einladen können …

Diesen letzteren Vorschlag quittierte Gustavs Großmutter mit der Frage: »Sind Sie verrückt?«

Hildchen wurde rot wie ein Backfisch, was sonst nur passierte, wenn man sie auf Äußerlichkeiten ansprach (oder manchmal, wenn sie über Gustavs Großvater redete), und Gustav ließ nicht ohne Absicht seine Serviette herunterfallen. Das war zwar eine der ältesten Maschen der Welt, doch er hatte das Gefühl, bleich zu werden bis in den Schlund hinunter, was unbedingt zu kaschieren war. Und so griff er zu diesem bewährten, wenngleich etwas abgenutzten Mittel, um, wieder auftauchend, eiligst irgendein fernliegendes Thema an den Haaren herbeizuschleifen, was er sich unter dem Tische zurechtlegen könnte … Doch es war zu spät.

»Aber Eltern sorgen sich um ihre Kinder«, beharrte Hildchen, wozu alles an ihr in heftige Vibrationen geriet. Sie warf Gustavs Großmutter einen Blick zu und löschte ihn sofort wieder, wie es sich geziemte. Doch sie blieb tapfer. Ihre Furcht in konvulsivischen Vibrationen überwindend, fuhr sie fort: »Man kann doch nicht einfach seine Kinder wegschicken! Ich … ich kenne überhaupt niemanden, der sich nicht um seine Kinder kümmert!«

Gustavs Großmutter zog angewidert eine Grimasse und entgegnete mit jener Frostigkeit, die Gustav für sich als die Mittagstischkälte zu bezeichnen pflegte: »Hildchen, erzählen Sie nicht den Unsinn weiter, der beim Anstehen geredet wird! Essen Sie lieber!«

Hildchen blieb flammend rot und bleckte plötzlich die Zähne. Sie wurde plötzlich renitent.

»Also, wenn man mich fragt …«, hob sie an.

»Niemand tut das«, unterbrach Gustavs Großmutter, »niemand tut das.«

Hildchen wiegte den Kopf hin und her, als ob sie überlege, wie weit sie in ihrer Antwort gehen könne. Dann mit einem Male schien sie einen Entschluss gefasst zu haben und sagte: »Wenn man mich fragt – dann … dann ist das Gesetz! Eltern sorgen sich um ihre Kinder. Punktum. Gesetz von Mutter Natur.«

Darauf machte sie ein bedeutendes Gesicht und erhoffte sich von ihren Worten große Wirkung.

Allein, die Wirkung blieb aus. (Jedoch nicht bei Gustav, der nicht verhindern konnte, dass er den Mund aufsperrte wie ein Idiot.)

Ein müder Seufzer der Belästigten, das war alles.

»Mutter Natur hatte auch nie einen Gigolo als Schwiegersohn in Aussicht«, erwiderte Gustavs Großmutter und stach ihre Gabel in das weichgekochte Rindfleisch.

»Aber …«, wandte Hildchen ein, zitterte heftig und rollte die Augen, während sie nach einer Erwiderung suchte, »aber – das ist Schicksal! Kinder sind Schicksal!«

Sie warf einen weiteren Blick auf Gustavs Großmutter und ließ ihn diesmal sogar ein Weilchen auf ihr ruhen. Das war zu viel. Das war nicht zu fassen. Das war Insubordination!

Gustavs Großmutter verzerrte die Mundwinkel. Ihre Augen glommen fahl. Die Lider spannten sich in einem Ausdruck von Terror. Sie schnellte empor, ihre zierliche Gestalt hochaufgerichtet, in einer Primadonnenpose, denn in Gustavs Familie verfiel man, wie ich wohl schon sagte, bisweilen ins Großartige, wenn man gereizt war. Dass sich Gustavs Großmutter auch in der höchsten innersten Erregung über ihre Wirkung nach außen klar war, unterliegt keinem Zweifel.

Hildchen zuckte zusammen. Gustav faltete die Hände.

»Verschonen Sie mich!« sagte Gustavs Großmutter mit leiser Stimme, die bisweilen versickerte, so dass sie nur noch mit Anstrengung gehört werden konnte, »Verschonen Sie mich damit! Verschonen Sie mich mit Ihrem Mutterbild! Das grenzt an üble Nachrede. Ich … ich weiß sehr wohl, dass ich nicht erwärmend wirke oder doch höchstens von weitem … Doch das hängt, wie ich Ihnen gerne verrate, obwohl ich hier nicht vor Gericht stehe, das hängt mit meiner Art von Dasein zusammen. Meine *eigene* Mutter, verzeihen Sie, wenn ich sie hier erwähne, und du brauchst gar nicht so die Augen zu verdrehen, Gustav, das habe ich *gesehen* … – meine Mutter also, die ja bekanntlich fürs Leben zu schwach war, hatte damals wohl recht, damals, vor vielen, vielen Jahren, als ich eigentlich noch klein war und sie trotzdem schon erkannte, dass ich … dass ich in der Welt nicht zu Hause bin, dass ich nicht teilhabe am Glücke derer, die sich in ihr zu Hause fühlen. Ich bin allein. Und ich bin gern *allein.*«

»Sie ist verrückt geworden«, dachte Gustav, »ihre Lieblosigkeit wird nur noch übertroffen durch ihre Selbstbesessenheit.«

Aber trotzdem verstand er, was sie meinte. Am Mittagstisch im Fischtal wurde Gustav, durch die reine Anschauung und das lebende Beispiel seiner Großmutter, zur Überzeugung erzogen, dass für Eltern keinerlei Verpflichtung bestehen könne, sich für ihre Kinder auch nur milde interessieren zu müssen. Und, so frug er sich, wenn er es sich erlauben konnte, seine Aufmerksamkeit für einige Momente vom Tischgespräch zu lösen, und wie konnte man es den etwas zarter organisierten Naturen vorwerfen, dass sie allzu sehr befangen waren in den Verwicklungen einer überreizten Innerlichkeit? Wie konnte man es Menschen mit verfeinerter Empfindung vorhalten, dass sie die eigenen Kinder mit einem nervösen Lächeln hurtig zurück in die Arme der dienstbaren Amme legten? Niemand konnte das! Man hatte schließlich vor allem mit sich selbst zu tun. Abgeschlossenheit, Etikette, Verpflichtung, Strammheit, Haltung, Form – wer darin lebte, sollte kein Recht auf fünf Minuten Ruhe haben? Oder drei Stunden Mittagsschlaf? Der sollte sich auf Menschlichkeit und Gemütlichkeit und Muttergefühle verweisen lassen? Eine sonderbare, fast unheimliche seelische Beschaffenheit, ein scheinbar alles durchdringender Kaltsinn, eine äußerliche Lieb- und Treulosigkeit ist dem Scheine nach unweigerlich das Los der etwas feiner organisierten Naturen … das ist ihr Schutz. Das ist ihr Los. »Vielleicht sind Kinder undankbar und teuer«, pflegte Gustavs Großmutter manchmal festzustellen, »aber sie geben dir einen Grund zu trinken.«

Sie setzte sich wieder.

»Entschuldigen Sie«, sagte sie mit einer Eisigkeit, dass Hildchen eine ganz blaue Nase davon bekommen musste, »Verzeihung. Wenn ich die Meinung eines andern anhören soll, so muss sie positiv ausgesprochen werden; Problematisches hab ich in mir selbst genug. Schikanen umringen mich in jeglicher Gestalt. Alles schlägt mir zum Nachteil aus, alles wird mir im Munde herumgedreht und verfärbt weitergetragen. Das ist mir eine Last, eine Kränkung, ach was sag ich: eine Lebensverdunklung! … Im Übrigen will ich nur etwas Ruhe, bevor ich sterben muss. Ist das zu viel verlangt? Hm? *Hm?*«

Hildchen öffnete schon den Mund, doch sie erstarrte in dieser Miene. Denn Gustavs Großmutter richtete einen scharfen, Sterbliche prüfenden Blick auf sie, einen Blick, in dem die vollständige Bedeutung der Strafbarkeit lag, jetzt auch nur noch einen einzigen Ton hervorzubringen. Darauf erhob die Hausherrin ihr Glas, ein ehemaliges Senfglas, um daraus einen Schluck bittere englische Orangenlimonade zu trinken. Doch zu stark zitterte ihre Hand. Das wollte sie unterdrücken; durch ihre Willensanstrengung verfiel aber nicht nur ihre Hand, sondern auch der Arm, ja ihre ganze Gestalt für einige Sekunden in eine solche Starrheit, dass Gustav angst und bange wurde. Er hatte das Gefühl, jemand halte seinen Kopf über einen Kessel mit kochendem Wasser. Die cremefarbenen Draperien wankten leise in einem phantasmagorischen Hauch.

»Mir ist ein wenig übel«, murmelte Gustav mit dem sonderbaren Gefühl, dass etwas in seinem Rückgrat knirschte. Niemand beachtete ihn.

Stattdessen musterte seine Großmutter Hildchen gehässig. Dann sagte sie mit vertrockneter Stimme: »Was tragen Sie da eigentlich für ein Halstuch?«

Es war zu spät. Als Gustav die Hände von den Augen nahm, lächelte Hildchen seltsam inbrünstig, beinahe verzückt. Möglicherweise erwartete sie ein Kompliment oder sonst was Versöhnliches. Die Ärmste hätte es besser wissen sollen, denn niemals äußerte sich Gustavs Großmutter vorteilhaft über die Aufmachung des Personals.

Mit einer unkontrollierten Bewegung griff sich Hildchen an das laut gemusterte Tuch, das sie um ihren Hals trug.

»Das habe ich bei Brenningmeyer gekauft«, sagte sie.

Keine Antwort. Gustavs Großmutter hielt ihren Blick auf Hildchen gerichtet wie einen Scheinwerfer. Ihre Augen hatten einen scharfen und gelangweilten Ausdruck. Das konnte Hildchen natürlich nicht lange aushalten. Sie wurde plötzlich von etwas heimgesucht. Ihre Schultern zuckten vibrierend nach oben, die Wangen blähten sich, die Augen wollten aus ihren fleischigen Hängematten hüpfen. Sie lehnte sich im Stuhl nach vorne und legte ihre Hand mit den platten Fingernägeln auf das Stück Stoff, das sie um den Hals trug, als wollte sie sich vergewissern, dass das Material nicht unter den missvergnügten Blicken von Gustavs Großmutter verdampft wäre. Mit explosionsartiger Schnelligkeit verlor sich Hildchen daraufhin in undeutlichen Worten. Eine Fontäne ängstlicher Entschuldigungen barst hervor, und Gustav, der etikettewidrig den Ellbogen aufgestützt hatte und die Stirn in der flachen Hand barg, verstand etwas von Halsschmerzen. Gegen die das Halstuch offenbar gedacht war.

Gustavs Großmutter seufzte ungeduldig. Sie schüttelte traurig den Kopf, und bekümmertes Staunen lag in dem Blick, mit dem sie Hildchen fixierte, während sie feststellte: »Bitte, merken Sie sich: Die einzige Person, die in diesem Haushalt seidene Halstücher trägt, bin *ich*.«

Hildchen senkte den Kopf wie unter einem Hieb. Außerdem entfernte sie das rangwidrige Kleidungsstück auf der Stelle.

Gustavs Großmutter indessen wischte sich blitzartig mit dem Mittelfinger der linken Hand über die Lippen und presste einen Zipfel der damastenen Serviette, die zusammengeballt in ihrem Schoße gelegen hatte, in einen beliebigen Mundwinkel. Daraufhin rollte sie die Serviette, auf die ihr Monogramm gestickt war, für das nächste Essen zusammen und schob sie in einen silbernen Ring. Das war das Zeichen, dass die Tafel nun aufgehoben sei. Aber bevor sie aufstand, drehte die Hausherrin kurz den Kopf, warf einen geradezu liebevollen Blick auf Hildchen und erklärte: »Im Übrigen, meine Liebe, im Übrigen dürfen Sie nie sagen: das Schicksal. Sagen Sie stets: die Vorsehung.«

19. KAPITEL

Was wünschen Sie?

Schon als Kind war Gustav von seinen Eltern, besonders aber von seiner Mutter, zu verstehen gegeben worden, dass die Familiengeschichte zum Vorteil aller Beteiligten als unanrührbar zu gelten habe und in der Finsternis vergangener Tage bestens begraben sei. Denn die Finsternis war gnädig, und so ließ man sicherheitshalber gleich alles im Dunkeln. Weder aus Sorglosigkeit noch aus Achtung vor der Unschuld jugendlichen Alters machte man seinen Kindern keine Mitteilung, sondern zum eigenen Schutze. Man wünschte sich nicht mit Vergangenem auseinanderzusetzen, die Vergangenheit schien voller Peinlichkeiten und Bloßstellungen zu sein, die man korrigierte, indem man sie niemals erwähnte. Was man nicht wünschte, war nicht passiert. Und gerade im Umgang mit der Familie hütete man seine Zunge, denn die Familie lebte ohnehin schon als Kronzeuge der eigenen Unzulänglichkeiten. Die Verwandtschaft des Gemüts würde außerdem eine allzu große Nähe unerträglich machen. Lieber vertraute man sich vollkommen Fremden an.

So wusste Gustav eigentlich nicht viel über die Familie. Was seine Großmutter beim Mittagessen zum Besten gab, war etwa so verlässlich wie die Berichterstattung einer russischen Tageszeitung, und was man zufällig erfuhr, reichte nicht aus, um zu einem Zusammenhang zu gelangen. Am meisten war von Hildchen zu erfahren, die ja jahrzehntelang als stumme Zeugin gewirkt hatte. Wenn er am Nachmittag nichts Besonderes zu tun hatte, was meistens der Fall war, dann pflegte Gustav an manchem Dienstag und Donnerstag bei Hildchen im Bügelzimmer vorbeizuschauen und hörte sich Erinnerungen an. Zum Beispiel die Geschichte, wie Gustavs Großvater eines Tages seinen Freund Bier beiseite nahm und ihn aufforderte, damit aufzuhören, seinen Sohn, den kleinen Bier, wöchentlich provisorisch zu verhauen. Dieser Freund Bier war der Enkel des berühmten Chirurgen August Bier, der in Gustavs Familie allerdings nur als »Nazi-Bier« apostrophiert wurde, jedenfalls von Gustavs Großmutter, die sowohl den alten Bier wie auch dessen Enkel nicht ausstehen konnte.

Gustavs Großeltern selbst hatten ihre Kinder niemals geschlagen – jedenfalls konnte sich Hildchen an keinen solchen Vorfall erinnern. Oder doch, verbesserte sich Hildchen, einmal, einmal habe Gustavs Großmutter Riekchen eine Backpfeife verabreicht. Riekchen und Zissel hatten sich ein Joghurt aus dem Kühlschrank geholt, waren aber nicht wirklich hungrig gewesen, also hatten sie sich nach kurzer Überlegung vor der Garderobe im Parterre auf die Solnhofer Kacheln gesetzt und waren nach folgendem Muster verfahren: Einen Löffel in den Mund, einen Löffel auf die Pelzmäntel. Einen Löffel in den Mund, einen Löffel auf die Pelzmäntel. Dieses Spiel klappte auch ganz gut, bis Gustavs Mutter, die kleine Christiane, auftauchte, die Lage mit dem Blick der zukünftigen Lehrerin in Kürze erfasste und mit den Worten kommentierte: »Das sag ich Mama!«

Riekchen rannte daraufhin ins Ankleidezimmer, versteckte sich notdürftig im Schrank, wurde dort im Handumdrehen von ihrer Mutter aufgespürt und bekam besagte Backpfeife. Zissel hingegen wurde von ihrer Schwester Gretel in der ersten Etage im Durchgangsraum zum Badezimmer in den Bademänteln ihrer Eltern versteckt und dort ewig nicht gefunden. Schließlich gab Gustavs Großmutter die Suche auf, denn ihr Zorn war verraucht. Zissel jedoch war, obschon sie der Backpfeife entgangen war, durch das Verharren in Angst eigentlich schlimmer bestraft als Riekchen – aber das ging ihr erst später auf.

»Üblicherweise konnte sich deine Tante Franziska jeder Standpauke entziehen«, erklärte Hildchen, »und zwar vermittels Augenaufschlag. Zissel hatte so eine Art, zu einem hochzugucken, so mit halb gesenktem Kopf … da konnte man nicht böse sein. Das klappte natürlich bei ihrem Vater besser als bei ihrer Mutter!«

Auf diese Weise erfuhr Gustav im Bügelzimmer die eine oder andere Begebenheit aus der Geschichte der Familie, und wenn sich dadurch auch bloß ein löchriger und lückenhafter Zusammenhang ergab, so war es doch immerhin ein Zusammenhang, der sich dort herstellte, zwischen den fensterlosen Wänden des Bügelzimmers, an denen sich eine Parade von Schranktüren aufreihte, die eine Unzahl von vernachlässigten Kostümen verbargen, Deux-Pièces in dezenten Farben und figurbetontem Schnitt, mit Gloriaseide gefüttert und Chinchilla-Krägen versehen und nunmehr in Plastikhüllen konserviert. Dichtgedrängt hingen die verlassenen Kleider über Scharen von Schuhen aus butterweichem Saffianleder. Die Schuhe hatten kothurnhohe Absätze und waren auf hölzerne Spanner gezogen. Außerdem befand sich in den Schränken noch allerlei Garderobenzubehör, zum Beispiel enzianblaue Spitzentücher mit dem gestickten Monogramm von Gustavs Großmutter oder schneckenförmig aufgerollte Gürtel aus Alligatorenleder. Daneben lagerte stapelweise Krankenhaus-Bettwäsche.

Abgesehen davon, dass Hildchen in ihrer Freude über einen dankbaren Zuhörer jegliche Diskretion verlor, konnte die Ärmste nicht wissen, dass Gustav ahnungslos war. Deswegen plauderte sie mit einer Selbstverständlichkeit, mit der man altbekannte Dinge zum Besten zu geben pflegt, Anekdoten aus, angesichts derer Gustav oft nur mühsam sein Erstaunen verbergen konnte, zum Beispiel die Geschichte, wie sein Großvater 1953 beim Grenzübertritt in die Ostzone von Ostzonen-Grenzorganen arrestiert und verschleppt wurde. Gustavs Großeltern waren mit ihren beiden ältesten Kindern aus Westdeutschland kommend auf dem Weg zurück nach Berlin gewesen, da zogen die Kommunisten seinen Großvater buchstäblich aus dem Verkehr, beschlagnahmten den Mercedes und setzten Gustavs Großmutter samt Paula und Julius kurzerhand in einen Bus nach West-Berlin. Sobald sie zurück in Zehlendorf war, begann Gustavs Großmutter, einige Hebel in Bewegung zu setzen, unter anderem bemühte sie einen bekannten Vermittler für solche Fälle, einen ranghohen Geistlichen, so dass ihr Mann nach ungefähr drei Monaten aus Bautzen nach Hause zurückkehrte. »Wir wussten ja nicht, was für eine bekannte Persönlichkeit Sie sind!«, hatte ihm der dortige Oberschließer zum Abschied mit auf den Weg gegeben.

»Es war nämlich so«, fügte Hildchen an dieser Stelle ein, wobei ihr ganzer Leib vibrierte und Gustav wieder einmal den Eindruck hatte, als würde ihr die Frisur aus gelben Haaren über dem Kopf schweben, weil Hildchens Schopf an den Wurzeln ergraut war, »dass dein Großvater damals schon einen Namen in dieser Stadt hatte! Sauerbruch und Brauner, das war'n so die Leute, die hier ein und aus gingen. Außerdem hat er damals diese uralte Riesenschildkröte im Zoo behandelt, weil alle anderen nicht mehr weiter wussten – und er hätte bestimmt auch bei Bobby die Blinddarmentzündung erkannt, dann hätte der arme Affe nicht zu sterben brauchen!«

Hildchens letzte Worte bezogen sich auf einen Gorilla, und Gustav tat so, als wüsste er dies. Das schien ihm notwendig, damit Hildchen weitersprach. Gustav befürchtete nämlich, dass Hildchen aus irgendeinem Grund, vielleicht weil ihre innere Bewegung zu stark war, vielleicht weil sich ihr die Erinnerungsbilder verwischten, die Lust zu weiteren Enthüllungen verlor. Nun, die Gefahr war klein.

»Dein Großvater war also damals schon eine Persönlichkeit«, fuhr Hildchen fort, »aber als sie ihm auf dem Weg nach Bautzen die Krawatte wegnahmen und die Schnürsenkel und so weiter – da hat er geweint. Weil das so entwürdigend war. Er war Realist, dein Großvater, er hat immer gesagt: Wenn die Russen den Westen von Berlin und die ganze Spree nehmen, dann marschieren sie gleich weiter bis zum Rhein. Das hat er ganz praktisch und ohne Regung festgestellt, so nüchtern, ein Arzt eben, aber er hatte, anders als viele Ärzte, ein Gespür für Würde, und damals hat er geweint. Na ja, da war deine Großmutter ja schon längst dabei, ihn wieder rauszuholen. Wer weiß, warum sie ihn überhaupt festgesetzt hatten. Vielleicht hatte er noch ein Ost-Berliner Nummernschild, weil er damals in der Charité arbeitete, vielleicht stand er deswegen unter Schmuggelverdacht … was natürlich blödsinnig war, daran hätte er keinen Gedanken verschwendet, er war ein anständiger Mann, anständig und … in größeren Kategorien denkend und … großherzig, durch und durch!«

An dieser Stelle wird auch dem psychologisch wenig unterwiesenen Betrachter klar, was Gustav in solchen Momenten als Ahnung anflog, dass nämlich Hildchen ein bisschen in seinen Großvater verliebt war. Sie liebte ihn auf eine scheue und treue Art, wie es sich fürs Personal gehörte, und wahrscheinlich liebte sie ihn, wie es meistens so geht, aus der Rückschau noch ein wenig mehr. Jedenfalls hatte er in ihren Geschichten immer eine gute Rolle. An seiner einzigartigen chirurgischen Geschicklichkeit schmarotzten sich noch die dumpfesten und plumpesten Assistenzärzte etliche Lockerung und Reputation, an seinem feurigen Temperament die preussischsten Geheimräte und steifsten akademischen Würdenträger ein paar Grade Leidenschaft. Sein Witz war kurz, trocken und treffend, und mit den verfaulten Abfällen seines Humors noch machten weniger Beschenkte einen Laden auf, um in Gesellschaft zu glänzen. Was er auch tat und sagte, er war das Zentrum.

»Dein Großvater hatte Hände aus Gold!«, sagte Hildchen, »auch noch, als er siebzig war. Nicht wie Sauerbruch, der noch ewig weiteroperierte, als er schon längst dement und hinüber war. Und er hat immer alle gleich behandelt, ob das nun die Frau des Bürgermeisters war, der ja dann Bundeskanzler wurde, oder ganz einfache Leute. Er hat immer gesagt: ›Ein guter Handwerker ist mir allemal lieber als irgendein verstiegener Akademiker!‹«

So sprach Hildchen und dabei wurde sie rot wie ein Backfisch. Wenn Gustav es sich überlegte (oder überlegt hätte), redete eigentlich auch seine Großmutter in ganz genau der gleichen Art und Weise über ihren Mann, sogar wenn sie ihn verfluchte.

Aber Hildchen kam aus Rudow, und ihr Mann war Taxifahrer, das heißt: Sie hatte einen Bezug zur Wirklichkeit, mutmaßlich sogar mehr als jeder andere Mensch in diesem Haus, und deshalb versperrte ihr die kleine Schwäche für Gustavs Großvater nicht die Sicht. Obschon sie sichtlich ihren Mut zusammennehmen musste, wenn sie zum Beispiel sagte: »Nur bei dieser Hochzeit von Gretel, der ersten, meine ich, mit dem Inder, da hat er sich vielleicht nicht ganz einwandfrei benommen … dein Großvater.«

Womit Hildchen, umhüllt vom Dampf des Bügeleisens, umstandslos übergeleitet hatte zur nächsten Geschichte, in deren Mittelpunkt Gustavs Tante Gretel stand, die tragische Heldin vieler Anekdoten, denn Gretel war, wie wir schon sagten, eine problematische Natur, das, was man in bürgerlichen Familien auch als Schwarzes Schaf bezeichnet. Nur ihre Scheidung wurde ihr verziehen.

Gretel war gleich nach ihrem Abitur nach England verschwunden (»… und niemand weiß bis heute so genau, was sie dort eigentlich gemacht hat«, pflegte Riekchen zu sagen). Jedenfalls heiratete Gretel alsbald einen Engländer indischer Abstammung, über den niemand irgendwas Genaues wusste, von dem allerdings die Braut behauptete, sein Vater wäre im Diplomatischen Dienst tätig (»… höchstens als Pförtner«, sagte Tutti, »die Mutter arbeitete jedenfalls bei Woolworth.«).

Die Hochzeit wurde von Gustavs Großvater im Schlosshotel Gehrhus im Grunewald ausgerichtet, zu einer Zeit, da seine Frau wieder einmal in der Nervenklinik interniert war, im »Waldhaus« im Grunewald, nicht weit vom Gehrhus, was Gustavs Großvater wenig kümmerte, er bat zur Hochzeit einfach seine langjährige Mätresse, die ununterdrückbare Frau Pechnest. Die sich natürlich, wie es ihrer Art entsprach, nicht lange bitten ließ. So erschien also Cosima Pechnest zu Gretels Hochzeit im Schlosshotel Gehrhus, und diese Konstellation war nun, Schlosshotel hin oder her, eigentlich noch schlimmer als jeder Kommunenzustand. Cosima Pechnest kreuzte auf Gretels Hochzeit auf, wofür ja die arme Gretel im engeren Sinne nichts konnte, was ihr aber von der ganzen Familie trotzdem als Beweis für die Problematik ihrer gesamten Existenz ausgelegt wurde. Von Hildchen allerdings nicht. Hildchen sprühte die Baumwollkittel mit destilliertem Wasser ein, um sie spiegelglatt bügeln zu können, wurde ein bisschen rot und sagte: »Nein, also da hat er sich wirklich nicht ganz einwandfrei benommen … dein Großvater. Wirklich nicht.«

Gretels Inder war spindeldürr, was er auch von seiner Gattin verlangte, weshalb Gretel nur noch Knäckebrot aß. Außerdem war er stark kurzsichtig und pockennarbig und neigte obendrein zur Gewalttätigkeit – letztere Eigenschaft war zweifellos seine unschönste und endlich auch der Scheidungsgrund. Schließlich konnte Gretel ihm nicht ewig die Brille wegnehmen, was sie oft genug getan hatte, wenn der Inder drohte, sie zu schlagen. Denn dann konnte er mit minus elf Dioptrien nicht mehr viel erkennen.

Und dann, erzählte Hildchen, wobei sie ein wenig vibrierte, so dass die zerstörten Haarspitzen ihrer Heimfrisur sich passend zum Thema zu sträuben schienen, und dann, nach der Trennung, hatte es Gretel irgendwie von England zurück nach Zehlendorf geschafft, sozusagen auf eigene Faust, unter Mühsal und Beschwernis (hier seufzte Gustav anstandshalber). Sie erreichte das Fischtal und drückte die schrillende Klingel neben der Haustür. Es verstrich einige Zeit, die Gretel wohl sehr lang vorkommen musste, darauf öffnete sich knarrend die Tür, und im Türrahmen erschien ihre Mutter. Vielleicht war die Dunkelheit daran schuld, vielleicht die längere Abwesenheit von Gretel, wahrscheinlich aber das übliche milde Desinteresse, das man in Gustavs Familie einander entgegenbrachte, jedenfalls erkannte sie ihre Tochter nicht sofort. Sie musterte die Besucherin kurz und flüchtig und vermutete vielleicht eine fliegende Händlerin oder Ganovenbraut, was man in bürgerlichen Gegenden eben so vermutet. Worauf sie fragte: »Was wünschen Sie?«

»Was?«, rief Gustav, alle Vorsicht vergessend, und hielt sich erschrocken die Hand vor den Mund.

»Jaja«, flüsterte Hildchen, »so war das damals.« Und sie wiederholte die Worte von Gustavs Großmutter: *Was wünschen Sie?*, und sie wiederholte sie in einer Art, als zeige sich in diesen vier Silben das ganze Schicksal, die vielsagenden Tiefen eines Augenblicks, in dem die Richtung des Geschehens sich zu bündeln schien. Hildchens Haarspitzen sträubten sich wie unter Strom, was das arme Ding etwas lädiert und zerzaust aussehen ließ, als habe sie selbst damals im Fischtal vor der Tür gestanden und von ihrer Mutter die Worte gehört: »Was wünschen Sie?«

Die arme Gretel! Sie hielt ihre erste Ehe so gut es ging geheim und vermählte sich nicht lang darauf – und vielleicht etwas überstürzt – mit dem oberbayerischen Steinbrucherben Luipold. Der war als Mensch nicht unangenehm, aber er war ein Hallodri. Auch das wäre tragbar gewesen, schließlich war er ein vermögender Hallodri – wenn Luipold nicht eine unternehmerische Ader verspürt hätte. Es gibt nach wirtschaftlichen Maßstäben nichts Ruinöseres als einen Hallodri mit einer unternehmerischen Ader. Luipold ließ sich seinen Anteil am Familienvermögen auszahlen und gründete ein Unternehmen für Beschallungsanlagen, und das Geschäft hätte nicht schlecht floriert, wenn Gretel und ihr Gatte nicht einen Lebensstil gepflegt hätten, der es mit sich brachte, dass sie nach jedem Geschäftsabschluss ungefähr das Zehnfache des Ertrages für Repräsentationsausgaben aufwandten. Was sich, wie auch der Laie nachvollziehen kann, nur begrenzte Zeit durchhalten lässt.

Gretel und ihr Gatte verkehrten zwischen den Spitzen der Gesellschaft (wenn auch nur denen der Münchner), und nicht selten verkehrten sie per Privatflugzeug. Gleichzeitig hätten sie mehr als einmal an Weihnachten hungern müssen, wenn nicht die Lebensmittelpakete gewesen wären, die Luipolds Mutter ihnen regelmäßig schickte.

Selbstverständlich wurde Gretel dieser Lebenswandel von der Familie ebenfalls als Beweis für die Problematik ihrer gesamten Existenz ausgelegt, indem man nicht nur im Fischtal feststellte, dass ein gewisser familiärer Hang zu Verschwendung und großartigen Auftritten, der wohl bedauerlicherweise irgendwann vor Generationen durch einen Ausrutscher in die familiären Anlagen geraten war und sich dort nun hartnäckig hielt – dass also dieser Hang bei Gretel zu einer krankhaften Prunksucht gesteigert sei, die Gretel jeder romanhaften Regung nachgeben ließ, und dies sei natürlich *pathologisch*.

Gretel selbst erwog die Scheidung, wenn auch aus anderen Gründen, doch Luipold kam ihr zuvor und starb beim Brombeerenpflücken an einem Herzinfarkt. Gretel war die erste Witwe der Familie, zurückgelassen mit zwei Kindern und einem Offenbarungseid. Zunächst blieben ihr außerdem immerhin ein Anwesen in München-Bogenhausen, ein halbes Rennpferd und ein Zweisitzer von Mercedes – alles von der Familie bezahlt, über Bürgschaften, Alimentationsabkommen und sonstige Konstruktionen. Doch Stück für Stück verschwand auch das, bis Gretel die Notbremse zog, indem sie nun ihrerseits Worte sprach, die in der Familie geflügelt werden sollten, nämlich: »Wenn man mir den Mercedes wegnimmt, springe ich in die Isar!« Spätestens an dieser Stelle der Geschichte wurde Gustav klar, dass er seine Tante Gretel eigentlich gar nicht so übel fand.

Vorfälle dieser Qualität mit Gustavs Mutter in der Hauptrolle waren nicht überliefert. Abgesehen von ihrer frühkindlichen Kritik am Sakrament der Taufe und ihrer späteren Kritik am Kommunismus unter tatkräftigem Beizug einer Harke gab es eigentlich über Gustavs Mutter wenig zu berichten (und wer aus den erwähnten Äußerungen auf einen unbändig freien Geist schließt, dem sei zusätzlich mitgeteilt, dass Gustavs Mutter dem Sakrament der Ehe beispielsweise zeit ihres Lebens völlig unkritisch gegenüberstand). Es gab da höchstens noch die Anekdote, wie sie als Schulmädchen zusammen mit ihrer Schwester Gretel im Nähzimmer Blandine Schellack an einen Stuhl gefesselt hatte. Blandine Schellack war die Dame, die in den fünfziger Jahren im Fischtal die Wäsche machte, und als sie eines Tages so dasaß und nähte, banden sie Gretel und Christiane an ihrem Stuhl fest – worauf sie, wie Kinder nun mal sind, Blandine ebendort vergaßen, worauf die sich in die Hosen machte. Hildchen senkte die Stimme bei der Schilderung von Blandines Ungemach, während sie ansonsten bei Wiedergabe der Geschichte solidarisch die Arme in die Hüften gestemmt hatte und in gerechter Empörung unter ihrer schwebenden Frisur vibrierte. Wozu sie übrigens ziemlich schwitzte, denn sie stand hinter dem dampfenden Bügeleisen und pflegte bei der Arbeit einen laut geblümten Kittel aus irgendeiner Plastikfaser zu tragen.

Nun, die Sache mit Blandine Schellack war wohl recht eigentlich das Schlimmste, was Gustavs Mutter jemals angestellt hatte, und nach Gustavs persönlicher Vermutung ging auch dieser eine Akt kindlicher Wildheit wohl eher auf Gretels Konto. Gustavs Mutter war ein artiges Kind gewesen, und sie war, im strengen und klassischen Sinne, außerdem die Hübscheste unter den Geschwistern. Die Kombination dieser beiden Eigenschaften mag das Ihre dazu beigetragen haben, dass sie die Favoritin *ihrer* Großmutter wurde, der Liebling von Marlene Beutelwitz, die eines Tages zu Gustavs Vater, nachdem dieser sich mit Christiane verlobt hatte, die Worte sprach: »Kannst du nicht Paula nehmen?«

»Aber damals«, erzählte Hildchen, und sie belebte sich sichtlich bei der gedanklichen Rückkehr in vergangene Zeiten, »damals, in den sechziger Jahren, das waren sowieso unruhige Jahre in diesem Haus … dein Onkel Julius war gerade in diese … diese Kommune gezogen, mit den Hippies, du weißt schon … und diese eine Illustrierte brachte dann Bilder, aus der Kommune, und … und alle waren, na ja, nackt auf den Bildern … also: völlig nackt … das hätte deinen Großvater beinahe umgebracht … und er hatte in dieser Zeit sowieso schon, wie soll ich das sagen … *Differenzen* mit deiner Großmutter … ja, sie hatten ihre Differenzen, und dann trat ja nun auch noch deine Tante Franziska bei den Kommunistischen ein … also so was hätte zum Beispiel deine Mutter sich niemals geleistet, die Christiane, die war ja immer besonders … besonders … wie soll ich sagen … besonders *vorsichtig*, schon als sie jünger war …«

»Das kann man wohl sagen«, flüsterte Gustav, mehr für sich als für Hildchen, die es trotzdem hörte und einen neugierigen Blick aus ihren veilchenblauen Augen auf ihn richtete. Ihre dicken Brillengläser warfen Schattenlinien auf die fleischigen Wülste über ihren Augen, was ihre Augenbrauen mephistophelisch verlängerte.

»Jedenfalls«, sagte Hildchen nach einer kleinen Pause, die sie ließ, da sie offenbar erwartete, dass Gustav sich erklären würde, was nicht geschah, »jedenfalls – was deinen Großvater angeht: Der hat sich nie vor den Kommunisten gefürchtet. Deshalb hat er auch Häuser in Berlin gekauft, zu einer Zeit, als viele Leute hier weg sind. Und 1961, als die Mauer gebaut wurde, hat er Otto Schellack, den Mann von Frau Schellack, bloß mit dem Mercedes in den Bayrischen Wald geschickt, um die Kinder zu holen, die dort in den Ferien waren. Damit die Familie zusammen war. Von Weggehen keine Rede!«

Blandine Schellacks Mann Otto war es regelmäßig gewesen, der die Fischtal-Kinder in die Ferien chauffierte, denn Gustavs Großeltern pflegten ohne ihren Nachwuchs zu verreisen. Sonst wäre als Fahrer höchstens noch Onkel Emil in Frage gekommen, ein Faktotum aus der Charité, das im Fischtal für kleinere und größere Reparaturen zuständig war … bis zu jenem Tage, an dem sich herausstellte, dass Onkel Emil jedes Reparaturproblem löste, indem er es buchstäblich zusammennagelte, und diese Methode sorgte beispielsweise bei einem Leck im Kellerbassin, in dem die Goldfische überwinterten, schlussendlich für noch größere Probleme. Onkel Emil war verheiratet mit Tante Lieschen, einem wortkargen späten Mädchen mit der Figur eines Totempfahls, das im Fischtal manchmal das Gemüse putzte und von dem die schreckliche Fama ging, es habe einst in einer Art Hormonschock sein eigenes Kind erdrosselt. Übrigens war Onkel Emil vollkommen und beidseitig schwerhörig, er trug riesige Hörgeräte, die ihm lästig waren, weshalb er spätestens vor dem Abendbrot seiner Gattin zurief: »Haste noch was zu sagen, Lieschen? Ick stell jetzt ab!«

Die Fischtal-Kinder verreisten entweder in Begleitung eines der rasch wechselnden Kinderfräuleins, oder sie wurden verschickt, zum Beispiel in den fünfziger Jahren gerne an die Nordsee, in eine Art Kinder-Pension, bis sie dort Hausverbot erhielten, wofür in erster Linie Riekchen verantwortlich war. Denn Riekchen, damals noch nicht einmal zehn Jahre alt, konnte sich nicht an die Hausregeln gewöhnen, zum Beispiel an die, dass man alles aufessen musste, was man auf dem Teller hatte. Das war im Fischtal nicht üblich. Zuhause schmeckte der Haferbrei zum Frühstück auch nicht so wässerig wie an der Nordsee, denn im Fischtal wurde er mit Butter und Salz verfeinert. Dafür gab es an der Nordsee zur Belohnung für den artig aufgegessenen Haferschleim ein Brötchen mit Erdbeermarmelade, eine ziemliche Verlockung für Riekchen, denn im Fischtal gab es zum Frühstück nichts Süßes, weil Gustavs Großvater der Meinung war, dann seien die Kinder eine Stunde später bloß müde, wegen des Zuckers. Riekchen wollte ein Marmeladenbrötchen. Also holte sie sich eins. Da kam die Aufseherin und sagte, Riekchen müsse das Brötchen wegtun, weil sie ihren Haferbrei nicht aufgegessen habe. Worauf die kleine Friederike missgelaunt das Brötchen durch den ganzen Raum warf, bis zum Tisch ihres Bruders Julius, und danach zur Strafe ins Bett geschickt wurde. Aus Solidarität heulten alle ihre Schwestern.

An dieser Stelle kicherte Hildchen. Sie hatte mittlerweile das Bügeleisen abgestellt und war ganz in ihrer Erzählung aufgegangen. Ihre geplusterten Wangen schienen von einem weiteren pikanten Geheimnis noch mehr gebläht, und in ihren Augen spielten zwielichtige veilchenblaue Fünkchen. Denn Riekchens Brötchenwurf allein hatte noch nicht das Hausverbot zur Folge. Dessen unmittelbarer Anlass war ein anderer Vorfall, den ebenfalls Riekchen ausgelöst hatte. Obwohl im Grunde genommen der Vorfall eigentlich durch ein Mädchen ausgelöst wurde, dessen Name in Vergessenheit geraten ist. Dieses Mädchen teilte sich mit Zissel und Riekchen ein Zimmer und weckte die beiden jede Nacht mit der Mitteilung, sie müsse nun aufs Klo. Worauf Zissel nicht mehr einschlafen konnte. Nach der dritten Nacht erklärte Riekchen dem namenlosen Mädchen, sie könne aufs Klo gehen, wann immer sie wolle, nur solle sie bitte auf die nächtliche Meldung verzichten. Aber in der folgenden Nacht wurden die beiden Fischtal-Schwestern schon wieder von ihrer Zimmergenossin geweckt, und da wurde Riekchen klar, dass hier ein deutlicheres Signal nötig war, also stellte sie sich kurzerhand auf das Bett des Mädchens, dessen Name verlorengegangen ist, und pinkelte hinein. Was selbstverständlich ein Aufseherinnen-Tribunal zur Folge hatte und zum Hausverbot auf Lebenszeit führte.

Daraufhin fuhr die Familie nur noch einmal an die Nordsee, und zwar ausnahmsweise zusammen, aus Anlass des fünfzigsten Geburtstages von Gustavs Großvater. Doch der Jubilar, nicht gewöhnt an Familienferien, hatte während des gesamten Aufenthalts schlechte Laune, die sich beim kleinsten Anlass in cholerischen Anfällen entlud, zum Beispiel als Riekchen (die ihm sonst eigentlich die Liebste war) sich ein Fahrrad mietete, ohne Fahrrad fahren zu können.

Von dieser Art waren die Geschichten, und für Gustav war es Hildchen Stöhr aus Rudow, die den Schleier hob, jenen gnädigen Schleier, mit dem man in seiner Familie die eigene

Geschichte zur Unkenntlichkeit drapierte, mit jenem üblichen milden Desinteresse und Hang zur Teilnahmslosigkeit, die einem eine gemütliche Unabhängigkeit und Seelenruhe versprachen. Ein bewährter bürgerlicher Mechanismus, passend zu diesem Haus inmitten seines gepflegten, baumlosen Vorgartens, vierschrötig und solide und zu unverwüstlichen Diensten. Man sah sofort, dort drinnen hungerte niemand nach Zuneigung oder verwechselte Geld mit Glück oder ließ seine Ehefrau unter der Diagnose »Pathologischer Eifersuchtswahn« in die Nervenklinik einweisen, um anschließend seelenruhig die Mätresse mit zur Hochzeit der eigenen Tochter zu nehmen. So schien es. Ach, wie schön sah es aus!

Gustav wuchs auf in einer Sphäre, in der man nicht zu spät zum Mittagessen kam, wo man Konflikte plattbetonierte und totschwieg, wo man sich über Jahre daran gewöhnt hatte, sämtliche Emotionen, die in einem aufstiegen, niederzukämpfen und dann wieder rauszulassen, indem man viel zu viel trank und das Personal dafür abkanzelte, dass es zum Dienst mit einem seidenen Halstuch erschien. Und wo man kaum ein Phänomen derart fürchtete wie Peinlichkeit. Wenn man sich in dieser Sphäre über gesellschaftliche Gepflogenheiten hinwegsetzte, so war man durchaus nicht revolutionär, sondern blamiert. Der peinliche Moment, der die Zeit suspendierte und sich zur Misere ausdehnte, erschien den Kreisen, die Gustav hervorgebracht hatten, als Krönung der Kränkung durch eine Welt ohne Anmut. An Malheuren und Peinlichkeiten aber war die Geschichte von Gustavs Familie niemals arm gewesen, denn die Veranlassung zur Blamage nimmt bekanntlich mit steigender Empfindsamkeit zu.

Und so wie Höflichkeit für das Milieu, in dem Gustav aufwuchs, im Grunde pures Mitleid war, das Gesellschaft erst möglich machte, indem es die dauernde Geringschätzung überdeckte, so bemühten sich alle Beteiligten in Bezug auf die Vergangenheit ganz allgemein um ein schlechtes Gedächtnis. Der Wirklichkeit war man durchaus nicht verpflichtet. Dafür war man sich zu fein.

Gustavs Großmutter war die Meisterin dieser Disziplin. Hildchens Augen wurden vor Konsternation groß wie veilchenblaue Mühlräder, wenn sie sich daran erinnerte, wie Gustavs Großmutter eines Tages das Verschwinden ihres Halbbruders Robert kommentierte, der sie über Jahrzehnte regelmäßig im Fischtal besucht hatte. Eines Tages stellte Gustavs Großmutter beim Mittageßen fest: »Robert war jetzt schon drei Monate nicht mehr hier. Er muss gestorben sein.«

Danach wandte sie sich den wässrigen Pfirsichhälften zu.

Für Gustav hingegen war es das größte Unglück, wenn Hildchen nicht weitererzählte. Denn sehr zu seinem Leidwesen unterbrach sie sich selbst dann und wann, mitgerissen von ihrer eigenen Redseligkeit schweifte sie ab und sprach, vorwärtsstürzend in Vibrationen, über andere Dinge, die ihr am Herzen lagen, etwa die schlechte Behandlung, die sie in diesem Hause jahrzehntelang erduldet, die kleinen und groben Ungerechtigkeiten, die eine verrückte Familie ihr angetan. In diesem Fall beeilte sich Gustav, sie durch möglichst lebhafte Erkundigungen und teilnahmsvolle Fragen schnell über jede unerwünschte Stockung hinwegzubringen. Was ihm nicht immer gelang.

Während sie einen Stapel schlohweißer Kittel mit parfümiertem Leitungswasser besprühte, beschwerte sich Hildchen eines Tages bei Gustav, sie werde von seiner Großmutter systematisch betrogen. Der Umstand, dass Hildchen ein

Wort wie *systematisch* benutzte, war alarmierend, und Gustav dachte: »Was kommt jetzt?«

Es stellte sich heraus, dass Hildchen aufgrund ihres, wie sie versicherte, überaus heiklen Gesundheitszustandes auf eine minimale Raumtemperatur angewiesen war, die Gustavs Großmutter ihr offensichtlich verweigerte, um Heizöl zu sparen. In der Tat war es im Fischtal ab September ziemlich kalt. Hildchen beteuerte, sie habe sich wiederholt beschwert, worauf Gustavs Großmutter im Handumdrehen ein Thermometer präsentierte, begleitet von hörbaren Ausatmern, um die Unannehmlichkeiten deutlich zu machen, die ihrem Leben durch querulantische Naturen aufgebürdet wurden. Das Thermometer zeigte vierundzwanzig Grad. Immer.

Jetzt jedoch hatte Hildchen das Rätsel gelöst, und die Heftigkeit der Vibrationen, welche die nun folgenden Enthüllungen sekundierten, verriet, dass sie für diese Erkenntnis einige Kraft aufgewandt hatte, was Hildchen gar nicht verhehlte. Sie hatte also herausgefunden, dass Gustavs Großmutter besagtes Thermometer auf dem Kamin aufzubewahren pflegte. Als sie diesen ersten Siedepunkt ihres kleinen Abenteuers erreicht hatte, erklommen auch Hildchens körperliche Erschütterungen eine nie gesehene Heftigkeit, was Gustav milde besorgte. Er befürchtete, Hildchen würde augenblicklich in Stücke zerstieben und jedenfalls erheblichen Aufruhr verursachen. Obendrein klimperte sie rapide mit den Lidern, ein weiteres bedenkliches Signal höchster Erregung. Der Geruch des zwanzig Jahre alten, glühenden Bügeleisens schien Gustav außerdem in diesem Moment alle sonstigen Gerüche des Zimmers zu überwältigen, er fühlte die Hitze und spürte Schweißperlen auf seiner Stirn, was sicher nicht gut aussah.

Hildchens Blick war Beschwörung, als sie fortfuhr, zu berichten, dass das berüchtigte Thermometer dort auf dem Kaminsims in einer kleinen Porzellanschale verwahrt wurde. Das machte die verschlagene Täuschung perfekt, die hier am Werke war, denn nach Hildchens Auffassung war das Messinstrument in diesem porzellanenen Sarg geschützt vor allen möglichen Witterungseinflüssen. Das war perfide! Und Hildchen löste sich auf in einem bebenden Decrescendo, möglicherweise vollkommen zu Recht beharrte sie darauf, dass die manipulative Art, in der Gustavs Großmutter das Thermometer hütete, die Messwerte zu Hildchens Ungunsten himmelhoch verzerrte, während sich Gustavs Großmutter ihrerseits einfach in eine abgeschabte Kamelhaardecke hüllte und so überlebte. Und obendrein noch eine Sonnenbrille dabei trug.

20. KAPITEL

Man hat das Prinzip zur Geltung zu bringen, das man darstellt

1

Erziehung ist Atmosphäre, weiter nichts. Gustav besuchte ein öffentliches Gymnasium, und er war ganz glücklich damit. Seine Mutter, die bekanntlich Lehrerin war, hatte übrigens darauf gedrängt, den Jungen schon so früh wie möglich in die Schule zu schicken. Gustavs Großmutter hielt davon wenig. »Ein zart besaitetes Kind schon mit sechs Jahren irgendwelchen Lehrern im Staatsdienst zu überantworten, ist ein großer Fehler«, hatte sie irgendwann am Mittagstisch erklärt. »Es ist mir völlig klar, dass Christiane das anders sieht, schließlich ist sie selbst Lehrerin im Staatsdienst – aber es ist doch so: das versäumte Wissen kann so ein Kind leicht einholen, die verlorene Nerven- und Lebenskraft vielleicht nie mehr.«

»Du solltest nicht von dir auf andere schließen!«, lautete dagegen der Ratschlag, den Gustav bei seiner Einschulung von seinen Eltern mit auf den Weg bekam. Damit war er einigermaßen schlecht ausgerüstet, ein von niemandem richtig unterwiesenes und geleitetes Kind, verwahrlost auf hohem Niveau. Seine Eltern hatten ihn geliebt, als er klein war. Seine Mutter hatte ihn mit ihrer hübschen Stimme in den Schlaf gesungen, und sein Vater war mit ihm spazierengegangen und hatte ihm beigebracht, das rote vom grünen Buch zu unterscheiden. Aber je mehr Unterschiede Gustav machen konnte, desto mehr schien sich die Zuneigung seiner Eltern in Interesse umzuwandeln, allerdings nicht zuvorderst in ein Interesse an Gustavs Person und Entwicklung, sondern in ein Interesse daran, dass ihr Sohn keine Schwierigkeiten machte. Gustavs Eltern waren für den Frieden, für eine glatte Oberfläche, für einen reibungslosen Tag. Deswegen brachten sie ihren Kindern bei, sich ordentlich zu halten und gewisse Themen niemals zu berühren. Und ansonsten wünschten sie mit deren Belangen so wenig wie möglich behelligt zu werden. Jedenfalls durfte man ihnen nicht mit Unglück kommen, und Gustav fand das vollkommen richtig, für ihn schien dies, wie alles, was seine Eltern vorgaben, eine Art Gesetz zu sein, so wie es im Tierreich ja auch gewisse Arten gibt (und nicht die primitivsten), die ihren Nachwuchs irgendwann, nachdem er hinreichend selbständig geworden ist, in erster Linie nur noch als Beute sehen. Zum Beispiel Alligatoren.

Gustavs Gymnasium befand sich in Zehlendorf, was dafür sorgte, dass Kinder aus behüteten Häusern aufkreuzten, kettenrauchend vor dem Portal standen und sich bemühten, einigermaßen attraktiv auszusehen. Doch das hier war die Schadow-Schule, und der Snobismus hielt sich in Grenzen. Dafür musste man weiter nach Dahlem und nach Nikolassee. Das hier war die Schadow-Schule, und die wurde zum Beispiel auch von Kindern aus der sogenannten Postsiedlung besucht, die irgendwo jenseits der S-Bahn-Gleise lag, und nur manchmal, wenn Lilli das Wort »Postsiedlung« aussprach, lag darin ein feiner Hauch von Elend, ein Anklang von lehmigen Pisten und aus Kalkstein errichteten Baracken, wie man sich Teheran oder Sibirien vorstellte, eine Ahnung von kellerig riechenden Jammerquartieren, möbliert mit Dutzendstücken, Vorstadterzeugnissen, ohne Zier und Behänge, ohne Ausschmückung, grauenvoll.

Gustav ging ganz gern zur Schule. Ihm erschien dieses gewaltige Gebäude aus rotem Backstein mit Turm und Kupferdächern, das bereits seiner Mutter und einigen weiteren Fischtal-Kindern als Kulisse früher Bildung gedient hatte, als Reserve und Refugium, eine einfache Welt ohne große Qualen der Entscheidung. Man wurde freundlich dirigiert von harmlosen Autoritäten, die keinen wirklichen Schrecken verbreiteten. Den meisten Schrecken verbreiteten Edelgard Prange, die Kommandanteuse der Putzfrauen-Equipe, und Ludmilla Brack, die Schulsekretärin, die übrigens als Einzige noch im Dienst befindliche Kraft sämtliche Fischtal-Kinder erlebt hatte und beim Sprechen furchterregend mit ihren lose sitzenden, dritten Zähnen klapperte, auf denen sie die sprichwörtlichen Haare hatte. Ansonsten wurde man einigermaßen in Ruhe gelassen. Schlimmstenfalls konnte man sich immer noch selbst eine Entschuldigung schreiben, oder man sagte einfach, wie Yvonne Schmerendonk, die im Deutschunterricht vor Gustav saß: »Wieso ich? Wieso schon wieder ich?«

Auf diese Weise pflegte Yvonne zu reagieren, nachdem sie von der Deutschlehrerin, Frau Bouvier, einer zierlichen Person mit ganz eigentümlich stumpf karmesinroten Wangen, um irgendeinen Beitrag zum Unterricht gebeten worden war. Frau Bouvier trug stets einen plissierten Faltenrock und eine Uhrenkette um den Hals (und jeder ihrer Schüler konnte sich noch an den einen Tag erinnern, an dem sie aus irgendeinem Grund in einer agavengrünen Breitcordhose zum Unterricht erschienen war). Sie legte, wenn sie vor der Tafel stand, gern die Hände ineinander. Dies im Gegensatz zu Yvonne, die meist eine Rumkugel in der Hand hielt, um dieselbe zu verspeisen. Ihre Fingernägel waren passend dazu schokoladenbraun lackiert.

»Wieso schon wieder ich?«, fragte Yvonne und biss von der Rumkugel ab. Und dann meldete sich Isabelle Plotz, die schmale Lippen und messerscharf gezogene Augenbrauen hatte. Dazu trug sie kreisrunde weiße Ohrclips, eine Pferdeschwanzfrisur und ein gepunktetes Haartuch trug. Isabelle meldete sich kaugummikauend und mit auf dem Pult aufgestützten Ellenbogen, und im gleichen Moment, in dem sie den Zeigefinger streckte, sagte sie: »Können wir bitte mal das Fenster aufmachen?«, denn darin bestand *ihr* Beitrag zum Unterricht.

Worauf Felizitas Fritz, die vorne neben der Tür saß, rief: »Dann zieht's!«

»Davon merkst du doch gar nichts«, erwiderte Isabelle, »bei den Haaren!«

»Isabelle, *bitte*!«, sagte Frau Bouvier.

»Na, is' doch wahr!«, maulte Isabelle.

»Frau Bouvier«, sagte von hinten links Petra van der Smissen (die dafür bekannt war, dass sie gelegentlich im Menta am Ludwigkirchplatz frühmorgens vom Barpersonal geweckt wurde, wenn dieses dabei war, das Lokal zu schließen), »wann kommt eigentlich die Bücherliste für dieses Semester?«

»Die kommt Ostern«, sagte Yvonne kauend

»Yvonne, *bitte*!«, sagte Frau Bouvier.

Und Viola Förster, die neben Felizitas saß, stets feuchte Hände hatte und ansonsten immer aussah, als hätte sie gerade stundenlang geweint, kicherte leise.

2

So war West-Berlin in seinen besseren Gegenden in den späten achtziger Jahren. West-Berlin insgesamt war ein künstlich am Leben erhaltener (und inzwischen an gewissen Problemzonen recht fett gefütterter) Torso, Deutschlands einzige Stadt ohne Sperrstunde, dafür mit Besatzerrecht, das heißt, streng genommen konnte man erschossen werden, falls man ohne Ausweis angetroffen wurde. Auch nach West-Berlin gab es eine Einwanderung. Die bestand nach Auffassung mancher Leute in Zehlendorf (und anderswo) vor allem aus Punks, Schwulen und Anarchisten, also aus mehr oder weniger acherontischen Gestalten, von den wechselnden Werten oder Unwerten der Zeit und Gegenwart erfüllt und mit dem denkbar geringsten Widerstande ausgeliefert den billigen Verführungen der Inselstadt.

Natürlich betraf diese Einwanderung weniger die besseren Gegenden und ebenso nicht die kleinbürgerlichen wie Tempelhof und Marienfelde und gleichfalls nicht Wilmersdorf, wo alte Beamtenwitwen mit gewaltigen Perücken, undurchsichtigen Stützstrümpfen und riesigen Handtaschen am Hohenzollernplatz in die U-Bahn stiegen, in die sommers wie winters notorisch überheizte Linie 2, die damals von der Krummen Lanke bis zum Wittenbergplatz ging. Und auch in Zehlendorf, wo im Frühling das Kopfsteinpflaster vor dem Heimatmuseum an der Eiche Ecke Clayallee im Sonnenschein glänzte, kriegte man nicht allzu viel davon mit, wenn einige Kilometer weiter am Lausitzer Platz zum Tag der Arbeit wieder die Mülltonnen brannten.

Selbstverständlich gab es auch in Zehlendorf Yuppies, Popper, Punks, Waver, Teds, Ökos, New Romantics und vielleicht, irgendwo in Richtung Kleinmachnow oder Steinstücken, sogar ein paar Mods, und alle diese Typen des Sozialen kamen zusammen an der Schadow-Schule und standen dort in entsprechenden Grüppchen sortiert auf dem Pausenhof und bestritten in friedlicher Koexistenz die halbjährlichen Schulkonzerte, deren Programme von Lilli treffend mit der Maxime charakterisiert wurden: »Ohne Proben ganz nach oben!« Da steppte dann auf der Bühne der Aula Tanja Schwibbe aus der Postsiedlung zur Melodie von *Happy Feet*, und direkt im Anschluss malträtierte eine wegen ihres gnadenlosen Anschlags weitherum gefürchtete Siebtklässlerin namens Mareike das Klavier mit unbekannten Etüden, worauf das aktuelle Pausenhof-Liebespaar Patricia Poncoroni und Matthias Radding, von Lilli bezeichnet als »die halbwegs Attraktive und das Biest«, sich an einem romantischen Duett versuchte. Mit der Geige.

»Was kommt als Nächstes?«, wisperte Lilli und raschelte mit dem fotokopierten Programm, »Yvonne verspeist einen Autoreifen zur Musik des *Hummelflugs*?«

»Nicht ganz«, flüsterte Gustav zurück und sah auf den Zettel, »Jakob Biller streicht auf dem Kontrabass den Elefanten aus dem *Karneval der Tiere*.«

»Na fabelhaft«, erwiderte Lilli (und sie flüsterte nicht mehr), »wer ist hier eigentlich fürs Programm verantwortlich?«

Ja, auch in Zehlendorf gab es Punks, Waver und Mods, aber hier stellten die Punks und Waver ihre Frisuren nicht mit Nivea-Creme her wie in Kreuzberg und Neukölln, sondern mit Studio-Line-Haarspray, das damals noch massenhaft Fluorchlorkohlenwasserstoffe enthielt und das man offenbar in Ost-Berlin gegen Sex eintauschen konnte. Aber wen kümmerte beides in Zehlendorf! Allerdings machte man sich natürlich auch hier Sorgen um den Zustand des Planeten und wegen der Volkszählung und dieser neuen Identitätskarten aus Plastik. Aber deswegen zündete man noch lange keine Mülltonnen an oder drehte Autos aufs Dach. Vielmehr erschöpfte sich der Protest beispielsweise darin, dass Tanja Wommereit, ein leicht phlegmatisches, blasszahniges und breitgesichtiges Wesen aus gutbürgerlichem Hause, sich im Physikunterricht mit einem Edding 3000 ihre Personalausweisnummer auf den Unterarm schrieb. Und als Lilli, die daneben saß, sich erkundigte: »Was machst du denn da?«, erwiderte Tanja Wommereit: »Ich bin 'ne Nummer. Wir sind alle nur Nummern.« Worauf Lilli sich meldete und, ohne ihren Aufruf abzuwarten, fragte: »Herr Poljakow, Tanja hat wieder eine ihrer George-Orwell-Attacken, darf ich mal fünf Minuten vor die Tür?«

So war West-Berlin in seinen besseren Gegenden in den späten achtziger Jahren. Und trotz der Vielzahl von Frisuren, Musikstilen und Einstellungen zu Staat und Kapital war Gustav schon zu Schulzeiten klar, dass das Leben in seinen Typenschöpfungen nicht verschwenderisch ist, ja dass es eigentlich nur ein paar Sorten Menschen gibt. Es gibt die Benachteiligten, die Verunsicherten, die Unlustigen und Ungeliebten; es gibt davon die, die arbeiten, die sich mühen, jedem Makel und dem Leben schlechthin den Kampf ansagen, wobei sie es mit dem Gefühl ihrer Unvollkommenheit weit bringen können, denn sie sind ehrgeizig, so dass sie nach Jahrzehnten der Zurücksetzungen und heruntergewürgten Demütigungen schließlich auf irgendeinem Chefredakteursposten oder Verwaltungsratsmandat landen (in der Politik machen sie noch schneller Karriere, sofern sie in die richtige Partei eintreten). Und es gibt diejenigen, die sich von Imperfektionen durch eine kleine treffende Bemerkung distanzieren und so die Wirklichkeit gleichsam erledigen, wobei ihnen darüber hinaus, wie Lilli, jeder Ehrgeiz wesensfremd ist. Solche Leute sind nicht unangenehm, brauchen aber viel Geld. Und es gibt schließlich die, die vom Leben bevorzugt sind, ohne davon einen Schimmer zu haben. Es sind diese Menschen, deren Anblick das Glück der Glücklichen erhöht und die Unglücklichen zur Verzweiflung treibt. Und diese Sorte war Gustav die liebste. Solche Menschen schienen fest in ihren Vorsätzen, deutlich in ihrem Wollen, beliebt in der Gesellschaft, gesucht von ihren Mitgeschöpfen, mit allem, was sie umgab, in Übereinstimmung. Sie waren Gesundheit, Frische, Einfalt. Ihr Wesen hatte nicht den geringsten Einschlag von Exzentrizität, Problematik, Dämonie, Krankhaftigkeit, von jenen bedenklichen Seiten, jener Schlagseite zum Pathologischen, jener Neigung zum Nervösen, die Gustav so gut von zuhause kannte. An solchen Menschen, den Lieblingskindern des Lebens, war etwas Gefälliges, und jedermann hatte ein verzeihendes, kosendes Lächeln für sie übrig, besonders jemand wie Gustav, der in einer Atmosphäre aufwuchs, wo man manchmal eine reckenhafte, heidnische und fast brutale Neigung hatte, Schönheit schaffende Ungerechtigkeit anzuerkennen. Weil man davon überzeugt war, dass die Menschen nun mal nicht gleich waren, dass es verschiedene Welten gibt und dass man aus seinem eigenen Bereich, zum Beispiel aus irgendeinem albernen Sessel mit schneckenförmig aufgerollten Armlehnen, eigentlich nur hinübersehen konnte in jene andere Welt, wo Frohmut und Tatkraft herrschten, wo man frisch, robust und liebenswürdig war, wo alles seine Ordnung hatte. Denn schließlich lebte man selbst in einem ganz entgegengesetzten Bezirk, dem Bezirk der Nerzmäntel und Blüthner-Flügel und Thomas-Mann-Romane hinter Glas, wo man, abgedriftet in ein Meer aus Beruhigungsmitteln und gesellschaftlichen Verpflichtungen, genug damit zu tun hatte, die Fassade aufrechtzuerhalten und gleichzeitig sein Innenleben peinlich zu beobachten und sich über diese Beobachtungen zu unterhalten, sofern sie gesellschaftsfähig waren. Das Ganze hatte einen gewissen Zauber, auf seine eigene manipulative und gruselige Weise – aber wenn man nicht aufpasste, gab man bald sein gesamtes Geld für Gin und Reitpferde aus, erkannte seine eigenen Kinder nicht mehr, wenn sie an der Tür klingelten, und endete bei den Zigeunern im Grünen Wagen. Oder als Schuhverkäuferin bei Leiser.

Und so sank man gelähmt von hamletscher Schwäche in zitronengelbe Seidenpolster und sah hinüber auf den Distrikt des Normalen, Wohlanständigen und Ordentlichen, auf das Leben, man sah hinüber mit schwermütiger Sehnsucht und mit ein klein wenig Verachtung und dann noch mit einem etwas bestimmteren, brutaleren Verlangen, einer Begierde … Aber man hatte sich damit abzufinden. »Man muss in seiner Sphäre bleiben«, pflegte Gustavs Großmutter zu sagen, »Man muss es ertragen, das ist das ganze Geheimnis.« Und damit meinte sie: Man hatte auf seiner Seite zu bleiben. *Man hat das Prinzip zur Geltung zu bringen, das man darstellt.* Denn dafür ist man da. Für Unempfindlichkeit war man zu nervös, für Seelenruhe zu gereizt, für Gleichmütigkeit zu indiskret. Man musste sich fügen. Das wusste Gustav, und was anderes wusste er außerdem: Die Gesellschaft funktioniert wie ein Pausenhof. Es gibt die Coolen und die Uncoolen, und die Coolen reden nur mit den Uncoolen, wenn sie von ihnen die Lösung für die Physikhausaufgaben brauchen.

21. KAPITEL

Die Gesetze der Physik

1

Lilli und Gustav hatten eine Zeitlang Physikunterricht bei diesem kleinen, exilierten Russen namens Poljakow. Jedenfalls wurde allgemein vermutet, dass es sich um einen exilierten Russen handeln müsste. Der Mensch war durch und durch mysteriös. Er war von untersetzter Statur und bewegte sich mit jener irritierenden, sprunghaften Behendigkeit, wie sie korpulenten Gestalten nicht selten zu eigen ist. Sein weiches, amorphes Gesicht zerlief in einem struppigen Bart und wurde gekrönt von nackenlangem Haar, das er streng gescheitelt trug.

Bedauerlicherweise verfügte Herr Poljakow nicht über den mildesten Hauch pädagogischen Talents. Wenn er sprach, verstand niemand auch nur ein Wort. Das lag nicht nur an der Materie, den Gesetzen der Physik, sondern mindestens ebenso an der seltsamen und geradezu hypnotischen Art seines Vortrags. Er redete lispelnd, nuschelnd und nasal, leise singend schleifte er die Worte ineinander zu einer undurchdringlichen Kette nebulöser Schwaden, die nur er selbst gelegentlich zerschnitt, wenn seine Stimme grundlos kreischend sich überschlug.

»Was? *Was?*«, schrie Isabelle Plotz aus der letzten Reihe und hielt sich die Hand hinters Ohr.

»Ach was soll's«, sagte sie dann, ließ die Hand fallen und kaute Kaugummi.

Herr Poljakow hätte also ebenso gut russisch sprechen können. Zu allem Überfluss wurde die anästhesierende Wirkung seiner Worte noch erhöht, indem er sie mit ungelenken, gedehnt amphibischen Bewegungen seiner kleinen Händchen untermalte. Um den Ringfinger seiner linken Hand rankte sich ein sonderbarer Blumenring.

Gustav interessierte sich nicht besonders für Physik, aber er hatte schnell verstanden, dass man ganz gut durch die Schule kam, wenn sich die Lehrer an einen erinnerten, und zwar ohne dabei zusammenzuzucken. Herr Poljakow nun würde sich ohne weiteres für den Rest seines Lebens an ihn erinnern, denn Gustav erregte im Physikunterricht einiges Aufsehen dadurch, dass er bei nur mildestem Sonnenscheine augenblicklich auf totaler Verdunklung des Saales bestand, und zwar unter dem Hinweis, dass das Sonnenlicht, das am späten Vormittag ungebändigt durch die meterhohen Fenster in den Lehrsaal strömte, seine Haut zerstöre.

»Lieber Himmel, haben Sie ein Leiden?«, fragte Herr Poljakow anteilnehmend.

»Nein«, erwiderte Gustav, »aber ich will nicht alt aussehen.«

Als lebenden physikalischen Indikator für den kritischen Sonneneinfall benutzte Gustav Kerstin Grobje, ein ziemlich kräftiges Mädchen, das vorne direkt am Fenster saß. Kerstin Grobje, die vermutlich unmittelbar aus der Postsiedlung kam, war kein hübsches Mädchen. Den Charakterausdruck abgerechnet, konnte ihr Gesicht nicht attraktiv genannt werden. Vielleicht aus diesem Grunde aber war Kerstin stets stark geschminkt, jedenfalls verglichen mit den jungen Damen links und rechts von ihr, die sich überhaupt nicht schminkten, sondern anscheinend mit Kernseife wuschen.

So war es stets ein Alarmzeichen für Gustav, wenn er beobachten musste, wie die intensive Sonneneinstrahlung schillernde Schweißperlen durch den Kompakt-Puder auf dem Gesicht von Kerstin Grobje sprengte. Alarmiert starrte Gustav auf diesen Vorgang, worauf die arme Kerstin natürlich ungleich heftiger transpirierte, und dann verlangte Gustav, man möge auf der Stelle die Jalousien herunterlassen. Diese Forderung entfachte stets eine mehr oder weniger leidenschaftlich geführte Debatte, weil einige von Gustavs Schulkameraden offensichtlich den Ernst der Lage nicht verstanden.

»Nee, hey, lass doch mal die Sonne«, sagte zum Beispiel (und natürlich ohne sich zu melden) Fabian Weischädel, der hennarot gefärbtes Haar trug und wahrscheinlich mit Havelwasser getauft war, im Rahmen jener Massentaufen, die im Zuge der Jesuswelle in den frühen siebziger Jahren am Havelstrand stattgefunden hatten. Fabian hatte Gustav eines Tages ungefragt erklärt, der Mensch brauche entweder mehr als acht oder weniger als fünf Stunden Schlaf. (Er gab diese Erklärung ab, als er gegen zwölf Uhr mittags in der Schule erschien, nachdem er in den Stunden davor mit Hilfe von mexikanischen Aufputschmitteln im Linientreu zu *Nellie the Elephant* Pogo getanzt hatte.) Gustav fand das nicht besonders interessant, aber aus irgendeinem Grunde merkte er es sich für den Rest seines Lebens. Er hatte überhaupt eine Neigung, sich unbedeutende Sachen zu merken, zum Beispiel die Tatsache, dass ein Kilometer Stromleitung eine Million Mark kostete (jedenfalls hatte dies irgendwann ein Erdkundelehrer mit Haarkranz behauptet, dessen Name verlorengegangen ist, mit einem Beben in der Stimme, das zum Ausdruck brachte, dass eine Million für den Haarkranz eine unfassbare Summe vorstellte) oder dass Gustav Stresemann bei den Verhandlungen in Locarno einen gestreiften Pyjama getragen hatte. Geschichte erschloss sich Gustav überhaupt nur in Anekdoten, er liebte die Abschweifung, die flüchtige Erscheinung, den kleinen Unfall und Umweg. Das Akzidentielle ist bekanntlich die Veranstaltung der Seele, und gerade in den Nebensachen schien die Unlösbarkeit der Welträtsel einem außergeschichtlichen Prinzip zu weichen, indem der große Gang der Dinge kurz angehalten wurde und die Macht übergreifender Dogmen und Grundsätze ins Stolpern kam. Fest stand jedenfalls, dass Gustavs vorzügliche Erinnerung für Belanglosigkeiten bei einem allgemein nur mittelmäßigen Gedächtnis ihn ganz gut durch die Schule brachte, denn er profitierte so nicht nur im Geschichtsunterricht von dem häufigen Fehlschluss der Menschen, die von detaillierten Einzelkenntnissen auf profundes Wissen überhaupt schließen. Und übrigens wusste jeder an der Schadow-Schule, dass Fabian Weischädel gern nackt auf seiner Gitarre spielte.

»Mach mal 'ne Pause, Hippie!«, sagte nach Fabians Einwurf Caren Spatan, die ganz hinten rechts saß und ihrerseits aussah, als würde sie die Sonne meiden wie der Teufel das Weihwasser, denn sie war bleich wie der Mondenschein. Davon abgesehen hatte Caren ein gut geschnittenes Profil, aufgeworfene Lippen und bläuliche Schatten unter ihren tiefschwarz bewimperten Augen. Sie saß neben Daniela Lauschner, die sich hartnäckig weigerte, zu verstehen, worin das Prinzip der Induktion bestand, und mit der Caren in den Pausen meistens auf dem Portal stand und rauchte. Nur dass Danielas Teint nicht mondbleich war, sondern braun wie unter einer heißeren, südlicheren Sonne gebraten, weshalb sie von Edelgard Prange, der Chefin der Putztruppen, unlängst, als sie beim Verlassen des Saales ihren Stuhl nicht rechtzeitig auf die Bank gestellt hatte, mit den Worten animiert worden war: »Etwas flotter mal bitte, kleine Squaw!«

»Das Fensterglas filtert neunzig Prozent der schädlichen Strahlung raus«, erklärte nun Sabine Stielke aus der ersten Reihe, was der ungewollt neben ihr sitzende Peer Pratzen, der nach damaliger Mode einen Stufenhaarschnitt sowie ohne modische Rücksichten eine gewaltige Nase trug, mit einem herzlichen »Danke, Sabbel!« quittierte.

Herr Poljakow nahm stets interessierten Anteil an den Debatten. Autoritäre Entscheidungen waren nicht seine Art. Stattdessen unternahm er freundlich und geduldig, leicht verloren und leider wenig beachtet in der lautstarken Erhitzung der Gemüter, einige aussichtslose Anstalten, die Auseinandersetzungen zu schlichten. So würde der Russe mitunter teilnahmsvoll den Vorschlag an Gustav richten, einfach seinen Sitzplatz an eine schattigere Stelle zu verlegen, dann könne man auf die Verdunklung verzichten.

Gustav antwortete darauf: »Was, soll ich mich vielleicht unter diesen Deckenfernseher setzen? Was ist, wenn der runterfällt und mich zerquetscht?«

Worauf Yvonne Schmerendonk von hinten links hustete. Sie hatte sich an der Rumkugel verschluckt.

2

Gustav hatte kein allzu großes Interesse an Physik, denn er interessierte sich grundsätzlich nicht übermäßig für die Naturwissenschaften, weil er auf dem Standpunkt stand, dass das, was ein Naturwissenschaftler verfechten kann, niemals jemanden hinreißen würde; es sei denn, es wäre hinreichend konkret, so wie die neue S-Bahn. Herr Spatan, der Vater der auf ihre Art bezaubernden Caren, der an der Schadow-Schule ebenfalls Physik unterrichtete, meldete stets, wenn direkt hinter dem Physiksaal das neue S-Bahn-Modell der Berliner Verkehrsbetriebe vorbeifuhr: »Guckt mal, Kinder, die neue S-Bahn.« Und dann drehten alle ruckartig den Kopf und sahen zum Fenster hinaus. So war Physikunterricht erträglich und hatte auch irgendwie einen Bezug zum Leben. Ansonsten interessierte sich Gustav höchstens noch für den Zauber der reinen Figur, für den die Mathematik empfänglich macht. Der Mathematikunterricht war allerdings vor allem faszinierend durch den Zauber von Frau Klunger. Ursula Klunger unterrichtete Mathematik und Chemie und trug mit Vorliebe eine Patentstrick-Kombination, die aus einem wadenlangen, sandfarbenen Rock und einem dazu passenden, sandfarbenen Oberteil mit marineblauen Querstreifen bestand. Die Querstreifen waren vielleicht nicht die glücklichste Wahl, da Frau Klunger über eine Statur verfügte, die der wohlwollende Betrachter als »kräftig« bezeichnet hätte. Dazu trug sie ein wenig struppiges, kurz geschnittenes Haar und eine riesige Brille.

»Was soll's«, sagte Lilli, »ihr Mann ist schließlich blind!«

Das hörte sich grausam an – aber es war Frau Klunger selbst, die ausführlich von ihrem blinden Mann erzählte, so wie sie überhaupt gerne ausführlich von ihrem Leben im Allgemeinen erzählte, wozu sie die Augen hinter den riesigen Brillengläsern aufriss und dazu die kleinen, runden Hände mit den rilligen Fingernägeln in den Handgelenken hin und her drehte. Meistens entglitt ihr dabei ein wenig der Strom ihrer Rede, sie verlor sich ins Anekdotische, berichtete von ihrer praktischen Militärjacke und plauderte über ihren Hund und bildete außerdem ganz neue Wendungen, die niemand verstand, zum Beispiel »punkt – punkt – pünktlich«. Der Mathematik-Kurs saß einfach vor Frau Klunger und hörte zu, und irgendwann fand dann Ursula Klunger auch wieder zurück auf den Pfad der Tangenten, Integrale und Kurvendiskussionen, stellte Fragen und rief irgendjemanden auf. Eines Tages jedoch war sie im Laufe ihrer Ausführungen kopfwackelnd und händchendrehend bis vor Lillis Tisch geraten, da hielt sie plötzlich inne, als hätte sie zum ersten Mal Elisabeth wahrgenommen, die dort wie immer sehr hübsch und zierlich saß und keinen Ton von sich gab, denn Mathematik war nicht ihr Steckenpferd. Frau Klunger blieb direkt vor dem Tisch stehen und sah auf Lilli hinunter, die arme Lilli aber sah bloß gewaltige Querstreifen vor sich, marineblau und sandfarben, und dazu das untere Ende der monströsen signalroten Korallenkette, die Frau Klunger zu ihrem Ensemble zu tragen pflegte.

So blickte Frau Klunger eine Weile auf Lilli hinunter, und Lilli sah zu ihr hoch, und dann stellte Frau Klunger fest: »Einige … sagen hier gar nichts!«

Worauf Lilli: gar nichts sagte.

Üblicherweise aber kam der Kurs mit Frau Klungers Monologen hervorragend zurecht, denn die waren immerhin besser als reine Mathematik. Nur manchmal, wenn präzise Auskünfte vonnöten waren, wurde es schwierig. Etwa an jenem Tag, als Frau Klunger die Mathematikstunde auf Bitte ihrer Schüler zum Anlass nahm, sich zu den bevorstehenden schriftlichen und mündlichen Prüfungen zu äußern. Auf die Frage, worin der Prüfungsstoff bestehe, holte Frau Klunger aus und berichtete augenrollend und händedrehend aus ihrer Prüfungspraxis der letzten Jahre, jedoch mit einer starken Konzentration aufs Anekdotische, gipfelnd in der Geschichte einer bedauernswerten Kandidatin namens Bettina, die während einer mündlichen Prüfung in der letzten Session so aufgeregt gewesen sei, dass sie auf die einleitende Frage der Prüfungskommission nach ihrem Namen nur stockend und mit erheblicher Verzögerung habe antworten könnten: »Ich – ich bin – die Betti! Die Betti! Die Betti bin ich!«

»Okay«, sagte daraufhin Susanne Behlert, ein resolutes Geschöpf mit einer gewaltigen Mähne gelber Haare, »und was kommt denn jetzt dran in der Prüfung?«

Die Frage war einigermaßen wichtig für Susi, denn sie versuchte bereits zum zweiten Mal, die Hochschulreife zu erwerben. Susi war, wir müssen das leider so direkt feststellen, nicht die Hellste. Genau genommen bestand ihre einzige und recht unschöne Begabung in einem gröhlenden Lachen, das sie gelegentlich aus heiterem Himmel anfallartig ertönen ließ. Wenn sie zum Opfer ihrer Heiterkeitsattacken wurde, schleuderte Susi ihren riesigen Kopf in die aufgestützten Arme, die mit eintausend Reifen aus Katzengold verziert waren. Dabei stürzte ihr safrangelbes, schlecht frisiertes Haar fächerartig auf den Tisch.

Augenblicklich aber war Susi durchaus nicht zum Lachen zumute. Sie musste die Prüfung bestehen, nicht so sehr, weil sie eine akademische Karriere anstrebte, sondern weil sie ihrem Vater am Totenbett versprochen hatte, dass sie Abitur machen würde. Jedenfalls wusste das Lilli zu berichten, die hinzusetzte, der Vater sei Klempner gewesen und im Übrigen handle es sich dabei um eine allgemein bekannte Geschichte, die jeder in der Schule schon gehört hätte, was übrigens wohl auch Susis Absicht entspräche. Wie dem auch sei: Susis Zukunft stand auf dem Spiel, und darüber würde sie nicht mit sich verhandeln lassen, und deshalb unterbrach sie Frau Klunger und fragte: »Was kommt denn nun dran in der Prüfung?«

»Hmm«, erwiderte Frau Klunger und riss die Augen hinter den Brillengläsern auf, »also – alles, was ich nicht gesagt habe!«

Kurze Stille.

Alle saßen da und starrten nach vorne.

Mehr war nicht zu erfahren. Und dies führte dann, wenig überraschend, auch zum Fiasko für die arme Susi. Die schriftliche Prüfung in Mathematik fand aus organisatorischen Gründen im Physiksaal statt, Frau Klunger tauchte auf, verteilte ein paar Prüfungsbögen mit unlösbaren Aufgaben und verabschiedete sich geräuschvoll, um die Aufsicht dem armen Herrn Poljakow zu überlassen. Nach fünfzehn Minuten stemmte Susi, seit jeher keine Freundin subtiler Äußerungen, die Arme in die Hüften und rief: »Wo ist Frau Klunger? *Wo ist Frau Klunger?*« Worauf Herr Poljakow selbstverständlich keine Antwort wusste. Stattdessen sagte Gustav: »Können wir bitte mal die Jalousien runterlassen?«

Aber üblicherweise kamen die Schadow-Schüler mit Frau Klungers Erzählungen ganz gut zurecht, die ja bisweilen einen quasi philosophischen Einschlag in den Mathematikunterricht brachten, so wie etwa an jenem spezifischen Donnerstag, an dem Frau Klunger ununterbrochen redend vor der riesigen Wandtafel hin und her lief, die über und über mit einer besonders aufwendigen Kurvendiskussion beschriftet war. Frau Klunger redete und redete, machte hier eine kleine Ableitung, zog dort einen Bruchstrich und da eine geschweifte Klammer, änderte zwischendurch ein paar Vorzeichen, und dann … dann verharrte sie. Das war selten. Denn es ging nicht weiter. Die Gleichung ging nicht auf. Irgendwas stimmte nicht. Sie wischte ein Vorzeichen aus und klammerte noch einige Variablen ein, doch es ging immer noch nicht. Da trat sie einen Schritt zurück, betrachtete mit schiefgelegtem Kopf ihr Werk, drehte sich zur Hörerschaft um, riss die Augen auf, drehte die Hände und sprach an das erwartungsvolle Auditorium gewandt: »Es gibt ja immer das Problem … dass man nie genau weiß … was ist.«

Kurze Stille.

Alle saßen da und starrten nach vorne.

»Danke, Frau Klunger«, erklärte schließlich Johannes Meier, der großgewachsen war und krause Locken hatte und diesen Kurs nur zwangsweise besuchte, denn man durfte die Mathematik nicht abwählen, »Danke. Jetzt weiß ich endlich, warum ich hier sitze.«

3

An einem glücklicherweise nicht sehr sonnigen Tage hatte Gustav im Physiksaal wieder eine Prüfung abzulegen, schwach und freundlich patrouilliert von der russischen Figur, die für solche Aufgaben von der Schulleitung offenbar gerne herangezogen wurde. Diesmal ging es um Genetik. Den Biologiekurs hielt ein gewisses Fräulein Stankow, eine Referendarin, die ihrem Zungenschlag nach aus Neukölln oder dem Wedding kam und über die Isabelle Plotz folgendes Liedchen zu singen pflegte, wenn immer sie in deren Nähe kam: *Ick bin dit Follein Stankow / der Liebling der Saisong / ick hab'n kleenet Manko / und kenne keen Pardong.*

Da die Schulleitung Herrn Poljakow zwar gern für die Aufsicht einteilte, aber spätestens seit dem Drama mit Susi Behlert ahnen musste, dass der kleine Russe keine Gewähr für besondere Sicherheit darstellen konnte, wurden die Kandidaten mit dem nachfolgenden Jahrgang gemischt, dem Atlanta angehörte.

Natürlich hatte Gustav schon vorher ein Auge auf Atlanta geworfen. Denn obgleich einige bemerkenswerte Gestalten an dieser Schule herumliefen, so war Atlanta doch schwerlich zu übersehen und schnell zu Bekanntheit gelangt. Sie war neu. Aus München zugezogen, ausgerechnet. Unübersehbar leuchteten ihre stets erdbeerrot gezogenen Lippen, die sie häufig schürzte, in einem Ausdruck verwunderter Besorgnis, zum Beispiel wenn sie Studienpläne studierte oder ganz gegen ihren Willen in Gespräche verstrickt wurde. Ihr Teint war fein, bleich und zart wie die Spitze, die ihren gut geformten Busen bedeckte und die zu einem der leicht exzentrischen Oberteile gehörte, die Atlanta am Nollendorfplatz in der Garage kaufte, jenem Second-Hand-Laden, der seine Ware im Kilo abgab, für fünfundzwanzig Mark. Exzentrisch waren auch die Gebilde von seltsamer Gestalt, die Atlantas Haupte krönten. Riesige Schleifen aus schwarzem Samt saßen ihr auf dem Kopf, zusammen mit raschelnden Blumenattrappen und schwarzen spanischen Netzen, die die glänzende Woge des Haares im Zaume halten sollten.

Atlanta durfte schon Auto fahren, denn sie besaß einen amerikanischen Führerschein. So brauste sie durch Zehlendorf mit einem riesigen Volvo, lippenschürzend das gewaltige Steuerrad herumreißend. Der Volvo war nicht mehr der

Jüngste und in einer Farbe lackiert, die Atlanta zutreffend als »postgelb« bezeichnete. Es konnte passieren, dass man in Zehlendorf an der Ampel stand, und plötzlich tauchte neben einem die monströse postgelbe Flanke dieser riesigen Limousine auf. Atlanta saß am Steuer, starrte geradeaus, redete auf sich selbst ein und wartete mit gerunzelter Stirn auf grünes Licht. Dann fixierte sie ihr Ebenbild im Rückspiegel. Hastig zog sie ihre schmalen Lippen nach. Nachdem sie diese kleine Aufgabe erledigt hatte, formte Atlanta den breiten Mund zum Auftakt eines Kusses in die Luft, um den Lippenstift zu testen. Schließlich fuhr sie mit der Zunge über die gebleckten makellosen Zähne. Vor allem aber schürzte Atlanta die Lippen und bleckte die Zähne, während sie versehentlich über rote Ampeln raste, die sie aus Nervosität übersehen hatte, oder wenn sie in polizeiliche Verkehrskontrollen geriet, ohne jedes Ausweispapier, und auf der Suche nach den Dokumenten panisch ihre riesige Handtasche ausschüttete.

Atlanta pflegte den Volvo, den sie auch als fahrenden Kleiderschrank benutzte, direkt vor der Schule abzustellen. Manchmal zog sie sich für ein Nickerchen ins Auto zurück und stieg dann nach einer knappen halben Stunde, wenn sämtliche Scheiben des Fahrzeugs beschlagen waren, ein wenig verwirrt und mit leicht derangierten Haarschleifen wieder aus. Eines Tages biss sie sich im Schlafe während eines wilden Traumes dermaßen fest in die Hand, dass es blutete.

Am Tage der Klausur saß Atlanta durch einen wundervollen Zufall in der Bank neben Gustav. Zwischen ihnen befand sich ein etwa zwei Meter breiter Gang, den gelegentlich watschelnden Schrittes der kleine Russe patrouillierte. Atlanta starrte auf die ihr vorgelegten Aufgaben, die ganz offensichtlich unlösbar für sie waren. Hektisch schürzte sie die erdbeerroten Lippen, und plötzlich hielt sie über den meterbreiten Korridor hinweg Gustav ihren Prüfungsbogen unter die Augen.

»Bist du verrückt?«, flüsterte Gustav, »ich hab doch hier ganz andere Aufgaben!«

»Egal«, wisperte Atlanta zurück, »schreib mir einfach die Lösungen auf, und ich sage dann hinterher, ich hätte die Prüfungen verwechselt, weil ich Linkshänderin bin. Meine hirnelektrischen Aktivitäten laufen ganz anders.«

»Na so was«, sagte Gustav (und er flüsterte nicht mehr), »ich bin auch Linkshänder.«

22. KAPITEL

Die Welt im Worte

1

Nach dem Erlebnis im Physiksaal rief Atlanta gelegentlich im Fischtal an und las Gustav das Menu für den Abend vor, um ihn zum Dinner in der weißen Villa zu überreden, die Atlantas Eltern bewohnten. Dort wurden regelmäßig größere Soireen abgehalten, in Anwesenheit von mehr oder minder bekannten Gästen aus der mehr oder minder vornehmen Welt. Die weiße Villa, die über zwei Hausnummern verfügte, gehörte dem Berliner Senat. Bevor Atlantas Familie aus München nach Berlin gezogen war, weil ihr Vater in der Stadt den Aufbau eines Museums leiten sollte, hatte in diesem Hause ein Schauspieler gelebt, berühmt geworden an den staatlichen Bühnen und mittlerweile verstorben. Allerdings erhielten Atlantas Eltern noch immer Briefe, Einladungen und sogar Anrufe, die für den Dahingeschiedenen bestimmt waren, was Atlantas Mutter den letzten Nerv raubte. Am Telefon pflegte sie zu sagen: »Nein, nein, er ist *tot.*«

Atlanta rief also im Fischtal an, und Atlanta hatte die Eigenschaft, Telefone klingeln zu lassen, bis die Leitung von irgendeinem Amt unterbrochen wurde. Während sie darauf wartete, dass jemand ihren Anruf entgegennahm, hielt sie den Hörer in einigem Abstand neben ihrem Ohr und schürzte die erdbeerroten Lippen.

Gustav war sicher, dass seine Großmutter es ganz und gar nicht schätzte, wenn im Fischtal Anrufe für ihn kamen. Denn erstens wurde sie dadurch nur wieder an die Anwesenheit ihres Enkelkindes erinnert, eine Anwesenheit, von der Gustav nie genau ermitteln konnte, wie unangenehm sie seiner Großmutter tatsächlich war. Und zweitens – und so viel stand fest – empfand Gustavs Großmutter Telefonate, die über das Notwendige hinausgingen, als Belästigung. Das Telefon war für sie vor allen Dingen ein materialisiertes Ärgernis, weil es einer aufdringlichen Welt eine Zugangsmöglichkeit verschaffte. Nach ihrer erklärten Auffassung durfte man das Vorhandensein eines Fernsprechapparates keinesfalls missverstehen als Einladung zu belanglosen Plaudereien, die zudem Geld verschwendeten, und es half wenig, wenn Gustav darauf hinwies, dass West-Berlin bekanntlich aus politischen Gründen vom Lokaltarif befreit sei.

Abendliche Anrufe wurden von Gustavs Großmutter besonders ungern gesehen beziehungsweise gehört, denn jeden Abend um sieben Uhr schaltete sie den Fernseher ein. Was das Programm betraf, so war sie anspruchslos, genau wie damals, als sie noch mit ihrem Mann zusammen ferngesehen hatte. Man hatte die Auswahl zwischen fünf oder sechs Kanälen, inklusive Ostfernsehen, dieses allerdings nur in Schwarz-Weiß, aber das passte ja irgendwie auch zum Osten. Gustav sah ab und zu ganz gerne die *Aktuelle Kamera*, die Nachrichtensendung des DDR-Staatsfernsehens, auch *Medizin nach Noten*, das DDR-Fitness-Programm zur Förderung der Gesundheit der Werktätigen, oder Ratgebersendungen wie *Sie und Er* und *1000 Fragen* zur Rettung der sozialistischen Paarbeziehung und natürlich das Hauptpropagandamagazin des Ostens, den *Schwarzen Kanal*, weil die Lügen dort so unfassbar plump waren, dass es immer wieder einen Schockwert hatte für jemanden, dem man beigebracht hatte, bitte so rücksichtsvoll wie möglich die Unwahrheit zu sagen. Man hörte bei einem Glas Florida Boy diesen atemberaubenden Lügen zu, bis man für einen Augenblick zurücksank in die zerschlissenen Polster des albernen Sessels, der vor fünfundzwanzig Jahren mit zitronengelber Organza-Seide bezogen worden war, und dachte: »Zum Glück bin ich im freien Teil der Stadt! Ich könnte im Osten keine zwei Tage überleben.« (Falls man die verstockte Langeweile Ost-Berlins besichtigen wollte, konnte man das gegen einen Tageseintritt von fünfundzwanzig Mark Zwangsumtausch jederzeit tun, aber Gustav ging nicht mehr oft nach Ost-Berlin, seitdem er eines Tages beim Grenzübertritt wegen irgendeiner vorlauten Bemerkung von den zuständigen Organen aussortiert und besonders gründlich kontrolliert worden war. Inklusive Röntgenuntersuchung. Er ging höchstens noch zu Konzerten ins Schauspielhaus am Gendarmenmarkt, aber nur mit Jakob Biller, dessen Mutter ein Auto mit Diplomatenkennzeichen fuhr, so dass man unbehelligt die Sektorengrenze passieren konnte.)

Gustav vermutete, dass seine Großmutter jegliche Intrusion in ihr abendliches Fernsehprogramm nicht ausstehen konnte und dass allein ein Rest familiärer Form und Rücksichtnahme sie bisher davon abgehalten hatte, ihm das Wohnzimmer während ihrer Fernsehstunden ausdrücklich zu verbieten. Damit allerdings war jederzeit zu rechnen.

Manchmal jedoch, wenn Gustav abends ins Wohnzimmer kam, sah seine Großmutter gar nicht auf die Mattscheibe, sondern in den Raum. Sie blickte in die quellende Düsternis, nur müde erhellt vom flimmernden Licht des Fernsehgeräts, und sie hatte die moccabraune Kamelhaardecke bis zu den Schultern hochgezogen, wie um sich gegen den entgegenkriechenden Verfall zu wappnen, und dann sagte sie: »Der Marmor am Kaminsims sollte poliert werden. Ich sollte hier viel mehr machen lassen. Aber das lohnt sich nicht mehr.«

Dazu liefen im Hintergrund mit beträchtlicher Lautstärke fünfminütige Erziehungsprogramme des West-Fernsehens wie *Der siebte Sinn* oder *Die Feuerwehr hilft – vorbeugen musst Du*. In betäubender Lautstärke gellten die Feuerwehr-Sirenen durch das Fischtal, und wenn irgendjemand in diesem Haushalt den Umgang mit der Zeit nur einigermaßen wirtschaftlich betrachtet hätte, wäre man auf die Idee gekommen, dass Gustavs Großmutter möglicherweise ihre Abende vergeudete.

Noch schlimmer war es, wenn jemand zur Mittagszeit anrief. Im Fischtal befand sich das letzte verbliebene Telefon in der Bibliothek, und direkt neben diesem Apparat pflegte Gustavs Großmutter bekanntlich ihren Mittagsschlaf zu halten, und Mittagsschlaf war etwas sehr Wichtiges in Gustavs Familie. Man zog sich zurück von der plagenden Gemeinheit des Tages und versank für kurze Zeit in elysischem Dämmer. Mittags schlief man besser als nachts. Was die Nacht betraf, so klagte man über einen leichten, hochempfindsamen Schlaf, eine dünne Membran, die beim geringsten Geräusch zerriss. Die Reizbarkeit noch im Schlafe verstand man als das äußerste Symptom des Nervösen, eine psychasthenische Vergiftungserscheinung des Nervensystems, ein alarmierender Ausdruck der Sorge um alles.

Gustav hatte die Worte seiner Mutter im Ohr, die zu sagen pflegte: »Der kleinste Laut, und ich stehe senkrecht im Bett, Gewehr bei Fuß.«

»Zwischen eins und drei ist Mittagsruhe«, pflegte seine Mutter außerdem lapidar zu verkünden, bevor sie für zwei Stunden verschwand. Wenn in dieser Zeit das Telefon klingelte, war Polen offen, um eine weitere beliebte Redewendung von Gustavs Mutter zu gebrauchen.

Dennoch war es gelegentlich nicht zu verhindern, dass zur Unzeit ein Anruf für Gustav im Fischtal eintraf, wenn etwa Lilli im *Pschyrembel* ihres Vaters nachgeschlagen hatte und dann sofort anrufen musste und Gustav ins Ohr schrie: »Jetzt ist es passiert. Ich leide wahrscheinlich an irgendeiner dieser entsetzlichen Dschungelkrankheiten!« Oder Atlanta rief an und sagte: »Du liebe Zeit, hier vor unserer Tür steht ein kleines polnisches Auto, das vollkommen überfüllt ist. Etliche Leute *essen* in diesem Auto, und zwar seit Ewigkeiten. Da stimmt irgendwas nicht. Meine Mutter und ich observieren das seit Stunden. Du musst sofort kommen.«

2

Sobald Gustavs Großmutter einen Anruf entgegennahm, der für ihr Enkelkind bestimmt war, entstand eine Pause, nachdem sie den Hörer abgenommen und mit martialischer Strenge ihren Nachnamen hineingerufen hatte. Diese Unterbrechung erreichte bisweilen, besonders wenn der Anruf in eine verbotene Zeit fiel, eine beträchtliche Länge und überstieg zweifellos die wenigen Augenblicke, die ein Anrufer benötigt haben würde, um sich vorzustellen und den Wunsch zu äußern, Gustav zu sprechen. Gustavs Großmutter warf den Bittsteller für Sekunden in die Düsternis, Sekunden, die sie dazu benutzte, ihre Empörung strafend in den Hörer zu atmen.

Anschließend pflegte sie meist nur ein *Ja* hervorzubringen, mit einer leicht seufzenden Betonung. Allerhöchstens sagte sie gnädig: *»Ja – Moment«,* warf den Hörer weg wie ein Stück Abfall und rief ein einziges Mal den Namen ihres Enkels. Gustav stand längst am Treppenabsatz der ersten Etage, aber er ließ seinerseits einige Augenblicke verstreichen, bevor er langsam die Treppe hinunterlief, sorgsam auf die knarrenden Stufen tretend, damit seine Großmutter keinen Verdacht schöpfte. Sie allerdings war gar nicht mehr anwesend. Sie saß wieder mutterseelenallein im spärlich beleuchteten Wohnzimmer und starrte auf die flimmernde Mattscheibe, in Decken eingehüllt wie eine kleine, kranke Königin.

(Nicht anders verlief die Prozedur, wenn Besuch für Gustav an der Tür klingelte. Sämtliche Gäste wurden von seiner Großmutter, die meistens als Erste an der Türe war, mit affrontierender Gleichgültigkeit empfangen – und mit den Worten: »Sie kennen den Weg!« Es konnte passieren, dass Gustavs Besucher daraufhin minutenlang durch die Beletage irrten, leise seinen Namen rufend, vor allem, wenn Gustav gar nicht zuhause war. Nur Petra van der Smissen war kurzerhand dazu übergegangen, über das Dach des Wintergartens zu krabbeln und durchs Fenster direkt in Gustavs Zimmer einzusteigen.)

Nachdem Gustav das Telefon erreicht und kaum den Hörer ergriffen hatte, sagte Atlanta: »Lass uns *bitte* mit meinen Eltern essen. Schließlich müssen wir ein bisschen auf unsere Ernährung achten. Es gibt Dirty Martinis und Krabbenkuchen.«

Es war meistens ein Kinderspiel für Atlanta, Gustav zu überzeugen, das Abendessen in der weißen Villa zu nehmen. Es war nicht einmal nötig, dass sie die prominenten Persönlichkeiten aus dem Dritten Fernsehprogramm erwähnte, die auch an diesem Abend wieder zu Gast sein würden. Atlanta sprach übrigens überaus schnell und pflegte vollkommen unbeachtliche Sachverhalte mit dem Wort *bekanntlich* zu erhöhen, indem sie etwa sagte »Dieser Mensch spielt gesellschaftlich keine Rolle, bekanntlich.« Atlanta und Gustav versanken im Wohlklange belangloser Bemerkungen, sie enthoben sich jeder Begründung für ihr Tun oder Lassen und machten die eigene Person damit unüberwindlich für die groben Ansprüche und kränkenden Veranlassungen einer mangelhaften Wirklichkeit. Sie entdeckten die Wahrheit in Form und Schein und gerieten in jenes selbstgenügsame Plaudern, bei dem jedes zufällige Thema immer wieder zur Wahlverwandtschaft der Temperamente zurückführt.

»... dann erklärst du eben Jackie, dass du dir lieber von Marsha die Haare machen lassen möchtest«, sagte Gustav in den Hörer, und dabei glitt sein Blick über die Parade der Buchrücken in den deckenhohen Regalen aus Grunewaldkiefer. Schwergewichtige Bände über Abstraktion und Einfühlung oder die Formprobleme der Gotik steckten vernachlässigt zwischen signierten Erstausgaben und voluminösen medizinischen Lehrbüchern mit Titeln wie *Die Pathologie des Weibes*. Dazwischen hatte jemand vor etwa sechzig Jahren die sechsundzwanzigste Auflage von *Geschlecht und Charakter* geworfen.

Gustav saß ein wenig erstarrt auf dem Sofa mit seinen steilen, unbequemen Lehnen und versuchte, sich auf Atlantas Worte zu konzentrieren, obgleich er wusste, dass allzu große Aufmerksamkeit hier nur schadete. Unterhaltung entsteht aus Flüchtigkeit. Gustav musste sich nur so weit sammeln, dass er seinerseits noch irgendetwas sagen konnte, was ihm niemals schwerfiel.

»Wieso geht das nicht?«, fragte er, »ich denke, Jackie frisiert dich wie ein Huhn?«

Gustav hörte schwach, dass Atlanta hastig einige Tabletten einnahm – Magnesium, wie er vermutete, das war damals in Mode –, denn zwischen ihren Worten erklang das diskrete Knistern, das ensteht, wenn Pillen durch Stanniol gedrückt werden, ein Geräusch, das ihm nur allzu vertraut war. Er zog auf dem Sofa mit dem Fingernagel tiefe Streifen durch die samtenen Bordüren der Polsterung.

Nach den Telefonaten mit Atlanta, die einander glücklicherweise stets sehr ähnlich waren und von Gustav gelegentlich verwechselt wurden, was keinerlei Folgen hatte, ging er in die erste Etage, um sich für das Abendessen umzuziehen. Er wechselte seine Garderobe mit größter Sorgfalt, so wie er sich überhaupt mit kontemplativer Sammlung in Angelegenheiten der Erscheinung vertiefen konnte, was möglicherweise zulasten einer frischen Unbekümmertheit ging, aber gerade deshalb die Nerven zu schonen schien. Frische Unbekümmertheit war ohnehin schwer erträglich.

In seinem Zimmer öffnete Gustav die Flügeltüren der Wandschränke aus tief gemaserter Grunewaldkiefer sperrangelweit. Er betrachtete die Reihe der von Hildchen penibel gebügelten Oberhemden, die auf mit blaugrauem Taft drapierten Bügeln hingen. Mit zwei Fingern der linken Hand fuhr er flüchtig über die aufgereihten Hemden wie über eine Klaviatur. Dann zog er die Schublade mit den Manschettenknöpfen auf.

»Soll ich die Amethystgarnitur tragen?«, fragte er in die Schublade, »oder sehe ich dann aus wie Liberace?«

3

Die weiße Villa war ein gastfreundliches Haus, und jene Soupers, die Atlantas Eltern zu veranstalten pflegten, wurden in schwelgerischer Üppigkeit ausgerichtet, wie es sich gehörte für ein Anwesen, das über zwei Hausnummern verfügte. Überhaupt schien die Villa viel mehr zum geselligen Aufenthalt als zur Wohnung entworfen, ein riesiges Gittertor schied sie von der Welt, der Garten war selbst für Zehlendorfer Verhältnisse beachtlich (wenn auch kleiner als der des Fischtal, wie Gustav zufrieden feststellte), und das gesamte Erdgeschoß war praktisch ausschließlich mit Gesellschaftsräumen ausgefüllt. Zunächst gelangte man ins Entrée, dessen Boden mit Marmor im Schachbrettmuster belegt war, dann trat man durch eine schwingende französische Tür mit kleinen Glasscheiben in ein zweites, noch größeres Entrée, worauf sich einige Vorzimmer mit Gobelins und Portieren anschlossen, bis man schließlich eine gewaltige Doppeltür mit Frontispiz passierte und in die eigentlichen Repräsentionsräume gelangte.

Dort hielten Atlantas Eltern zweimal pro Woche ihre großen Empfangstage, die zu besuchen schnell Mode geworden war, denn sie waren neu in der Stadt und Atlantas Vater schien hier eine glänzende Karriere vor sich zu haben. Die Gästeschar setzte sich zum größeren Teil aus dem zusammen, was man in West-Berlin die gute Gesellschaft nannte – und das war vor den Tagen, als Besitzer von Friseursalons dazugehörten. Üblicherweise waren einige Personen anwesend, die sonst im Fernsehen auftraten. Andere lebten von den hochsubventionierten Berliner Bühnen oder schrieben das Feuilleton für mehr oder weniger große Zeitungen, nachdem sie vor zwanzig Jahren noch im Zentralrat der Sozialistischen Kinderläden West-Berlins gesessen hatten. Dazwischen fanden sich ein paar Veteranen aus jenen Tagen, als es in den höheren Sphären im Wesentlichen darauf ankam, dass man eine Schleppe tragen und einen Handschuh aus- und anziehen konnte, und als die Berliner Gesellschaft im März die großen Schlussempfänge des Winters gab. Kurz: ruinierter Adel. Natürlich waren auch bereits ein paar arrivierte Devisenhändler unter den Eingeladenen, Vorboten der kommenden Zeit, und sonstige Geschäftsleute, die sich vor allem durch wie auch immer erworbenen, bombastischen Reichtum auszeichneten und als echte Emporkömmlinge sehr empfänglich für die Ehre waren, am Tisch eines guten Hauses sitzen zu dürfen. Sowie einzelne unorthodoxe Gestalten, zum Beispiel ein anstellungsloser norwegischer Körpertrommler mit dem Künstlernamen Lars Wallendorf, und ein paar ominöse, sehr sorgfältig gekleidete junge Herren von rätselhafter Herkunft, ganz offensichtlich ohne Vermögen und ernsthaftere Absichten, deren Bemerkungen weniger geistreich, deren Bewegungen weniger vornehm waren und die Atlanta angeblich auf irgendwelchen Kammermusikabenden oder in der Lebensmittelabteilung des KaDeWe kennengelernt hatte – in der Regel nicht gerade Figuren, die sich gesellschaftliche Reserve auferlegen. Eines Abends machte so ein geschminkter Jüngling Gustav einen zärtlichen Antrag. Er versprach, es sich zu überlegen.

Selbstverständlich hatte Gustav von zuhause aus eine solide Abneigung gegenüber jeder Form von Prätention und gesellschaftlichem Aufsteigertum mitbekommen. »Die Tragik besteht darin«, pflegte seine Großmutter festzustellen, »dass sich die meisten Leute durch Geld beeindrucken lassen, und zwar besonders solche Exemplare, die sich für unkonventionell, künstlerisch ambitioniert oder – Gott bewahre – revolutionär halten. Denn auch Menschen, die Geld zu hassen vorgeben, sind davon beeindruckt. Im Grunde ist es so, dass sich in den allermeisten Fällen eigentlich nur solche Leute nicht durch Geld beeindrucken lassen, die selbst mehr als genug davon haben.« Oder sie atmete hörbar aus und sagte: »Es ist ein Jammer. Jede gesellschaftliche Sphäre wirft heutzutage ungestraft ihre gesamte Brut in die nächsthöhere. Auf diese Weise vermehrt sich nur die Zahl der Mittelmäßigen, die sich mit ihrem Unvermögen brüsten und unter deren Last dieser arme Planet ohnehin seufzt.«

Und obschon Gustav also niemals die innere Reserve verlor, so wusste er doch in Gesellschaft jedem zu sagen, was ihm Freude bereitete. Er überraschte Parvenus mit aufmerksamen Worten und schmeichelte noch dem neureichsten Arrivisten durch eingehende Kenntnis persönlicher Umstände, die nicht anders wirkte als käme sie aus herzgeborener Zuneigung. Und wenn es sich dabei im Grunde um Betrug handelte – dann war Gustav der geborene Betrüger. Seine schauspielerischen Qualitäten konnten sich glänzend bewähren an der plumpen Durchschaubarkeit einer Gesellschaft, die der Gefälligkeit seiner Erscheinung keinerlei Widerstand entgegenzusetzen vermochte oder wollte und sich durch das treffende Wort mühelos erledigen ließ. Gustav hatte hier nur zu gefallen. Er verfügte über jene Schnelligkeit des Gesichts und Gehörs, die auf den ersten Blick nichts zu sehen und nichts zu hören scheint; er konnte, ähnlich wie ein Sieb, alle Arten von Gedanken aufnehmen, ohne einen einzigen zu behalten. Deshalb war er ein begehrter Gesprächspartner. Und da die Gesellschaft, wie die Liebe, die Wahrheit belanglos macht, indem sie diese zur reinen Formfrage erhebt, waren gesellschaftliche Auftritte für Gustav stets eine willkommene Gelegenheit, sich in der Kunst der Konversation zu üben. Er versank in den leicht anrüchigen Vergnügungen scheinhafter Förmlichkeit, er verstreute Politessen und Artigkeiten, er ersetzte Empfindungen durch Redensarten, mehr als einmal verbarg er mit einem Lächeln nur ein Gähnen der Langeweile, mit einer Höflichkeitsfloskel eine Verwünschung. Er konnte ohne Anstrengung seinen Gefälligkeitszauber entfalten, denn er war oft genug vollkommen teilnahmslos. Und es kam ihm durchaus richtig vor, dass er hier stand, zwischen den livrierten Lohndienern und ständigen Hausgeistern von Atlantas Eltern, die geschäftig beladen mit Canapés und kalifornischem Champagner durch die Räume liefen und sich mit einem Devisenhändler namens Gordon Gecko über die Vorzüge englischer Gartenanlagen gegenüber den französischen unterhielt, während im Hintergrund ein aus der Philharmonie entliehener Tuttigeiger den Chor der Derwische aus Beethovens *Weihe des Hauses* strich. Das war Gustavs Leben. Über seine Jugend war ein Theaterhimmel gespannt. Löcherig und fadenscheinig, aus Talmigold und falschen Perlen, beschirmte er diese Tage in der Inselstadt, die Gustav damit verbrachte, seiner Großmutter zuzuhören, im Physikunterricht auf Verdunklung zu bestehen, kalifornischen Champagner zu trinken und Nachrichten in seinem Briefkasten zu finden wie *It's Clinique Bonus Time.* Die einzige Pflicht, die man hatte, bestand darin, etwas vollkommen Belangloses zu sagen, um die Unterhaltung aufrechtzuerhalten.

4

Die Abendgesellschaften in der weißen Villa folgten stets dem gleichen Ablauf. Zunächst plauderte man eine halbe Stunde lang in gezierten Redensarten über das Wetter. Eine marastisch aussehende Dame mit einem riesigen Bernsteincollier und einem Opossumgesicht behauptete, gegen Schwankungen der Witterung überaus empfindlich zu sein, wozu sie den Vorgang der Periodizität mit einer wedelnden Geste mimte, was jedoch eher so aussah, als hätte sie ihr kraftloses Händchen soeben aus lauwarmem Wasser gezogen. Nachdem die anschließende Gesprächspause sich schon so gedehnt hatte, dass sie ein neues Thema erforderte, kam man auf die Kunst zu sprechen. Bewegt besprach man kulturwissenschaftliche Dokumentationen, die man für das Dritte Programm plante, wissend unterhielt man sich über gewagte Inszenierungen der großen Berliner Bühnen, die zweifellos Unsummen verschlingen würden. Unsummen standen zur Verfügung, aber man beschwerte sich über die peinlichen Widrigkeiten, die eine kleinliche Bürokratie und ein schwerfälliges Publikum der Kunst entgegenstellten.

»Das Berliner Publikum ist entsetzlich«, bemerkte ein gespenstisch aufgeputzter Greis mit großen gelben Zähnen, »hier sitzt nur die Hefe des Pöbels im Theater. Schlimmer als in irgendeinem Provinznest. Die Leute buhen andauernd.«

»Als gebildeter Mensch soll man ja eigentlich nie Erstaunen zeigen«, warf dazu eine Dame ein, die für sich reklamierte, als Gesellschafterin bei irgendeinem Pensionisten in Friedrichsruh gearbeitet zu haben.

Daraufhin brachte ein Pianist mit rotem Schal, der mit einer unfehlbaren Witterung für Klatsch begabt war, die Geschichte einer Schauspielerin aufs Tapet, die, wegen ihres Adelsstolzes allbekannt, nach ihren ersten unerzählbaren Auftritten in der Gesellschaft durch Misserfolge in allen Feldern berühmt geworden war …

»Wie Napoleon der Dritte!« rief schnarrend ein Herr dazwischen, der angezogen war wie ein Eskadronchef bei den Husaren. Niemand wusste, wer ihn eingeladen hatte.

Jedenfalls, fuhr der Pianist fort (sichtlich verstimmt über die Unterbrechung), jedenfalls habe besagte Schauspielerin durch den Börsencrash (dieses Wort betonte er wie etwas Ekelerregendes) neulich ihr gesamtes Vermögen verloren und sich das so zu Herzen genommen, dass sie gestorben war. Sie sei ohnehin am Ende gewesen. Abgemattet und gierig nach Zerstreuung, mit nichts anderem beschäftigt als sich Freuden zu erfinden, hatte sie ihre Sinne missbraucht und konnte schließlich anstelle von Leidenschaften nur noch romanhafte Launen hervorbringen.

»So was kommt doch bloß in Boulevarddramen vor!«, sagte ein fischkalter Skeptiker.

»Die hat doch ihr Leben lang Tabletten geschluckt«, konstatierte eine schwerreiche Matrone. In ihrer Stimme lag jene leicht pikierte Indifferenz, die sich dem gelangweilten Absterben täglich gesättigter Leidenschaften verdankt.

»Aus unbegreiflichen Gründen kann man Champagner nicht stumm trinken«, dachte Gustav, der augenblicklich in die Betrachtung einer prachtvollen, vergoldeten Stutzuhr versunken war, deren Gehäuse mit einem Halbrelief geschmückt war, das seiner Meinung nach etwas recht Anstößiges darstellte.

Laut sagte er: »Was ist schlimm an Tabletten?«

Womit er herzliches Gelächter auslöste.

»Das ist so erfrischend«, konstatierte die Matrone, »in der Berliner Gesellschaft kann man ja sonst kaum ein vernünftiges Wort miteinander sprechen.«

Jetzt erschien ein neuer Gast. Es war eine kleine Blondine mit Löckchen, die den sofortigen Aufbruch einiger Herren veranlasste. Der Tuttigeiger strich inzwischen die *Circus-Polka* von Stravinsky.

5

Bevor Gustav das erste Mal die weiße Villa betrat, hatte ihn Atlanta auf die Seite genommen und erklärt: »Nur eine kleine Warnung. Meine Mutter ist verschrien als eine Frau, die ganz nach ihren Launen handelt. Sie ist, nun ja, ein etwas schwer fasslicher Charakter, eigentlich eine völlig unklare Existenz, jedenfalls für mich. Aber mein Verstand ist eher klein, bekanntlich. Jedenfalls wird sie gelegentlich etwas abwegig. Sie ist jene Art von Person, die um zwölf Uhr noch nicht weiß, was sie um zwei tun will. Möglicherweise wird sie sich mit dir um Kindereien streiten.«

Atlantas Mutter, die beim Souper stets am Kopf der Tafel saß, war Psychotherapeutin und unentwegt nervös. Zum Abendessen trug sie opulente Roben aus gewachstem Seidentaft, die Sorte Kleid, für die man ungefähr dreihundert Meter Stoff braucht. Wenn Atlantas Mutter den Raum betrat, was stets mit einiger Verspätung passierte, begann eine Parade. Ihre Kleider waren tief dekolletiert, die glänzenden Corsagen verziert mit Petit-point-Stickereien und operettenhaft verbrämt mit Empress-Chinchilla. Offensichtlich trug sie ein Bustier, was ihr half, diese steife und tonnenschwere

Garderobe an ihrer zierlichen Gestalt zu befestigen. Unterhalb der wespengleich geschnürten Taille zerschwangen die Paradekleider in ausladenden Krinolinen. Atlantas Mutter bevorzugte Petunienrot oder Zitronengelb. Sie und ihre Tochter beschäftigten dieselbe Schneiderin, eine Palästi nenserin, die Atlanta mal an der Bushaltestelle kennengelernt hatte.

»Das war das einzige Mal, dass ich den Bus benutzt habe«, pflegte Atlanta zu sagen, »was für ein Glück. Wir begannen, uns zu unterhalten, weil wir beide den Fahrplan nicht verstanden.«

Zu allem Überfluss zog Atlantas Mutter einen meterlangen Musselin-Schleier hinter sich her, den sie, nachdem sie sich platziert hatte, mit einem kleinen Tritt ihrer samtenen Pumps gefällig um die vergoldeten Klauenfüße des englischen Sitzmöbels drapierte. Obschon ihre ornamentale Toilette jede Bewegung nahezu unmöglich machte, pflegte sie während des Abendessens, das sie im Übrigen kaum anrührte und oft mit geschürzten Lippen zurückgehen ließ, mit schwachen und hektischen Zügen parfümierte ägyptische Zigaretten zu rauchen, zu welchem Zwecke sie ihren bleichen Unterarm nachlässig auf die Tafel stützte. Sie hatte Schwanenarme, an ihren schmalen schneeweißen Schultern befestigt wie angeklebt. Bisweilen ergriff sie mit anmutiger Gebärde den Champagnerkelch, und man jubelte ihr zu. Der Tuttigeiger spielte den Krönungsmarsch aus dem *Propheten*. Ansonsten beschränkte sich Atlantas Mutter bei Tische auf ihre reine Anwesenheit. Sie krönte die Tafel, verloren und versunken wie eine andalusische Marquise ins Gebet. Die Finger ihrer freien Hand lagen lose um den Fuß des Kelches. Um den Ringfinger schmiegte sich ein duffsilberner Reif.

Blutend darauf ein Rubin. Langsam löste sich vom Grunde des Kelches eine Perle und schwebte aufwärts.

Ab und an jedoch kam Leben in die Hausherrin, dann warf sie sich zur menschenkundigen Sachverständigen auf – sie war immerhin psychologisch geschult – und äusserte Zwischenrufe in der Art wie: »Das ist doch Kadavergehorsam! Das ist doch *pathologisch*! Das ist doch *pseudologisch*.«

An manchen Abenden eilte Atlantas Mutter bei Gustavs Ankunft mit gastlich ausgebreiteten Armen auf ihn zu und umfing ihn liebreich, als hätte sie ihn jahrelang nicht gesehen und sich nach ihm gesehnt wie nach einem verlorenen Sohne. Bisweilen ließ sie sich ihn umständlich vorstellen und setzte ein stereotypes Lächeln auf. »Atlanta hat mir sehr wenig von Ihnen erzählt«, sagte sie dann. Bisweilen missachtete sie ihn. Gustav blieb ungerührt. Er hatte Schlimmeres erlebt; bei jedem Mittagessen im Fischtal erlebte er Schlimmeres. Außerdem begegnete die Hausherrin allen Gästen mitunter wie Fremden. Das war schließlich auch kein Wunder angesichts der strapaziösen Vielzahl gesellschaftlicher Verpflichtungen, die auf ihren zartschimmernden Schultern lastete, Schultern, denen man doch nicht einmal den Druck eines Spaghettiträgers hätte zumuten wollen. Dann wieder schätzte und begünstigte sie Einzelne, denen man gesellschaftlich nicht die geringste Bedeutung nachsagte, aus irgendeiner Laune, indem sie während des Tischgesprächs hin und wieder das Wort an sie richtete oder vielleicht zweimal ihre Namen nennen würde. Doch stets war es für alle Anwesenden sehr einfach, sich mit Atlantas Mutter zu unterhalten, denn ihre Meinung stand immer im Voraus fest. Sie gehörte zu den Frauen, deren Geist gradlinig ist wie ein französischer Garten. Da gibt es nirgends Überraschungen, aber alles ist großzügig angelegt und reizend.

Gelegentlich jedoch hatte sie ihre Momente. Dann würde sie unvermittelt das Tischgespräch unterbrechen und, indem sie einen vage alarmierten Ausdruck aufsetzte, darauf hinweisen, dass die Familie vor dem Ruin stünde, bekanntlich. Mit vollkommener Ergebenheit in die als unabänderlich hingenommene Macht des Schicksals sagte Atlantas Mutter dann etwas in der Art wie: »Wir haben wohl bald überhaupt kein Geld mehr. Die Lage unserer Finanzen ist lamentabel.«

Dazu entließ sie aus ihrer Brust einen Seufzer, der ihren Busen schwellen ließ und das petunienrote Gewand von oben bis unten durchzitterte. Daraufhin warf sie einen inquisitorischen Blick auf Atlantas Vater, ihren Ehegatten, der freundlich lächelnd sein Essen verzehrte. Dies war überhaupt seine hauptsächliche Beschäftigung. Allerhöchstens sah er gelegentlich auf und streifte seine Gattin mit einem prüfenden, leicht verwunderten Blick, wobei er die dicken Brauen, die wie schwarze Wülste seine Stirn begrenzten, ein klein wenig aufhob. Bizarr und fast unheimlich an seinem kahlen Kopf aber wirkten die gigantischen, fleischigen und abstehenden Ohren, deren zeichentrickfigurähnliche Gestalt mit den weitschaligen Muscheln in Flamingorosa Gustav nur eine weitere Theorie seiner Großmutter zu bestätigen schienen: dass Mutter Natur nämlich die vorzüglich notwendigen Organe an ihren Geschöpfen oft hypertrophiert.

Natürlich sprach man bei Tische angeregt und mit dem, was man für eine scharfe Zunge hielt, über den jeweiligen Senator, der die schöngeistigen Angelegenheiten der Stadt regierte und in jenen Tagen häufig wechselte. Bei Hamann-Konfekt und kalifornischem Champagner stellte man wilde

Mutmaßungen an über die spezielle Gewogenheit des jeweiligen Amtsinhabers gegenüber jenem Museumsvorhaben, an dessen Spitze Atlantas Vater stand. Dieser jedoch sagte zu all diesen Dingen beinahe nichts, und wenn er sich äußerte, dann hatte er eine Art, Neuigkeiten so zu dementieren, dass man sie erst recht glaubte, und Gerüchte so zu bestätigen, dass jeder zu zweifeln begann. Naive Leute hielten ihn für bescheiden, aber während Bescheidenheit bei mittelmäßigen Fähigkeiten bloße Ehrlichkeit ist, ist sie bei bevorzugten Existenzen reine Heuchelei, geheuchelte Demut, mittels welcher man in einer von niederträchtigem Neide strotzenden Welt für Vorzüge und Verdienste die Verzeihung derer erbetteln will, die keine haben. So hatte Gustav es von seiner Großmutter gehört.

»Neulich war ich mit Atlanta auf der Sparkasse«, sagte Atlantas Mutter und blies den Rauch der ägyptischen Zigarette in die Luft, »wir wollten Geld von deinem Konto.«

Bei diesen Worten musterte sie ihren Gatten erneut. Dieser aß still.

»Nun«, sagte Atlantas Mutter, und ihrer Brust entrang sich ein Seufzer, »das Konto war leer. Es war *nichts* mehr da. Zweifellos kann sich hier jeder vorstellen, wie furchtbar unangenehm diese Situation für mich gewesen sein muss.«

Atlanta hatte von ihrer Mutter das klassische Ebenmaß ihrer Gesichtszüge geerbt, ein griechisches Profil mit hohen Wangenknochen, dazu das schwarze Haar, das sich in Wellen und Locken von der durchsichtigen Blässe ihres Gesichtes abhob. Atlanta und ihre Mutter schienen mit Bleiweiß gepudert zu sein. Ihr ovales Antlitz gipfelte in einer kleinen, etwas aufgeworfenen Nase, die in den Schatten gestellt war von einem breiten Mund, der pausenlos bewegt wurde, wobei unter schmalen, erdbeerrot gefärbten Lippen eine Reihe makelloser Zähne aufschien. Mutter und Tochter besaßen kreisrunde Augen, üppig bewimpert und mit bernsteinfarben gesprenkelter Iris um große Pupillen. Atlanta und ihre Mutter schienen sich Atropin in die Augen geträufelt zu haben. Im mildesten Falle.

6

Nach dem Dessert, das bei Atlantas Eltern zweifellos nicht aus der Dose kam, bewegte sich die Gesellschaft ins Musikzimmer. Atlanta stolzierte auf zehn Zentimeter hohen Absätzen, die sie nicht perfekt beherrschte. Sie trug überaus eng drapierte Kleider, vorzugsweise aus Seidencrêpe, so dicht gewoben, dass der feine Stoff glänzte. Außerdem hatte sich Atlanta eine gewaltige Schärpe aus blassgrüner Boucléseide um den Leib geschlungen, deren breite Bahn hinter ihr herschleifte, eine Schneise auf das Parkett zog und verschwenderisch dessiniert war mit eingewobenen Blumenmustern, verschlungenen Wellenlinien aus feinsten Goldfäden und Tupfen aus Strass und Perlen.

Atlanta würde nun singen. Dazu begleitete sie sich selbst auf einem schwarzen Blüthner-Flügel. Bevor sie die ersten Töne anschlug, schleuderte sie nach dem Vorbild ihrer Mutter ihre Schleppe um die ebenhölzernen Beine des mächtigen Klavierhockers im frühgeorgianischen Stil.

Atlanta sang einige der fabelhaften Songs aus der Feder jenes amerikanischen Millionärs, der sein Leben stets als gesellschaftliche Veranstaltung betrachtet hatte. Diese Lieder erforderten keine große Stimme. Ihre geistreiche Sinnlichkeit verlangte vielmehr Theatralik. So ließ Atlanta keine Gelegenheit aus, die Lippen zu schürzen und mit den üppig bewimperten Lidern zu schlagen. Gleichzeitig verwandelte sich ihre durch eine russische Gesangslehrerin gut ausgebildete Stimme bezaubernd und stieg mit silberhellem Sopranglanz klar, zart, lieblich, unendlich mild und betörend in lichte Höhen.

Atlanta sang *Anything Goes* oder *You're Sensational* und, mit besonderer Emphase, *Laziest Gal in Town*. Ihr prachtvoller Busen, aus dem sie ungeheuren Atem schöpfte und den die dienstbare Palästinenserin überaus vorteilhaft mit petunienrotem Seidencrêpe drapiert hatte, hob und senkte sich im Takte der Melodie. Ihre monströse Armbanduhr blitzte blendend im Lichte der Lüster, das ein mit Seeopal besetzter Reif, der auf der glänzenden Woge ihres Haares ritt, wie einen irisierenden Glorienschein zurückwarf.

Gustav stand in gefälliger Pose vor einem venezianischen Piedestal, das eine achtflammige Girandole trug. Er hielt ein Glas Champagner in der leicht zitternden Hand, runzelte aus rein mimischen Gründen ein wenig die Stirne, lächelte freundlich und war sich selbst ein Wohlgefallen.

»Es ist ein weitverbreiteter Irrtum«, dachte er, »dass glückliche Menschen schöner aussehen. Mit diesem Satz entschuldigen einfache Leute, die sich ja immer für unglücklich halten, nur ihre fehlende Attraktivität. Stattdessen verhält es sich so, dass schöne Menschen glücklicher scheinen. Wer hübsch ist und die Welt zu lieben scheint, der gefällt ihr …«

Als er bis hierhin gedacht hatte, wurde Gustav aufgeschreckt. Er war just in der Verfassung, sich vollkommen in der mit Champagner beträufelten Kette seiner unbestimmten Gedanken zu verlieren, die sich mit Atlantas Klavierspiel und Gesang so angenehm zu einem nebulösen Traumgespinst verschlungen hatte. In diesem Moment aber trat ein livrierter Kellner zaghaft an ihn heran, ein silbernes Tablett mit frischen Gläsern balancierend. Der Kellner trug eine kurzärmelige, weißleinene Phantasieuniform, die mit golddurchwirkten Epauletten und glutroten Tressen besetzt war und seine blondbehaarten Unterarme sehen ließ.

Etwas scheu präsentierte er Gustav das Tablett mit einem flüchtigen Lächeln, das wohl aufmunternd gemeint war, aber ein wenig ins Grimassierende missriet. Aus seinen Gedanken gerissen, machte Gustav unwillkürlich einen Schritt zurück. Die Kristalle der Girandole klimperten drohend.

Der Kellner verfügte über aufgeworfene, aprikosenfarbige Lippen von scharfer Kontur, was Gustav nicht entging. Jede Ermunterung war ansonsten in Gustavs Fall völlig überflüssig. Überaus dankbar und möglicherweise ein wenig zu hastig tauschte er sein Glas aus, was nun dem armen Kellner seinerseits offensichtlich einen kleinen Schrecken versetzte. Gustav gab ihm das flüchtige Lächeln zurück. Der Kellner entfernte sich hurtig.

»Nun«, dachte Gustav, nachdem er einen tiefen Schluck Champagner genommen hatte, »glücklicherweise gibt es Ausnahmen. Niemand ist dafür dankbarer als ich. An Reiz schwerlich zu übertreffen sind bekanntlich Personen, deren Attraktivität unpassend und deplatziert scheint, weil sie eine Rolle ausüben, für die Schönheit sich nicht ziemt. Wahrscheinlich sind diese Menschen nur aufgrund einer unseligen Verquickung praktischer Widrigkeiten überhaupt dazu gezwungen, in den falschen Verhältnissen zu leben. Und da Schönheit stets einschüchtert, werden sie schamhaft.«

»Das erinnert mich an Neuguinea«, meldete sich plötzlich neben ihm ein Herr in den Vierzigern, dessen fahles, zerfurchtes, auf der Höhe der Wangenknochen rotgescheuertes Gesicht stark an einen geschrubbten Küchenfußboden erinnerte. Das war Krattenbeck, Nestor Krattenbeck, Sohn eines vermögenden Textilfabrikanten, abgebrochener Student der Wirtschaftswissenschaften und darüber hinaus – eigentlich nichts. Nestor Krattenbeck lebte von Dividenden und war damit das, was Gustavs Großmutter »verkracht auf hohem Niveau« zu nennen pflegte. Derartige Prädikate hätten Krattenbeck nicht zu kümmern brauchen, denn er war reich. Doch weil die Reste der preussischen Hierarchie ihn von den oberen Zirkeln der Reststadt entweder ausschlossen oder, wenn sie ihn ausnahmsweise zuließen, ihm dort Demütigungen zu kosten gaben, so haderte er mit seinem Lose. Deswegen war er gerne bei Atlantas Eltern, denn die kamen aus München und kannten keine solchen Vorurteile. Und außerdem hatte Nestor Krattenbeck damit begonnen, sein Leben zu füllen, indem er ständig unterwegs war. Er bereiste den Erdball, er verstand sich als Abenteurer und Entdecker, ein Polyglotte, ein neuer Winckelmann, und es gab nichts, was ihn nicht an irgendeinen Ort auf der Welt erinnerte.

Nestor Krattenbeck hatte eine Vortragspause von Atlanta genutzt, um die Unterhaltung zu eröffnen, die er, ohne eine Erwiderung abzuwarten, unverzüglich fortsetzte und zwar mit der lustigen Geschichte, wie er neulich in Port Moresby wegen Erregung öffentlichen Ärgernisses festgenommen worden war und die erste Gefängnisnacht zusammen mit einem schieläugigen Kuppler und einem syphilitischen Dieb mehr schlecht als recht hinter sich gebracht hatte. Gustav betrachtete indessen den reichbetressten Lakaien, als müsste er dessen Porträt malen. Dabei dachte er an den Gemeinplatz von der lasterhaften Phantasie, die angeblich hinter züchtig gesenkten Augen ihr Unwesen treiben soll. Nichts passierte. Doch. Krattenbeck war soeben fertig geworden mit seiner mondänen Anekdote.

Gustav lächelte freundlich, nicht ohne die Stirn in Falten zu legen, und sagte: »Das ist ja 'ne tolle Geschichte. Die sollten Sie in Ihrem Tagebuch erwähnen, dann freuen sich Ihre Kinder darüber, wenn Sie tot sind. Falls Sie jemals Kinder haben werden.«

Innerlich aber sagte er zu sich: »Verkracht auf hohem Niveau!«

Dann dachte er daran, dass er von seiner Großmutter gehört hatte, dass man auch ein bisschen Verständnis aufbringen müsste für die Angeber, die Blagueure und Prätendenten, Menschen ohne Ahnen und Geschichte, in deren Nabobantlitz die Ohnmacht Fratzen schnitt. Denn es gehörte schließlich zur menschlichen Seele, dass jede brave Durchschnittsperson sich einmal, sei es im Schwunge der Jugend oder der Überspanntheit des Alters, und wäre es nur einen Tag, eine Minute lang, unendlicher Leidenschaften und hoher Taten fähig fühlte. Das schien den Durchschnittsmenschen das Leben zu erleichtern.

Irgendwann, meist kurz vor Mitternacht, stand Atlantas Mutter abrupt auf, hauchte ein »Auf Wiedersehen« in die Runde und ging. Gustav folgte ihr mit einem müden Blick und sah, wie auf ihrem roten Rücken die Jettperlen blitzten.

23. KAPITEL

Nachts

I

Wenn Gustav nachts oder frühmorgens zurück ins Fischtal kam, gehörte das Haus ihm. Er liebte das, ebenso wie das Ausgehen selbst. Wenn er nicht zum Abendessen in der weißen Villa oder sonstwo eingeladen war, besuchte er die zahllosen Nachtlokale, die die Halbstadt zu bieten hatte, wobei er in Gesellschaft von alten Freunden oder mehr oder weniger flüchtigen Bekanntschaften bessere Adressen ebenso frequentierte wie zweifelhaftere. Hier gab sich der nachtwache Teil der Bevölkerung ein Stelldichein, und der nachtwache Teil der Bevölkerung war nicht klein, in West-Berlin. Inmitten jenes eitlen Auftriebs der Sünder und Narren, die willig und bedenkenlos jedem sinnverwirrenden Reize hinterher stolperten, ging es Gustav fabelhaft. Mit milder Herablassung beneidete er die Sünder und Narren, die Ausgestossenen und Danebenstehenden um ihre scheinbar vollkommene Freiheit. Natürlich hielt er Abstand. Das war ihm ja so beigebracht worden. Und ein Mangel an Teilnahme schien auf eine befremdende und lähmende Weise in seinem Wesen ohnehin ausgeprägt zu sein. Aber er wurde süchtig nach Gesellschaft, weil nur in Gesellschaft seine Nervosität und sein Nichtstun, das Schwebende und Substanzlose seiner Existenz den schmeichelhaften Anschein höherer Beschäftigung gewannen. Gustav wirkte sorglos und unterhielt sich ohne Pause, auch wenn ihm soeben ein Paar

Aasgeier die Leber abfraß. Oder der soundsovielte Dirty Martini.

Die letzten Jahre seiner Schulzeit, die zugleich die letzten Jahre sein sollten im Leben der eingemauerten Stadt, der künstlichen Insel, waren für Gustav im Grunde ein einziges Vergnügen. Die Sicht war gnädig verschleiert durch sanfte Sommerluft und milden Blütenduft, der über dem Garten des Fischtal lag, diesem herrlichen Garten mit seinen friedlichen Wegen aus bleichem Sandstein, mit seinen Treppen und Stelen, Stufungen und Winkeln, mit seiner Vielzahl von terrassenartig erhöhten kleinen Landschaften, Bosketten und Rabatten, lustig anzusehenden Bäumen, Hecken und Schluchten voll wilden Geranks … Und niemand von Gustav und seiner Gesellschaft wäre auf die Idee gekommen, mal den Kopf in den Nacken zu legen und himmelwärts zu blicken, wo sich ein Gewitter ohne Donner vorbereitete, wo sich eine riesige schwarze Wolke brodelnd über die Erde wälzte. Niemand in dieser Gesellschaft konnte ahnen, dass die Stadt dem Untergang geweiht war. Sie schien einer jener Orte auf Erden zu sein, die ganz von selbst das Glück hervorbringen. Niemand vermutete, dass an diesem arkadischen Haine bereits gesägt wurde, die Postamente des Tempels zertrümmert waren und die Feen die Beine in die Hand genommen hatten. In kindlicher Sehnsucht hielt man die pompöse Kulisse für unangreifbar, willig und halb betäubt nahm man Attrappe und überspanntes Verwirrspiel für bare Münze, ganz wie es sich gehörte für Sonntagskinder. Nach dem Zwecke des eigenen Daseins in dem unerforschlichen Haushalt der Welt fragte man lieber nicht. Man hatte nicht viel zu tun, und man war von Hause aus unfähig, zu verstehen, was man selbst nicht empfand. Die vornehmste Pflicht hieß Selbsterkundung. Eitelkeit fasst schließlich alle Leidenschaften in sich.

Man ging auch in Clubs wie den *Dschungel* oder den *Damaschke Night Club*, in Letzteren allerdings nicht mehr oft, nachdem Atlanta, seit je nicht ganz komfortabel auf ihren zehn Zentimeter hohen Absätzen, dort mal beim Reinkommen ausgerutscht und der Länge nach hingefallen war, was die Aufmerksamkeit der übrigen Gäste schlagartig auf ihre Person gebündelt und eine Art von Beifall in der Form aufmunternden Gemurmels hervorgerufen hatte.

»Die Fallnummer fand ick voll jut!«, bemerkte später im Vorbeigehen anerkennend eine Gestalt mit einer gewaltigen New-Wave-Frisur.

»Dankeschön!«, erwiderte Atlanta mit einem frischen Lächeln, »aber ich kann nicht gerade sagen, dass ich stolz darauf wäre.«

»Also«, erklärte hierauf spontan die New-Wave-Frisur, »also wenn ick 'ne Liste machen müsste von allen Dingen, auf die ick mich stolz bin, wäre die länger als der Tresen hier!«

»Ach, das ist nett«, sagte Atlanta und schürzte die erdbeerroten Lippen, »wie heißen Sie eigentlich?«

So kam es, dass Atlanta, als sie in ihrer gewaltigen Handtasche nach einem Stück Papier suchen wollte, um die Telefonnummer der New-Wave-Gestalt aufzuschreiben, unglücklicherweise die Tasche verkehrt herum öffnete. Eine Lawine von Gegenständen begrub das Lokal unter sich.

Gustav warf einen Blick auf die Bescherung und sagte tonlos: »Lieber Himmel, ich wünschte, mein Leben könnte ewig so weitergehen.«

2

Wenn Gustav nachts zurück ins Fischtal kam, dann gefiel es ihm, sich noch etwas im düsteren Wohnzimmer auszuruhen und sein Leben zu betrachten. Er setzte sich in einen der beiden massiven englischen Ohrensessel, die den Eindruck der Unzerstörbarkeit erweckten und mit steinhartem Tuch beschlagen waren. Das Tuch war obendrein kariert, beim rechten Sessel grün-blau, beim linken Sessel, in dem Gustavs Großvater gern gesessen hatte, rot-blau. Die Ohrensessel flankierten ein riesiges und ziemlich rustikales spanisches Sofa, ein Monster auf acht spulenförmig gedrechselten Beinen, die mit Stegen verbunden waren. Am linken Ende des Sofas, neben der Flügeltür zur Terrasse, lag verlassen der Platz von Gustavs Großmutter, von deren Anwesenheit noch eine zurückgelassene zerknüllte Kamelhaardecke zeugte, denn wie üblich hatte sie um zehn Uhr den Fernseher ausgeschaltet, mitten im Programm, und war zu Bett gegangen.

Gustav war müde, aber auf eine angenehme Art, auf eine Art, die sich nicht darum kümmerte, dass er morgens in die Schule musste. Er tröstete sich einfach mit der Regel, dass der Mensch entweder mit acht Stunden Schlaf oder aber mit weniger als fünf gut versorgt sei. Er trank Instant-Kaffee mit heißem Leitungswasser und aß dazu ein paar staubtrockene Ingwerstäbchen oder etwas uralte Hamann-Schokolade. Manchmal besah er flüchtig einige der Bücher, die sich auf den flandrischen Marmorplatten eines dreiteiligen Stapeltischchens mit vergoldetem Unterbau stapelten sowie einen daneben stehenden Satz Regency-Büchertische aus Mahagoni überfüllten. Zwischen wankende Türme aus Büchern hatte jemand alte Briefe und allerlei Papier gestopft. Verblasste Postkarten, die als Lesezeichen fungierten, ragten aus den Seiten und spalteten den staubigen Goldschnitt wie eine Haifischflosse. Auf dem Sofa spreizte sich das Buch, das Gustavs Großmutter zuletzt gelesen hatte, mit dem Rücken nach oben.

In Gustavs Welt ließ man sich gelegentlich zu der Bemerkung hinreißen, persönlich hätte man ja dieses und jenes Buch immer *ganz gern* gelesen, bekanntlich. (Den Gegenpart zu *ganz gern* bildeten Formulierungen wie *furchtbar anstrengend.*) Man sah Kunst bestenfalls ganz gern, sie hatte den Augen zu schmeicheln, das Leben zu dekorieren und die Nerven zu beruhigen. Kunst sorgte für Gesellschaft, für Ablenkung auf der Suche nach Zerstreuung. Kunst hatte zu schmücken, den Abgrund des Lebens zu überdecken und unterschied sich in dieser Aufgabe nicht von der restlichen Staffage des Hauses, zum Beispiel den hohen Bodenvasen in Urnenform aus der Königlichen Porzellan-Manufaktur, die links und rechts neben dem eisigen Kamin aus schwarzem Marmor standen.

Gustav konnte in der Ausstattung des Hause niemals irgendetwas Bedenkliches, Ungesundes oder Frivoles erkennen. Wir würden unseren Helden überfordern, wenn wir ihm zumuteten, zu durchschauen, dass bereits die Kulisse, in der er hier nachts saß und Nescafé trank, verriet, dass die Familie wohl keine großen Aussichten mehr hatte. Mit der ersten Generation, der Generation seiner Großeltern, die eher durch glückliche Umstände und irreguläre Begabungen als durch zielsichere Tüchtigkeit den gesellschaftlichen Aufstieg erreicht hatte, waren auch schon Überreizung und Erschöpfung mit in dieses Haus gezogen, und nun welkte das überflüssige Mobiliar mit seinem Zierrat, seinen opulenten

Formen und gefälligen Schnörkeln dahin und verfiel zur Requisite. Eine nervöse Veranlagung und die Zugeständnisse und Vernachlässigungen, die man sich des praktischen Vorwärtskommens und der glatten Oberfläche wegen abgerungen hatte, sorgten dafür, dass man schon in der zweiten Generation dem Erbe nicht gewachsen war. Man hatte es vorgezogen, sich halb willentlich mit Unglück und Nervenschwäche zu intoxikieren, in der Hoffnung, vom Leben suspendiert zu werden.

Auf dem flachen Tisch aus Eiche, der vor dem Sofa stand, hatte Gustavs Großmutter ihr Frühstücksgedeck präpariert. Das tat sie jeden Abend vor dem Zubettgehen. Das unabänderliche Arrangement bestand aus einem tiefen Neuosier-Teller, in den Gustavs Großmutter einen Berg trockener Haferflocken füllte. Neben den Teller platzierte sie einen stumpfen Silberlöffel, verbeult und verbogen durch jahrzehntelangen Gebrauch. Am Kopf des Gedecks stand eine große Tasse für Tee, deren Boden sich durch tägliche Benutzung pechschwarz verfärbt hatte. Gustavs Großmutter trank zum Frühstück Tee, aber sie liebte dieses Getränk nicht, und sie sagte ihm, wie es Alkoholtrinker und ehemalige Alkoholiker gern tun, allerhand Böses nach.

Mit beträchtlicher Lautstärke hantierte Gustavs Großmutter jeden Abend mit dem Neuosier-Porzellan, und falls Gustav um kurz vor zehn rein zufällig zuhause war, weil er sich aufs Ausgehen vorbereitete oder von Lilli abgeholt wurde, so hörte er noch im ersten Stock deutlich das Klappern der Teller und das Ticken der Pfennigabsätze. Seine Großmutter rannte durch das Erdgeschoss wie ein Reh vor den Treibern.

»Ist sie verwirrt?«, fragte Lilli.

»Eher ein wenig aufgedreht«, erwiderte Gustav.

»Aufgedreht auf eine Art, die vielleicht auf Medikamente ansprechen würde?«, fragte Lilli.

»Gewiss nicht«, erwiderte Gustav, »bei ihr dürfte gar nichts mehr auf Medikamente ansprechen.«

Wenn Gustav nachts im Fischtal saß und vor dem Platz seiner Großmutter dieses ewig gleiche Gedeck betrachtete, dann wunderte er sich darüber, dass sie stets dieselbe Tasse nahm, denselben Teller und denselben Löffel, obschon die Wandschränke gefüllt waren mit Unzähligen dieser Tassen, Teller und Löffel. Gustav ließ die Wahl dieses ewig gleichen Zubehörs vermuten, dass seine Großmutter auch bei kleinsten Anlässen an einer versteinerten Etikette und Routine festhielt, die es ihr ermöglichte, ein einigermaßen geregeltes Leben vorzutäuschen. Im Übrigen war der Anlass gar nicht so klein. Das Frühstück war ja eigentlich eine Sensation in einem Tagesablauf, in dem sich sonst nichts ereignete.

Früher war hier mehr los gewesen. Da hatte man die Mahlzeiten am Esstisch eingenommen, der dort hinten in der Düsternis schwarz und schweigend stand. An diesem Tisch hatten entsetzliche Mahlzeiten stattgefunden, vor Jahrzehnten, Mahlzeiten, in deren Verlauf Gustavs Großmutter irgendwann die Gabel sinken ließ, mit der sie missmutig in ihrem Essen herumgestochert hatte, um in den Raum hinein, betonungslos und mit der vollkommenen Ruhe, in die ein gewaltiger Zorn sich zuweilen panzert, festzustellen: »Ich kann diese Visage nicht mehr sehen.«

Außerdem hatten sich im Wohnzimmer bekanntlich auch noch handfestere Auseinandersetzungen ereignet. Noch in den frühen siebziger Jahren, während ihres ersten Staatsexamens, hatte Riekchen einen Anruf von ihrem Vater erhalten, der ins Telefon schrie: »Sie bringt mich um! Sie bringt mich um!« Und das war nicht metaphorisch gemeint.

»Sie hatte erst mit Malzkaffeebechern geworfen und war ihm dann an die Gurgel gegangen«, erzählte Riekchen, »ich musste die Amtsärztin rufen. Das war furchtbar. Die gesamten sechziger Jahre in diesem Haus waren furchtbar. Ein Albtraum.«

Riekchen war als Jüngste von den Geschwistern Ende der sechziger Jahre im Fischtal sozusagen zurückgelassen worden; nur Tutti hatte kurz erwogen, sie nach München zu holen, ein Plan, der nie in die Tat umgesetzt wurde. Wobei er gewiss nicht am aktiven Widerstand von Gustavs Großeltern gescheitert war, denn die hatten genug mit sich selbst zu tun.

»Wir Kinder waren verwahrlost auf hohem Niveau«, sagte Riekchen, »wir hatten nur einander und sonst niemanden, der sich für uns interessierte. Die Tage liefen so ab, dass mein Vater abends aus der Klinik kam und meine Mutter ihm betrunken entgegenwankte. Irgendwann fingen sie dann an, sich anzuschreien. Es war schon ein guter Abend, wenn sie sich zum Schluss nicht durch die Glastüren drückten. Es war ihnen völlig egal, ob wir Kinder im Hause waren oder nicht. Wir waren ja nie sehr präsent, aber in diesen Augenblicken existierten wir für sie schlicht nicht. Und am nächsten Tag verlor man kein Wort darüber. Wir haben sowieso nachmittags so wenig wie möglich mit unserer Mutter gesprochen. Wir wollten die schwere Zunge nicht hören. Sie trank zum Mittagessen Gin Tonics, legte sich ein paar Stunden hin, stand auf und trank weiter. Manchmal, wenn sie sich abends mit meinem Vater anschrie, hatte ich Angst, einer der beiden kriegt einen Herzinfarkt und fällt tot um.«

24. KAPITEL

Schwerste Zeiten für Atlanta (und nicht nur für sie)

1

Die Nerven sind ein preussisches Problem. Friedrich der Große hatte mit ihnen zu kämpfen, und berühmt wurde Bismarcks Weinkrampf in Nikolsburg 1866, als er den sofortigen Friedensschluss mit Österreich forderte, darüber mit seinem König so heftig zusammenprallte wie noch nie und danach monatelang krank war. Und mit dem Nervenkostüm Wilhelms II. stand es sowieso nicht zum Besten.

Atlanta kam aus München, doch auch ihre Nerven waren keine Batzenstricke. Irgendetwas war schiefgegangen. Sie sah ihrer Zukunft nicht gerade mit Grauen entgegen – das wäre ein zu lebhaftes Gefühl gewesen –, wohl aber mit einem für ihr Alter recht ungewöhnlichem Widerwillen. Was sollte sie sich wünschen? Was sollte sie begehren? Vermögen, Geist, Schönheit – alles hatte der Zufall ihr mit vollen Händen gespendet. Und so entfaltete sich in ihr ein bohrender Groll, ein ohnmächtiger Trotz gegen ihr Glück.

Aus diesem Trotz heraus begann Atlanta, sich der Vergötterung einfacher Leute zuzuwenden. Mehr und mehr verbrachte sie ihre Nachmittage bei künstlichem Licht in der streng abgedunkelten Bibliothek der weißen Villa. Mit einer betongrauen Tonerde-Maske aus dem Reformhaus auf dem Gesicht lag sie auf einer Louis-Quinze-Chaiselongue. Wenn Gustav sie besuchte, hielt sie Monologe über die herrliche, helläugige Frische und blonde Wohlanständigkeit der einfachen Leute, ihre geistlose Gesundheit, die Atlanta nur umso reizvoller erschien, als sie absichtslos und ohne Mühe sich behauptete.

»Du kennst doch gar keine einfachen Leute«, gab Gustav zu bedenken.

»Natürlich«, widersprach Atlanta, »ich kenne den Postboten!«

Sie widersprach mit einem ganz kleinen Mund, weil die Tonerde allmählich erhärtete, und Atlanta deswegen die erdbeerroten Lippen nur noch schwach bewegen konnte.

»Ist der Postbote blond?«, fragte Gustav.

»Himmel, nein!«, antworte Atlanta ungeduldig (wobei die Tonerde aufriss), »Durchaus nicht! Der Postbote hat einen Haarkranz und eine Figur wie Jabba the Hutt! Es geht hier bloß um die *Theorie*!«

Atlanta durchlitt also die Theorie, und zwar in Form aller Qualen jener hoffnungslosen Liebe, die der überreizte Geist dem Gewöhnlichen entgegenbringt, sofern das Gewöhnliche nur wohlgewachsen ist. Und während Atlanta dies durchlitt und auf der Chaiselongue die Tage verseufzte, trank sie aufgelöste Magnesium-Tabletten durch einen Strohhalm, und im Hintergrund liefen die *Wunschhits* auf RIAS 2, wo regelmäßig Leute aus dem Osten anriefen und so was sagten wie: »Hallo, hier is die Moni aus Marzahn, und ich wünsche mir *Wonderful Life* von Black!« (Die Hörerschaft im Osten war wohl auch der Hauptgrund dafür, dass die Moderatoren beim RIAS vor und nach dem jeweiligen Wunschhit eine rücksichtsvolle Pause machten, zum Mitschneiden.)

»Ich möchte mal wissen«, seufzte Atlanta, »wie Moni aus Marzahn überhaupt an ein Telefon rangekommen ist.«

Ansonsten sagte Atlanta nicht viel. Wenn man sie ansprach, gab sie keine Antwort. Außerdem sah sie nur wenige Personen. Im Übrigen konnte sie kaum sehen, weil die Tonerde ihre Lider zementierte. Gelegentlich bestellte sie die palästinensische Schneiderin zur Anprobe. Danach musste sie sich stundenlang ausruhen. Ab und an erhob sie sich am späteren Nachmittag von der Chaiselongue, um ein paar Verpflichtungen wahrzunehmen. Dann konnte man sie in der *Abendschau* des Senders Freies Berlin sehen, wenn von Ausstellungseröffnungen oder Einweihungsfeierlichkeiten oder den Begrüßungszeremonien für Gäste der Stadt berichtet wurde oder darüber, wie Herr Lagerfeld seinen neuen Duft in der Paris Bar präsentierte. Atlanta war anwesend, eingenäht von der treuen Palästinenserin in opulente Taftkleider. Sie würde in rasendem Tempo einige Canapés verschlingen und dazu in atemberaubender Geschwindigkeit konversieren. Auch ohne Ton war deutlich zu sehen, wie Atlanta sinnlose Füllwörter übermäßig betonte.

Atlantas Mutter hatte den problematischen Zustand ihrer Tochter anfangs getadelt, war dann jedoch alsbald auf ihre bewährte Lebens- und Erziehungsmaxime umgeschwenkt, die sie, als ausgebildete Psychotherapeutin, auf sämtliche Daseinsprobleme zur Anwendung brachte und in folgenden vier Worten zusammenfasste: »Gar nicht darauf eingehen!«

Denn Atlantas Mutter war, wie alle Mütter, die Gustav kannte, mit ihren eigenen Sorgen beschäftigt. Die Abendessen in der weißen Villa fanden viel seltener statt als zu den Anfangszeiten von Atlantas Familie in Zehlendorf; die Verspätungen, mit denen ihre Mutter zum Souper erschien, wurden immer gewaltiger, manchmal fehlte sie ganz. An einem Abend stieß Gustav, der soeben zum Dinner erschienen war, mit ihr im Entrée zusammen. Mit dem Gesichtsausdruck irrsinniger Heiterkeit hob Atlantas Mutter ein Streichholz zwischen Daumen und Zeigefinger empor wie einen Taktstock. Dabei rutschten tonnenschwere Armbänder, die Zehntausende gekostet haben mussten, schmeichelnd ihren Unterarm hinab in die galonierten Ärmel ihrer Abendgarderobe.

Mit dünner Stimme sagte sie: »Ich gehe jetzt zündeln!« – und verließ das Haus.

Gustav und Atlanta folgten ihr besorgt – und sehr langsam, weil Atlanta in ihrem fessellangen Kleid aus Seidentüll und Chantillyspitze nur winzige Schrittchen zustande brachte. Sie war wirklich nicht gut auf hohen Hacken. Außerdem verfing sich ihr mit Rabenfedern besticktes Cape von Zeit zu Zeit an Sträuchern und Buschwerk, das hier übrigens sehr hübsch zurechtgeschnitten war, denn Atlantas Eltern waren der Auffassung, dass Natur aus sich selbst heraus niemals schön sein könnte, sondern der Stutzung, Dressur und Züchtigung bedürfe. Wenn man Landschaft nicht erträglich zurichte, so hatte Atlantas Mutter neulich beim Abendessen erklärt, dann gelte sie nicht viel mehr als eine miserabel bemalte Leinwand, samt dem berühmten Himmel, in den die einfältige Menschheit etwas wie einen obersten Gerichtshof für ihr törichtes Gebaren versetzt hatte.

Sie fanden Atlantas Mutter im hinteren Teil des Gartens. In einem entlegenen Winkel neben dem Kompost stand sie vor einem Laubhaufen, aus dem eine Rauchsäule in den nächtlichen Himmel emporstieg, die zweifellos meilenweit zu sehen war. In dem Laubhaufen steckte ein gelber Gartenschlauch, den Atlantas Mutter in der Hand hielt. Offensichtlich löschte sie die Flammen, die sie soeben entfacht hatte.

»Ich habe doch lieber aufgehört«, schrie sie mit brüchiger Stimme durch den Garten. Dann lachte sie heiser und irre.

2

Lilli war weniger gefährdet. Lilli hatte eine praktische Ader und konnte zur Not ein Mercedes-Rücklicht reparieren. Sie hatte auch keine Großmutter zuhause. Lillis Großmutter hatte in hohem Alter bei einem Besuch auf dem Waschraum im Kempinski das Zeitliche gesegnet, was Lillis Vater, der bekanntlich Medizin-Professor und Internist und, im Gegensatz zu den meisten seines Standes, humoristisch angeflogen war, zu der Bemerkung veranlasste: »Wir müssen der Klofrau ein ordentliches Trinkgeld geben!«

Im Übrigen hatte Lillis Vater die Angewohnheit, alle Personen, die seinen Weg kreuzten, entweder mit *Junge Frau* oder *Guter Mann* oder *Liebes Kind* anzureden. Bei diesem Schema hatte er auch für jene Gestalt keine Ausnahme gemacht, die sich ihm eines Tages vor dem Fahrkartenautomaten am Adenauerplatz genähert hatte (er benutzte sehr selten die U-Bahn und hielt sich daher vielleicht länger als andere Leute vor dem Fahrkartenautomaten auf, weil er diesen zuerst durchschauen musste).

»Haschiiisch, Haschiiiiiisch?«, fragte die Gestalt.

»Kann ich Ihnen irgendwie helfen, guter Mann?«, fragte Lillis Vater zurück.

Die Gestalt verschwand.

Gelegentlich, etwa wenn Festlichkeiten die Familie um ihn versammelten, pflegte der Professor seine Kinder für einige Zeit liebevoll zu betrachten.

»Ja, ja«, sagte er dann nachgiebig, »kränklich und arbeitsscheu.«

In Begleitung ihres Vaters flanierte Lilli durch Städte wie Baden-Baden oder Salzburg, und bei dieser Gelegenheit pflegte er zu fragen: »Liebes Kind, soll ich dir nicht irgendwas Schönes kaufen?«

Lilli presste ihre kleinen Hände, die mit Handschuhen aus besticktem Spiegelsamt bekleidet waren, gegen ihre hübsch geformten Wangenknochen und erwiderte: »Ach, nein, nein, ich brauche doch nichts. Ach, nein, *wirklich* nicht.«

Später sagte Lilli zu Gustav: »Nun, wir kauften dies und das. Danach sank ich mit meinem armen Vater in die Bar des tadellosen Hotels, in dem wir abgestiegen waren.«

Lilli und Gustav saßen bei Lilli zuhause im Musikzimmer und tranken dünnen Kaffee. Dazu hörten sie auf einer zehn Jahre alten Stereoanlage verkratzte Schallplatten, auf denen eine englische Fernsehschauspielerin, die ihre besten Tage möglicherweise schon hinter sich hatte, vor dem Hintergrund von Synthesizer-Versionen beliebter Evergreens Instruktionen für Fitness-Übungen skandierte.

»Ich glaube, ich werde die Stadt verlassen«, sagte Gustav.

»Ich hatte wieder diesen Traum«, murmelte Lilli gedankenverloren, »von der Welt, in der ich arbeiten muss.«

»Wirklich nett von dir, etwas so Persönliches mit mir zu teilen«, erwiderte Gustav.

Lilli nahm ein mit rotem Zuckerguss überträufeltes Praliné aus der Meissner Bonbonniere. Sie sagte seufzend: »Man muss schließlich dem Personal mit gutem Beispiel vorangehen« – und verschlang das Konfekt.

»Ich glaube, ich werde die Stadt verlassen«, wiederholte Gustav.

»Welche Stadt?«, fragte Lilli leicht zischelnd, denn sie war mal wieder damit beschäftigt, nach dem Verzehr des Pralinés den Sitz ihres Lippenstiftes im spiegelnden Deckglas ihrer Armbanduhr zu kontrollieren.

»Diese hier«, antwortete Gustav.

»Bist du verrückt?«, erkundigte sich Lilli, »Wo willst du denn hingehen? Doch nicht nach Westdeutschland?«

»Nein«, antwortete Gustav und spielte mit seinen Fingern, »in die Schweiz.«

Lilli tat, als müsste sie einen Moment nachdenken. Dann sagte sie: »Ach, die Schweiz! Ein herrliches Fleckchen Erde! Wie du weißt, hat mein Vater dieses Chalet in den Bergen bei Montreux, und meistens, wenn wir dort sind, ist es wundervoll. Man muss niemanden sehen. Wir legen uns auf die Veranda und inhalieren die gute Luft. Die Luft dort ist praktisch Medizin. Wir liegen da, in Decken gehüllt, und es muss schon ein besonderer Tag sein, wenn wir es bis vor die Tür schaffen und den Berg hinunter bis in die Nähe des Klaviers in Harry's Bar. Sonst atmen wir nur und blicken die Berge an, wenn uns das Panorama nicht zu viel ist. Der Ausblick kann einem schnell auf die Nerven fallen, wie jede Art von Natürlichkeit. Man kann übrigens auch alle Drinks mit nach Hause nehmen. Bei Harry, meine ich. Das ist so praktisch. Besonders, wenn Cornelius dabei ist. Cornelius bleibt ja lieber zuhause. Ich persönlich kann meinen Bruder ja nicht so ganz verstehen. Immer, wenn mein Vater in Montreux ist, macht man ihm eine Freude damit, dass man ihn beispielsweise zum Essen ins Palace begleitet. Mein Vater hat eine Vorliebe für diese schweren hundertjährigen Palast-Hotels, die in der Schweiz überall herumstehen. Für Cornelius ist es jedes Mal eine Tortur, offensichtlich, jedenfalls stellt er sich furchtbar an. Ich bin da ja nicht so kapriziös. Ich mache meinem Vater diese kleine Freude.«

Lilli nahm einen Schluck von dem dünnen Kaffee, bevor sie fortfuhr: »Warum willst du gehen? Wir haben hier doch alles.«

»Was«, sagte Gustav, »was haben wir? Wir haben gar nichts. Okay, wir haben … Sachen. Dinge … du weißt schon … Blüthner-Flügel, Reitstunden, Manschettenknöpfe …«

»Ja, danke, ich weiß, was Sachen sind«, erwiderte Lilli, »Was hattest du denn sonst erwartet? Dass man dich mit Medikamenten vollpumpt und zum Blockflötenspielen zwingt?«

»Ich glaube, das haben meine Eltern auch mal gemacht, an Weihnachten«, erwiderte Gustav, »aber davon rede ich nicht. Ich rede von dieser, wie soll ich sagen … Eisigkeit. Ich meine, ich bin kein überschäumendes Temperament, bewahre, ich bin kein feuriger Charakter, du kennst mich, ich bin durch und durch reserviert, und ich weiß wohl, dass ich auf Fremde nicht erwärmend wirke, oder doch höchstens von weitem …«

»Na ja«, sagte Lilli, »neulich im SO36 hatte ich nicht diesen Eindruck.«

»Ich weiß wohl«, wiederholte Gustav, »dass ich im ersten Moment unsympathisch wirken kann …«

»… oder auch im ersten halben Jahr«, ergänzte Lilli.

»… aber manchmal«, fuhr Gustav unbeirrt fort, »manchmal habe ich das Gefühl, dass alles in mir abgetötet wird.«

»Ja«, sagte seine Freundin, »das hatte ich auch mal. Dagegen kann man Tabletten nehmen.«

Mit diesen Worten hatte sie ein zweites Praliné genommen, das sie bedächtig in den Fingern drehte und eindringlich betrachtete.

»Ich bin einigermaßen überrascht, dass Frau Weichbrodt das hier verschont hat«, sagte sie versonnen, bevor sie es sich in den Mund warf.

»Ich will fort von einem Zuhause, das nur ein besseres Hotel ist – vom Essen und dem Psychoterror abgesehen«, erklärte Gustav, »ich will fort von einem Zuhause, das nur eine mit allem möglichen Plunder vollgestellte Unterkunft ist, bewohnt von missvergnügten, einander fremden Menschen, in Haltung erstarrt, eine Exerzieranlage für sinnlose Übungen, eine Kaserne, wo jedes Gefühl peinlich und jede menschliche Regung indiskutabel ist.«

Während Gustav diesen letzten Satz gesprochen hatte (und das ist immerhin einer der wichtigsten Sätze, die wir von unserem Helden in dieser Geschichte bisher zu hören kriegten), war seine Freundin seltsam erstarrt. Sie hatte ihm ihr linkes Ohr, an dem ein kleines Gehänge aus Granatsteinen schaukelte, entgegengestreckt und dabei, ganz gegen ihre Gewohnheit, den Mund beim Horchen geöffnet. Nun fasste sie sich mit einem sichtbaren Ruck und streckte ihren schmalen weißen Arm wieder nach der Bonbonniere aus.

»Mein Vater hat kürzlich seine Vorliebe für Meissen wieder entdeckt«, sagte sie, »und zwar für dieses ziemlich schwere Schwanenmuster. Er hat gleich mal eine Garnitur für zwölf Personen gekauft.«

»Genau!«, rief Gustav, »Plunder! Sachen, nichts als Sachen! Und dann sitze ich da, im Fischtal, zwischen all dem Zeug, und komme mir vor wie … wie in einer Glaskabine, abgeschnitten von der Welt, getrennt von allem, was lebt!«

»Wie so ’ne Art Fahrkartenverkäufer?«, fragte Lilli.

Gustav nahm etwas Kaffee, der bitter und fast kalt war.

»Ich will fort«, sagte er, und es klang ein wenig trotzig, »es steht fest. Ich werde ja schon sonderbar!«

»Manchmal«, erklärte Lilli versonnen und betrachtete eindringlich ihre kleinen Hände, als sähe sie diese zum ersten Mal, »manchmal, in schwierigen Momenten, frage ich mich, wozu man sich überhaupt bemüht. Die Leute sind doch so undankbar.«

»Das Werk der Weckuhr schnappte ein und rasselte pflichtgetreu und grausam«, sagte eine angenehme Männerstimme. »Es war ein heiseres und geborstenes Geräusch, ein Klappern mehr als ein Klingeln, denn sie war altgedient und abgenutzt; aber es dauerte lange, hoffnungslos lange, denn sie war gründlich aufgezogen.«

»Was ist das?«, fragte Gustav, »Woher kommt das?«

»Das«, seufzte Lilli, »sind die *Buddenbrooks*. Gelesen von Martin Held für den Sender Freies Berlin. Das kommt von Schellacks, von nebenan. Mein Vater ist in so eine Art Duell mit Herrn Schellack eingetreten, nachdem dieser neulich beim Rasenmähen wahnsinnig laut *Effi Briest* gehört hat, worauf mein Vater fand, dann müsse er sich auch nicht mehr zurückhalten, wenn er beim Silberpolieren die *Tannhäuser*-Ouvertüre auflegt. Und so weiter.«

In diesem Augenblick klingelte das Telefon. Der uralte, riesige, schwarze Apparat mit Wählscheibe meldete sich schrillend, pflichtgetreu und grausam aus dem düsteren gotischen Esszimmer, und Lilli drehte gereizt den Kopf und sagte: »Nein, also jetzt wirklich nicht. *Jetzt nicht*. Ich kann das jetzt nicht.«

Es hörte nicht auf zu klingeln. Bis die Leitung von Amts wegen unterbrochen wurde.

Kurz darauf begann es wieder.

»Vielleicht ist jemand gestorben«, sagte Gustav.

»Na schön«, sagte Lilli, »na gut. Bitte sehr!«

Atlanta war am Apparat. Sie redete so laut, dass auch Gustav, der meterweit von der offenen Esszimmertür entfernt saß, noch jedes Wort verstehen konnte.

»Ich stehe hier … irgendwo!«, schrie Atlanta, »möglicherweise am Thielplatz, jedenfalls sieht es hier so ähnlich aus, aber von diesen Plätzen gibt es einfach zu viele. Ich bin ja nicht von hier, bekanntlich. Jedenfalls ist mein Auto zerstört. Es handelt sich möglicherweise um eine Reifenpanne, aber ich bin kein Arzt. Jemand muss sofort kommen!«

»Klingt nach einem Fall für Herrn Eisfeld«, sagte Lilli, nachdem sie aufgelegt hatte.

»Wer ist Herr Eisfeld?«, fragte Gustav.

»Der charmante Mechaniker aus einer Hinterhofwerkstatt im Wedding, der neulich hier angerufen hat«, antwortete Lilli, »ich war nicht zuhause, aber mein Vater hat jedes Wort genau so aufgeschrieben, wie Herr Eisfeld es gesagt hat.«

Damit reichte sie Gustav einen Notizzettel, der ganz oben auf einem Stapel von Zetteln und Papierchen neben dem Telefon lag. Unter dem Werbeaufdruck eines Pharma-Herstellers las Gustav in der gut entzifferbaren, jedoch etwas umständlichen Handschrift von Lillis Vater: »Eisfeld! In meinem Büro wohnt eine Atlanta und wartet auf Elisabeth! Wo bleibt die Dame, verflixt und zujenagelt? Bewegung bitte! Ende!«

3

Weil Atlanta immer häufiger in der Schule fehlte und auch sonst das Haus immer sporadischer verließ, hatten Gustav und Lilli es übernommen, ein paar Mal in der Woche in der weißen Villa vorbeizugehen und ihre Freundin mit Neuigkeiten zu versorgen – und ab und zu mit Mahlzeiten, denn bei Atlanta zuhause schien überhaupt nicht mehr regelmäßig gekocht zu werden. Für diese Besuche war es von Vorteil, sich gar nicht erst anzumelden. Manchmal, wenn Lilli und Gustav das Entrée passierten, nachdem sie sich durch die offene Haustüre selbst hineingelassen hatten, weil auch auf wiederholtes Klingeln niemand reagierte, konnte es geschehen, dass Atlantas Mutter am Kopfe der geschwungenen Treppe auftauchte, die in die erste Etage führte. Sie war in dieser Entfernung kaum zu erkennen, so schwebend und transluzent wirkte sie. Mit ätherischer Geste streckte sie eine filigrane Teeschale in der kleinen Hand aus, durch deren dünnes Porzellan das Licht schien. Und dazu rief Atlantas Mutter mit etwas brüchiger Stimme und dem Stolz eines Kindes oben von der Treppe herab: »Ich habe *Tee* gemacht!«

Doch als Gustav und Lilli an einem Abend im Mai 1989 die weiße Villa betraten, beladen mit Currywürsten von Curry 36 am Mehringdamm, lag das Entrée verlassen da. Keine Spur von Atlantas Mutter oder sonst jemandem. Man hörte nur den Fernseher aus der Bibliothek. Dort fand sich Atlanta auf der gestreiften Chaiselongue, vom bläulichen Schein des Fernsehers mit einer flimmernden Aureole umschlungen, und trank dänische Vanille-Sauce von Butter Lindner aus dem Karton durch einen Plastik-Strohhalm. Dazu aß sie billige Magnesium-Tabletten aus dem Supermarkt. Um die Chaiselongue herum hatte sie jene gepflegte Unordnung ausgebreitet, die verriet, dass sie an dienstbare Geister gewöhnt war, die hinter ihr aufräumten.

Atlanta wandte ihren eintretenden Freunden den Kopf zu, schürzte gewaltig die Lippen, wobei die Tonerde aufbrach, und nahm anschließend einen tiefen Zug Vanille-Sauce.

Dann seufzte sie: »Mein Gott, mein Leben ist so langweilig!«

»Na ja«, sagte Gustav tröstend, »wenigstens bist du attraktiv.«

»Ja-ja«, erwiderte Atlanta und sah sich suchend im Raume um, wie um die Ursache ihrer Leiden zu entdecken, »ich kann nicht behaupten, dass mir das jemals geholfen hätte. Ganz im Gegenteil. Man wird nicht besser behandelt, nur weil man hübsch ist. Das haben sich hässliche Leute ausgedacht. Das könnte von Nestor Krattenbeck kommen oder von irgendeinem dieser anderen gesellschaftsfähigen Langweiler, die so große Anhänger des Herkömmlichen sind und nicht einen von der Mode unabhängigen Gedanken haben!«

»Das ist Berlin«, sagte Lilli, »hier hat man keine Phantasie.«

»Phantasie ist was für Menschen, die nichts tun«, warf Gustav ein, »pflegte mein Großvater zu sagen.«

»Um ausnahmsweise von mir zu sprechen«, fuhr Atlanta fort, »ich bin völlig verwahrlost! Es ist … es ist diese Stadt. Sie lähmt mich!«

»Wieso schläfst du nicht ein bisschen?«, schlug Gustav vor.

»Ich hatte bereits meine vierzehn Stunden, danke«, erwiderte Atlanta, »im Moment kämpfe ich gegen den Drang, mir die Haare abzuschneiden, ein Flanellhemd überzuziehen und nach Oregon auszuwandern.«

»Wieso solltest du das tun?«, erkundigte sich Lilli, »in Oregon kann man nur über Versandhandel einkaufen.«

»Willst du etwa zurück nach München?«, fragte Gustav erschrocken.

»Ich habe ja keinerlei Erfahrung in praktischer Tätigkeit …«, sagte Atlanta schwach.

»Was hat das mit München zu tun?«, fragte Lilli.

»Meine Lebensstimmung setzt sich gewissermaßen zusammen aus Indolenz, schlechtem bürgerlichem Gewissen und dem sicheren Gefühl latenter Fähigkeiten«, erklärte Atlanta, ohne auf den Einwurf einzugehen, »und das heißt: Ich komme in dieser Stadt zu nichts! Ich sitze hier fest! Ich sitze hier fest wie ein Wrack auf einer Sandbank! Ich will euch mal was sagen: Wir sind auf gar nichts vorbereitet!«

»Allerdings«, sagte Lilli, »ich für meinen Teil bin nicht mal darauf vorbereitet, dass es bei uns an der Tür klingelt und ich öffne – was ja schon eine Leistung ist –, und dann steht vor mir ein ehemaliger Strafgefangener, der selbstgemalte Postkarten mit abstrakten Motiven anbietet. Was sollte ich machen? Ich hab einfach alle gekauft! Oder neulich, als ich die Bergmannstraße runterlaufe und plötzlich angehalten werde von einem unbehausten Individuum, das mir irgendeine Postille verkaufen wollte …«

»Was für eine Postille?«, fragte Gustav.

»Ich weiß es nicht mehr«, erwiderte Lilli, »wahrscheinlich den *Straßenkehrer* oder *Trunkenbold Today* oder wie diese Dinger heißen. Jedenfalls war ich in Eile und gerade mit mir selbst beschäftigt, also erzähle ich dem Individuum, ich hätte diese Zeitung schon von einem seiner Kollegen erworben. Worauf der Mensch, der, warum auch immer, einen großen Blumentopf unter dem Arm trug, mit einer einzigen Blume drin, worauf also dieser Mensch die Blume aus dem Topf reißt und mir übergibt mit den Worten: *Dann dank ich auch schön!*«

»Oh Gott!«, sagte Atlanta.

»Ihr könnt euch vorstellen«, fuhr Lilli fort, »wie ich mich geniert habe! Ich bin so lange weitergelaufen, bis ich die nächste gestrandete Existenz mit Selbsthilfepostillen unterm Arm gesichtet habe – und dann habe ich dieser Existenz alle Heftchen abgekauft!«

»Alle?«, fragte Gustav ungläubig.

»Okay«, sagte Lilli, »fünf.«

»Wir sollten was essen«, stellte Gustav fest, »lasst uns in die Küche gehen.«

Die Küche der weißen Villa war ausgestattet mit verwitternden Einbauschränken aus himmelblauem Plastik, bei denen teilweise die Türen fehlten. Hier war nichts mehr zu spüren von jener distinguierten Sorgfalt, die man bei der Einrichtung der übrigen Räumlichkeiten hatte walten lassen. Der Grund für diesen Sprung in der Erscheinung lag darin, dass das Haus bekanntlich dem Senat gehörte. Die Küche war ein Werk des Senats. Hier war nicht viel zu ändern. Jedenfalls nicht für Atlantas Eltern, die sich weigerten, ihr Geld dafür auszugeben.

Lilli hatte gerade ihre Schwäche für Hafenrundfahrten erörtert und sprach nun von jenem unstillbaren Drang, der sie insbesondere auf hohen Brücken befiel, dem Impuls, augenblicklich alles hinunterzuwerfen, was sie mit sich trüge, wie Geld, Papiere und Juwelen.

»Na ja«, sagte sie abschließend und zog mit zwei Fingern sanft an einem kleinen Geschmeide aus blutroten Granatsteinen, das sie um den Hals trug, »vielleicht doch nicht gerade die Juwelen. Vielleicht nicht gerade *dieses* Collier. Das kann man im Notfall noch verkaufen.«

»Darf ich mal kurz darauf hinweisen«, warf Atlanta ein, wobei ihre Nasenflügel bebten, »dass sich unter diesem Dach hier die warnenden Zeichen häufen. Wenn ich sie nur jemals verstehen könnte. Irgendein Verhängnis schwebt über mir. Unser Hausmädchen hat gestern gekündigt.«

»Oh«, machte Gustav und presste für einen Moment zwei Fingerspitzen gegen die Unterlippe, um Zeit zu gewinnen, damit seine Worte bedeutsamer klangen, »wie dumm! Ist das ein schwerer Verlust?«

»Als würde ich mir den Arm abhacken«, antwortete Atlanta. »Meinen trunksüchtigen, streitlustigen, diebischen, nutzlosen Arm!«

»Wie hieß die schon wieder?«, fragte Lilli, während sie von einem Cornichon abbiss.

»Keine Ahnung, wasweißich«, erwiderte Atlanta, »Danuta oder Donatella oder irgendwas. Irgendwas von der Dalmatinischen Küste.«

»Warum ist sie gegangen?«

»Keine Ahnung!«, wiederholte Atlanta. »Die Antwort liegt auf dem dunklen Grunde ihrer mediterranen Seele. Ich meine, gerade zimperlich war Danu-dona-dings ja nie, bekanntlich. Zum Beispiel hat sie ständig meine Sachen getragen. Natürlich nicht die Kleider. Aber meine T-Shirts. Und meine gelbe Regenjacke. Was soll man machen? Ich hab das einfach ignoriert, obschon ich selbst auch ganz gern ab und zu mal meine Regenjacke getragen hätte, zum Beispiel, wenn es regnete. Denn ich sehe zufällig sehr gut aus in dieser Regenjacke. Alle sagen das. Was soll's. Womöglich hat Danutella irgendeine geheime Kränkung erfahren, denn jedenfalls ist sie weg. Und *gekündigt* ist eigentlich auch eher wohlwollend ausgedrückt. Vielmehr verließ diese Person, deren Namen ich nicht mehr über die Lippen bringe, unter lautstarken, aber unverständlichen Verwünschungen unser Haus. Über den Arm hatte sie sich noch schnell meine Trainingshosen geworfen.«

»Das stelle ich mir sehr unangenehm vor«, erklärte Gustav höflich.

»Wohlan«, sagte Atlanta, »offensichtlich betrachtete sie das als gerechtes Entgelt für ihre Schmach und Entbehrung. Was immer. Nun ist sie weg. Was soll man machen? Das hier ist schließlich ein freies Land. Freie Stadt, meine ich.«

»Freie Hälfte, genau genommen«, sagte Lilli.

»Glücklicherweise ist meine Regenjacke ihrer Raubgier entkommen«, schloss Atlanta, »ich mag nämlich diese Jacke. Und alle Leute finden, dass ich gut aussehe in dieser Jacke. Ich meine: *alle.* Überdies hat die dalmatinische Donnerfee bei ihrem Abgang noch den Mercedesstern vom Auto meines armen Vaters abgebrochen.«

»Ach«, seufzte Lilli, »sie ist also richtig rausgestürmt! So mal richtig rauszustürmen – das stelle ich mir herrlich vor. Aber ich bin wohl nicht so der Typ dafür. Ich meine, ich hab's mal versucht, aber als ich draußen war, hab ich sofort gedacht: Hab ich meine Schlüssel? Sollt ich vielleicht eine Jacke anziehen?«

»Na ja«, bilanzierte Atlanta, »das zahlt alles der Senat. Möglicherweise werden wir bald aus der Stadt gescheucht. Wir sind viel zu teuer.«

»Mein Gott«, sagte Lilli, »auch die Verausgabung fremder Mittel verlangt ja Tüchtigkeit. Wenn ich nur irgendwelche

Skrupel hätte, vom Geld anderer Leute zu leben, wäre ich vermutlich längst tot.«

»Wie du meinst«, erwiderte Atlanta, tief aufseufzend bei der Erkenntnis, dass man selbst mühelos zu profunden Einsichten gelangte, nach denen andere ein Leben lang rastlos tasten mussten; dass man selbst in Vollendung das aussprach, was andere nur unbestimmt empfanden.

»Meine Mutter ist zurzeit auch so schwierig«, fuhr sie fort, »ein Horrorfilm auf Beinen! Ein winziger Fehltritt, und sie reißt dir den Arm ab wie ein Puma! Wenn sie da ist.«

Es machte Atlantas Leben nicht gerade einfacher, dass ihre Mutter immer öfter einem merkwürdigen Hang zum Verschwinden nachgab. Und damit meine ich nicht, dass sie mit einem Streichholz im Garten verschwand oder mit zwei riesigen leeren Obstkisten zu Aldi, um palettenweise Katzenfutter einzukaufen (sie schwor auf Kokra, die dortige Hausmarke, und lieferte sich erbitterte Duelle mit ebenfalls unter Verarmungsängsten leidenden Zehlendorfer Hausfrauen um die letzten Dosen der besonders beliebten Geschmacksrichtung »Truthahn«). Nein, ich meine damit, dass Atlantas Mutter zu unvorhersehbaren Zeiten ohne Warnung die weiße Villa verließ, nur um für Tage nach München zu verschwinden oder sich auf dem Landhaus der Familie im Oberbayrischen Wald einzuschließen.

Sie hinterließ keine Notiz, keine Nachricht, doch sie pflegte in kürzer werdenden Abständen in der weißen Villa anzurufen. Eines der Telefone stand neben der Chaiselongue, auf der Atlanta lebte. Falls Atlanta sich erbarmen konnte, den Hörer zu ergreifen, schallte ihr augenblicklich die Stimme ihrer Mutter ins Ohr.

Sie schrie etwas in der Art wie: »Ich komme erst zurück, wenn ihr euch alle entschuldigt habt!«

Die Tonerde fiel in Scherben von Atlantas Gesicht, als sie zurückschrie: »Aber wofür? Was ist es? Was ist es diesmal?«

»Worauf meine Mutter mir antwortete, dies sei, da es sich um eine Prinzipienfrage handle, durchaus gleichgültig«, seufzte Atlanta.

»Eigentlich ist das ja auch irgendwie drollig«, sagte Gustav.

»Ja«, erwiderte Atlanta, »auf eine manipulative, gruselige Weise.«

»Wäre das nicht was für einen Psychiater?«, fragte Gustav.

»Wer – meine Mutter?«

»Du oder deine Mutter. Ihr könnt ja auch deinen Vater noch mitnehmen.«

»Ich fürchte, in meiner Familie glaubt niemand so richtig an die Psychiatrie als Wissenschaft«, sagte Atlanta, während sie aufstand, um das Licht einzuschalten.

»Ein paar von ihren Drogen sind allerdings nicht schlecht«, stellte Lilli fest.

»Es geht«, sagte Atlanta, »ungefähr die gleiche Wirkung erreicht man mit Bourbon und ein paar Stücken von Marvin Gaye.«

Während Atlanta diesen Satz sprach, schaltete sie aus Versehen das Neonlicht ein. Sie hatte die Schalter verwechselt. Die einzige Änderung, die ihre Mutter für die Küche veranlasst hatte, war die sofortige Installation eines Beleuchtungskörpers mit Soft-Rosé-Birnen gewesen, denn der Berliner Senat hatte vor mindestens fünfundzwanzig Jahren einen Neonring in der Küche der weißen Villa installieren lassen, dessen Licht auch weniger empfindsame Naturen als Atlantas Mutter nur als grausam bezeichnen konnten. Außerdem war die Hausherrin davon überzeugt, dass Katzen das Neonlicht nicht vertrügen und davon irgendeine Krankheit entwickelten, die Atlantas Mutter als »Neon-Aids« bezeichnete.

Eine Kanonade von klickernden Geräuschen schoss flach über die verwirrte Jugend hinweg, ein springendes Blitzgewitter aus höllischen Höhen flackerte auf, zerstückelt durch einen kurzen Schrei von Atlanta, die sah, was sie getan, und dann standen sie da, im Neonlicht, im Licht des Neonrings, der jetzt ein grinsendes Klirren von sich gab und die armen Kinder kalt bestrahlte.

Atlanta hatte die Schalter verwechselt. Das passierte ausgerechnet ihr, die ihre Toilette nur im Halbdunkeln erledigte, ausschließlich stark getönte Spiegel ertragen konnte und Gustav vor den grausamen Zerrspiegelungen in den Fensterscheiben von vorbeifahrenden öffentlichen Verkehrsmitteln gewarnt hatte.

Nunmehr war es vollkommen still. Bloß die Neonlampe summte zufrieden, und die Jugend starrte sich an für endlose Sekunden und blickte verwirrt in der gleißenden Küche herum. Lilli sammelte einen letzten Rest Beherrschung. Dann sagte sie gepresst: »Mach bitte das Licht aus.«

So ging Atlanta, eskortiert vom höhnischen Zwitschern der Lampe, mit mühsamer Betonung jedes Schrittes, Fuß vor Fuß, als kämpfte sie sich vorwärts gegen starken Wind, und legte den Schalter um.

»Danke«, sagte Lilli.

Dann sagte sie: »Auf so was haben mich meine Eltern *auch* nicht vorbereitet.«

25. KAPITEL

Die Jugend als Kunst

I

Als kein Zweifel mehr daran bestand, dass Gustav die Stadt verlassen würde, sang Atlanta eines Abends in der Untergrundbahn für ihn *Ev'ry Time We Say Goodbye.* Sie saßen im Zug vom Wittenbergplatz an die Krumme Lanke. Die Wagen dieser Linie waren sommers wie winters notorisch überheizt, vielleicht weil sich unter den Fahrgästen so viele Senioren befanden, und in der Luft lag immer ein Hauch des starken Holzschutzmittels, mit dem die Bohlen der U-Bahn-Gleise imprägniert wurden. Die alten Bahnhöfe auf dieser Route waren schlecht belüftet, so dass sich der zweifellos giftige Dunst des Holzschutzmittels an den Bahnsteigen bis zur Betäubung aufstaute. Das schien niemandem etwas auszumachen, jedenfalls nicht Gustav, der das ganz gerne roch.

Der U-Bahn-Wagen war fast leer. Wie immer zu später Stunde. Die einzigen Passagiere neben Atlanta und Gustav waren eine Greisin, die den Eindruck machte, als würde sie im Wesentlichen nur noch durch ihr tailliertes Nadelstreifenkostüm zusammengehalten, sowie eine stark gepuderte Dame mittleren Alters mit aschblondem Haar und spargelgelb schimmernden Zähnen, die von beinahe identischer Größe waren und wie aufgereiht in ihrem kleinen Mund steckten, welchen die Dame ungehörigerweise ein wenig offen stehen ließ, während sie mit ansonsten vakantem Gesichtsausdruck vor sich hin starrte. Und schließlich saß dort hinten auf der übernächsten Bank aus grünem Kunstleder, ganz am Ende des Wagens, ein kleiner Mann. Dem Aussehen nach ein Zwergenkönig mit einem Haarteil von der Größe des Genfer Sees.

Atlanta legte den Kopf auf Gustavs Schulter, sagte, dass sie ihn vermissen werde, und begann, zu singen: *Ev'ry time we say goodbye / I die a little.* Gebietend zerschnitt ihre klare Stimme die Luft des Bahnwagens und übertönte die rasende Fahrt durch die ewige Nacht des Untergrunds. Ein Schwarm dunkler Vögel flatterte gellend durch den Tunnel. Die Oma mit dem Nadelstreifenkostüm begann, schwermütig zu schaukeln. Auf ihren fein zerknitterten Wangen trug sie zwei kreisrunde Rougeflecken, und diese hoben die Leichenfarbe des unendlich verfalteten, eingesunkenen Gesichts derart scharf hervor, dass es wie eine künstliche, zum Zweck der Furchterregung weiß angestrichene Maske wirkte. Es waren die letzten Tage dieser Stadt, doch niemand konnte das ahnen. Gustav sah, dass die Dame mittleren Alters, die soeben die Spitzen ihrer Zeigefinger mit hochglanzpolierten Nägeln gegen ihre weichgepuderten Schläfen drückte, gar nicht mittleren Alters war. Sie war möglicherweise siebzig oder so was und sah bei oberflächlicher Betrachtung lediglich um jene Differenz von fünfzehn bis zwanzig Jahren jünger aus, wie man sie mit guter Kosmetik und lebenslanger Vorsicht erreicht. Die Dame hielt immer noch den Mund leicht geöffnet, dessen schmale Lippen unter dem dschungelroten Lippenstift die Konturen verloren hatten und stumpf und zart in ihr Gesicht nieselten. Und wo war der Zwergenkönig? Vielleicht in Dahlem Dorf ausgestiegen.

Atlanta sang lauter und lauter. Bei den Zeilen *Why the gods above me / Who must be in the know / Think so little of me / They allow you to go* stieg ihre Stimme ins Unendliche auf. Die Nadelstreifengreisin war tot auf den Kunstlederpolstern zusammengesunken, schwarze Schwäne zogen klagend vorüber und ertranken ohne weiteres in einer Woge glühender Brühe, die über der Stadt zusammenschlug. Gustavs Welt war dem Untergang geweiht. Mit einem schwachen Seufzer ergaben sich die Gefilde der Seligen den mechanischen Notwendigkeiten des Zeitenlaufs, sie fielen der Unabwendbarkeit der Geschichte zum Opfer und erloschen unter dem Fortgang der großen Dinge, den man nicht erkannte, weil man das Unnütze und Zufällige um seiner selbst willen für unterhaltsamer hielt. Frisierte Flamingos kreuzten auf und formierten sich zu einem Sühnezeichen, die Idyllen in Öl verzerrten sich ganz abscheulich, aber niemand ahnte etwas, obwohl man fortwährend besorgt war, obschon man dauernd daran dachte, dass man sich irren könnte, und sich den Kopf zerbrach über Fragen der Zahnpflege, den Sitz der Garderobe, die Wahl der Manschettenknöpfe.

Als Gustav im Fischtal ankam und die knarrende Haustür geöffnet hatte, stand ihm seine Großmutter direkt gegenüber.

»Telefon!«, sagte sie vorwurfsvoll.

Lilli war am Apparat.

»Ich mache mir ein wenig Sorgen um meinen Vater«, erklärte sie, »er hat angefangen, Schweppes-Flaschen in ein Litermaß umzufüllen, weil er bezweifelt, dass da tatsächlich zwei Deziliter drin sind.«

2

Nachdem Gustav das Telefonat beendet hatte, trat er zurück auf den Korridor. Seine Großmutter war bereits zu Bett gegangen. Er verharrte für einen Moment vor dem hohen Biedermeierspiegel. Jedes Mal, wenn Gustav nach Hause kam, sah er in den Spiegel, um zu prüfen, ob seine Großmutter recht hatte, die, obschon sie sich erklärtermaßen nicht im Geringsten darum kümmerte, was ihr Enkelkind tat oder ließ, es dennoch für ihre Pflicht hielt, bei passender Gelegenheit das furchtbare Ende eines Lebens zu prophezeien, dessen Inhalt vor allem aus oberflächlichen Vergnügungen und leichtsinniger Zerstreuung zu bestehen schien, wobei sie Gustav von der Seite musterte, als stünde ihm ein Kainsmal auf der Stirn. Deshalb stand er nun also vor dem Spiegel wie vor einem Tor, durch das ihm der Eingang unerbittlich verwehrt war, und prüfte, ob sein Gesicht schon von Eitelkeit ausgesogen und verzehrt erschien, ob seine ganze Erscheinung irgendwie gezeichnet wirkte, zerquält von der steten Sucht, sich zu amüsieren, gebrandmarkt von ihren kostspieligen Launen und vom Geiste der Unersättlichkeit entstellt. Nein. Gustav sah adrett aus, wie immer. Also holte er sich aus der Küche ein Fläschchen bittere Orangenlimonade und setzte sich in das düstere Wohnzimmer.

Er wollte noch nicht schlafen gehen. Er war mit Atlanta auf ein paar mittelmäßigen Anlässen gewesen und hatte vielleicht etwas zu viel getrunken, fühlte sich aber nicht schlecht. Seine Augen allerdings brannten trocken, er spürte die Augenhöhlen und auch ein etwas dumpfes Gefühl im Kopfe, besonders bei kleinsten Bewegungen, als stieße ein Tennisball aus Schaum gegen die Schalen seines Schädels. Doch das störte ihn nicht. Gustav schätzte die etwas derangierte Verfassung des Körpers nach durchlebter Nacht, die träumerische Enthobenheit und entstellende Entfernung zum wirklichen Geschehen, die dieser Zustand dem strapazierten Geiste gönnte. Außerdem war es noch nicht einmal richtig Nacht, es war erst ungefähr elf, und deshalb dachte Gustav gar nicht an Schlaf, deshalb und weil er noch ein wenig verwirrt war von Atlantas Gesangseinlage und weil es hier, nachts im Fischtal, so ruhig war und friedlich, zwischen all den wohlvertrauten Sachen. Da drüben, hinter dem Durchgang, den Vorhänge aus schwerer goldgelber Seide flankierten, stand der verstimmte Flügel, auf dessen offener Tastatur sich schwach das eisblaue Licht spiegelte, das aus der Bibliothek fiel. »Riekchen singt gerne, ist aber etwas unsicher in der Melodieführung«, so fiel es Gustav plötzlich ein – ein Satz, der in Riekchens allererstem Zeugnis gestanden hatte und den sie sich anhören musste bis zur Doktorarbeit. Gustav lachte leise. So war die Familie, seine Familie. Und das war ihr Zuhause, sein Zuhause, weil der Mensch, jedenfalls der bürgerliche, nun mal ein Zuhause haben muss. Dort stand die bauchige, englische Kommode aus poliertem Nussbaum, deren zylindrischer Leib voller Arzneimittel steckte und über der das Bild mit dem Kakaomädchen hing. Noch weiter hinten kam der mit Marketerien verzierte Spieltisch, auf dem etliche Flaschen standen. Gustav hätte sich hier mit verbundenen Augen zurechtgefunden. Und er war nicht allein. Die Gesellschaft der Nacht war versammelt. Gustavs alte Freundin Lethe war wieder da, zum Glück. Deren Mutter Eris, die Göttin der Zwietracht, warf mit Zankäpfeln um sich und traf die Titanin Mnemosyne, welche, in eine abgeschabte Decke gehüllt, auf dem Platz von Gustavs Großmutter saß. Ihre

Töchter, die neun Musen, klingelten soeben an der Tür und wurden von Gustavs Großmutter empfangen mit den Worten: »Sie kennen den Weg!«

Streng frisierte Schwäne zogen in drohender Formation durch die aufschäumenden Fluten des Springbrunnens, der geisterhaft in die nächtliche Kälte des verwilderten Gartens dampfte. Dazu stiegen stramme Fontänen in die pathetisch zerrissenen Wolken, aus denen schreiend schwerkranke Vögel stürzten. Kaskaden gefärbten Wassers zerstoben in zarter Gischt. Aus Fluten und Schaum erhoben sich in wogendem Schwall die neptunischen Grazien des Meeres. Nereiden tanzten ekstatisch in cremefarbenen Pumps mit zehn Zentimeter hohen Absätzen, auf denen sie nicht ganz sicher waren, Sirenen schlugen sich mit Furien im jauchzenden Gemenge, zerplatzten und zerstäubten im Wonnemeer. Hornstoßende Tritonen, auf Hippokampen reitend, zogen den farbenstreuenden Wagen der Galatea durch das triefende Getümmel von allerlei ozeanischen Wunderwesen, auf der Suche nach Nereus und Doris.

Seidene Blumenkelche wiegten elegisch, sich langsam öffnend und maßlos parfümiert. Auf die entblößten Fruchtknoten setzten sich überladene Falter mit blond behaarten Beinen, schlugen lasziv mit feuchten Flügeln und riefen: »Waldhaus! Waldhaus!«

Und dann, in der Mitte der Hadeswiese: ein Tisch, ein gewaltiger Tisch aus rötlichem Mahagoni mit einer umlaufenden Goldleiste. Gustavs Eltern saßen an diesem Tische, sein Vater sprach Urteile in ein altertümliches Diktiergerät, seine Mutter benotete Aufsätze, in der Mitte ein Füllhorn mit einem riesigen Trockenblumenstrauß, wie Gustavs Mutter sie liebte, doch ach, die Blumen waren ganz verstaubt, sie waren tot und rochen nach Moder. Gustavs Vater, der seinen Sohn als Kind auf dem Arme getragen hatte, wenn der kleine Gustav nicht schlafen konnte, stellte das Diktiergerät aus und sagte: »Wir müssen bald für den Jungen eine Rente aussetzen. Er wird nie im Leben arbeiten.«

»Aber …«, wollte Gustav einwenden, doch weiter kam er nicht.

Denn seine Mutter, die ihn als Kind in den Schlaf gesungen hatte, drehte ihm ruckartig den Kopf zu, verengte die Augen, genau wie Gustavs Großmutter, der sie überhaupt recht ähnlich sah, und schnitt ihm das Wort ab mit dem Hinweis: »So redet man nicht mit seinem Vater!«

»… aber …«, wiederholte Gustav hartnäckig, obschon er kleiner und kleiner wurde, »aber der Mensch sollte doch um der Liebe und Güte willen …«

Er konnte nicht weitersprechen, etwas lähmte ihn, die Augen seiner Mutter verengten sich zu blitzenden Ritzen, und dazwischen schwang Gustavs Großmutter im Krönungsornat aus gefiederter Ripsseide auf einer phantastischen Schaukel, deren Taue eine fleißige Palästinenserin mit rabenschwarzen Perlen bestickt hatte. Aus einer krokodilledernen Handtasche verstreute sie geköpfte weiße Lilien und Aspirin-Tabletten. Ihre meterlange Schleppe aus fließendem Hermelin, an die lachende Eroten sich scharenweise klammerten, schleifte über die verwüstete Erde. Barbusige Bacchantinnen feierten ein Fest, voluptuös und zügellos, deklamierten dithyrambische Verse und orphische Urworte und predigten Ausschweifung. Eine von ihnen allerdings war nicht barbusig, sondern trug eine sandfarbene Patentstrick-Kombination mit marineblauen Querstreifen zu einer monströsen, signalroten Korallenkette, wackelte mit dem Kopf, drehte die kleinen Hände mit den rilligen Fingernägeln in den Handgelenken und sagte: »Es gibt ja immer das Problem … dass man nie genau weiß … was ist.«

Dazu erklang Popmusik. Eine mächtige Walküre, die einen ärmellosen Plastikkittel anhatte und dazu eine dicke Brille mit blau getönten Gläsern (das arme Ding war weitsichtig, zu allem Überfluss), sang *Left To My Own Devices*, mit schwerem deutschem Akzent, begleitet von zweihundert Streichern auf Emporen aus gefärbtem Alabaster, die von der Palästinenserin verschwenderisch mit metallisch glänzendem Crêpe Satin drapiert worden waren. Im Hintergrund erhoben sich Tribünen und trugen einen hundertköpfigen Chor muskulöser junger Männer, die chinierte Schärpen aus Damast um die bronzenen Lenden geschlungen hatten. Bei genauerer Betrachtung handelte es sich um einen gemischten Chor der Götter. Gustav sah Ganymed und Narziss, Adonis, Achilles, Hermes und Morpheus. In dionysischer Aufpeitschung sangen sie gegen den Wind. Die einzige Frau war Ate, aber diese gab keinen Ton von sich, sondern trank mit mürrisch verzerrten Mundwinkeln Orangenlimonade aus einem alten Senfglas. Von Zeit zu Zeit musterte sie Gustav mit einem alarmierten Blick, aber Gustav konnte Ate nicht besonders gut erkennen, weil überall Silenen, Satyrn und Nymphen herumsprangen. Ein Polizist auf einem Fahrrad zupfte die Kithara, und ein Taxifahrer blies den Aulos.

Und der rötliche Schimmer der rosenfingrigen Morgendämmerung stürzte aus ätherischen Höhen in das Wohnzimmer des Fischtals, zart zersplitternd in den feinen Rissen der Fenstergläser, bezaubernd gefärbt durch den stygischen Nebel des verwahrlosten Gartens, in dem die olympischen Höhen und elysischen Hügel brodelnd versanken, von Musen umspielt und von Furien umritten, ein letztes Mal sich aufbäumend und grandios zerstäubend in funkelnde Schnuppen. Gustavs Großmutter atmete hörbar aus. Dann warf sie einen strafenden Blick auf Gustav und sagte: »Ach, Sie hospitieren hier nur, wie Odysseus im Schattenreich?«

Da aber erschrak Gustav ganz fürchterlich. Ihm war, als ob der Erdboden unter ihm verginge, als ob seine Seele den Leib verlassen wollte, voll Bedauern, dass sie soundsoviel Jahre und etliche Monate gezwungen gewesen, in so einem kraftlosen, prahlerischen, geschändeten Gehäuse zu verweilen.

Und vor lauter Schreck erwachte er.

Nein, sie war nicht da.

Er war eingeschlafen, hier, hinter ihrem Frühstücksgedeck. Über West-Berlin ging die Sonne auf. Über Ost-Berlin war sie schon kurz vorher aufgegangen, allerdings nicht im metaphorischen Sinn. Unerbittlich erhellten ihre Strahlen das Fischtal, dem die Unbarmherzigkeiten des ewigen Anfangs nicht gerade willkommen waren. Bedauerlicherweise hatte Eos vergessen, um ewige Jugend zu bitten. Was nutzte da Unsterblichkeit. Es jaulten die Zikaden. Immerhin gab es das zwielichtige Versprechen eines neuen Tages, und für einen delikaten Augenblick waren Erwachen und Entschlafen, Morgengrau und Abendrot, Blendung und Entlarvung ununterschieden. Das war der große Moment dieses Hauses. Das Licht war mild und gnädig, doch von seltsamer Schärfe. Man erkannte den tanzenden Staub in der Luft.

Sie war nicht da, aber Gustavs Furcht war sehr real. Natürlich musste er auf der Hut sein, wenn er nachts allein im Wohnzimmer saß. Niemals hätte er es sich erlauben können, das Licht einzuschalten, das gelb gefärbt durch die Glastüren in den Korridor gefallen wäre. Das war nicht das größte Hindernis. Beunruhigender war der Umstand, dass jedes Ding in diesem Hause unentwegt Geräusche verursachte. Knarrende Treppen und schreiende Türen hatte Gustav auf seiner nächtlichen Irrfahrt zu überwinden, er kämpfte mit ächzenden Möbeln, klirrenden Gläsern und quietschenden Schubladen. Nachts klingen bekanntlich alltägliche Laute seltsam fremd und hallend gesteigert, weil kein Wort sie durchbricht.

Mitunter zeigte sich zur allseitigen Verwunderung das Gehör von Gustavs Großmutter überraschend fein, eines Nachts war sie erschienen. Sie trug einen seidenen Morgenmantel mit dreidimensionalen Guipure-Stickereien in Form eines verschlungenen Monogramms. Unter dem Mantel glänzte ein zartfließendes Nachthemd. So stand sie plötzlich vor dem Ohrensessel, in dem Gustav es sich bequem gemacht hatte, eine Schimäre auf hastig übergestreiften hohen Hacken. Gustav hatte sie nicht gehört. Sie hatte die knarrende Treppe verhext.

Sie richtete ihren Blick unverwandt auf ihren Enkel und atmete hörbar aus, was den distinguierten Schmerz deutlich machte, den Gustavs pure Existenz ihrem ohnehin geplagten Leben auferlegte.

Dann fragte sie maßlos ungehalten: »Was machst du hier?«

Gustav hatte nicht die geringste Berechtigung verspürt, vor dieser Frage überhaupt zu existieren. Er war bis an die Lehne des Sessels zurückgewichen, um ihr zu entgehen.

Jetzt beschloss er, nach oben zu gehen, um sich für die Schule umzuziehen. Es lohnte sich nicht mehr, sich hinzulegen, aber die Schule würde man auch so schaffen. Überaus vorsichtig stieg Gustav die Treppe empor, sorgsam die knarrenden Stufen vermeidend: drei – siebzehn – zweiundzwanzig.

Da sah er das Licht. Wie so oft. Gelblicher Nebel quoll die Stufen am Kopfe der Treppe herab.

Das Licht kam aus ihrem Schlafzimmer. Sie war offenkundig noch hellwach. Jedenfalls hörte Gustav das Transistorradio aus dem Schlafzimmer seiner Großmutter, das mit betäubender Lautstärke Popmusik spielte. Sie hörte den Jugendkanal im Nachtprogramm des Senders Freies Berlin. Sie lag in ihrem Bett aus poliertem Mahagoni mit den hohen Kopf- und Fußenden, die Barrieren gleichkamen, neben dem leeren Bettgestell von Gustavs Großvater und konnte keinen Schlaf finden.

Die andere Möglichkeit bestand darin, dass Gustavs Großmutter neben dem brüllenden Radio eingeschlafen war. Bekanntlich war sie etwas schwerhörig. Und so hatte es nicht allzu viel zu bedeuten, dass sie bei jeder Gelegenheit darauf hinwies, sie könne nachts oft kein Auge schließen.

Das Radio spielte *Left To My Own Devices*.

DRITTER TEIL

Moon River

»Es gibt eine Stelle, wo das Leben des Menschen in der Idee zu Ende ist, was dann folgt, ist wie die Nachgeburt bei der Entbindung.« Dieser Satz, den seine Großmutter vor sich hin geflüstert hatte, als Gustav bei seinem letzten Besuch an ihrem Bettrand saß, dieser Satz fiel ihm jetzt ein, als er hier im halb verwüsteten Ankleidezimmer des Fischtal seinen Erinnerungen gefolgt war, während die Familie im Erdgeschoss das Haus ausräumte.

»Wir haben nur gezankt, oder?«, hatte seine Großmutter außerdem gefragt.

»Ja«, erwiderte Gustav, »meistens.«

Sie kicherte.

»Na ja«, krächzte sie, denn nachdem ihr ein Krebsgeschwulst im Rachen entfernt worden war, konnte sie nicht mehr lauter sprechen, »dann war wenigstens was los.«

Da hatte Gustav ihr über die Wange gestrichen, weil sie ihn rührte und weil er sie gern hatte und weil er auf einmal das Gefühl hatte, sie hätten goldene Zeiten geteilt und es bloß nicht bemerkt. Aber im selben Augenblick wusste er, dass er mit der Berührung eine Übertretung begangen hatte, die natürlich augenblicklich geahndet werden musste.

»Ja ja«, krächzte seine Großmutter, »ich bin jetzt deine kleine Doofe!«

Daran erinnerte sich Gustav jetzt, als er im Ankleidezimmer neben den Kisten saß, die Lilli mit zusammengerafften Gegenständen gefüllt und provisorisch verschlossen hatte, und er rückte ein bisschen auf der Récamière hin und her, denn dieses Möbel war allem Anschein zum Trotz nicht sonderlich komfortabel.

Es entsprach ganz den familiären Gepflogenheiten, dass Gustav, nachdem er das Fischtal in letzter Sekunde verlassen hatte, in den folgenden Jahren mit seiner Großmutter nur die üblichen guten Wünsche zu Weihnachten und zum Geburtstag austauschte. Sie schrieb auf Karten aus Büttenpapier mit dicker blauer Tinte, in der festen, hübsch geschwungenen und alterslosen Schrift, die ihr eigen war. Und zwar schrieb sie immer dasselbe: »Zu Deinem Geburtstag sei umarmt von: Deiner Großmutter« beziehungsweise »Ein glückliches Weihnachtsfest und ein gutes neues Jahr wünscht Dir: Deine Großmutter«. Genau diese zwei Zeilen auf Bütten in dicker blauer Tinte hatte Gustav von seiner Großmutter erhalten, als er fünf war, als er fünfzehn war und als er fünfundzwanzig war. Nun, nicht ganz. In den letzten Jahren hatte sie dann und wann voran noch den Hinweis gestellt: »Da ich immer noch lebe: …«

Als West-Berlin zu existieren aufhörte, befand sich Gustav bereits in der Schweiz.

Lilli rief ihn an und schrie: »Die Leute knallen hier mit Feuerwerkskörpern. Es ist wie im Krieg.«

»Ach, die Leute …«, sagte Gustav mit erloschener Stimme und dem ergebenen Ausdruck, den unendlicher Schmerz verleiht.

»Ich habe noch andere Sorgen«, schrie Lilli weiter, »hier geht alles den Bach runter. Frau Weichbrodt hat künstlerische Allüren angenommen und sich das Rauchen angewöhnt.«

Knapp sieben Jahre später, kurz nach seinem letzten Besuch bei seiner Großmutter, klingelte bei Gustav das Telefon, und am Apparat war seine Mutter. Das war kein gutes Zeichen. Ich meine, selbstverständlich hatte Gustavs Mutter auch in der Zwischenzeit ab und zu angerufen, so ungefähr zweimal pro Jahr, um die üblichen guten Wünsche zu Weihnachten und zum Geburtstag auszutauschen, wie es den familiären Gepflogenheiten entsprach. Ihr Anruf war nur deshalb kein gutes Zeichen, weil es sich um einen Tag Ende Mai handelte, und niemand hatte Geburtstag Ende Mai.

Stattdessen hatte Gustav einen Hangover.

Seine Mutter sagte: »Sie ist gestern Abend gestorben. Sie hatte kein Interesse mehr. Das Leben hat sie ja nie besonders interessiert.«

»Das«, erwiderte Gustav empört, »ist noch lange kein Grund zu sterben.«

»Immerhin«, erklärte seine Mutter, »immerhin hat sie ein geradezu biblisches Alter erreicht für jemanden, der dreimal versucht hat, sich umzubringen. Das war wohl schließlich ihr einziger Beweggrund, am Leben zu bleiben: Sie schaffte es nicht, sich zu ermorden.«

»Nanu«, dachte Gustav, »dreimal?«

Er wusste nur von zwei Anläufen. Zunächst hatte seine Großmutter versucht, sich an einem Fensterkreuz in der Nervenklinik aufzuhängen. Natürlich war hier die routinierte Krankenschwester schneller als der Tod. Aber Gustavs Großmutter zog ihre Lehren. Wenig später, als sie für einige Zeit ins Fischtal entlassen wurde, ging sie strategisch vor. Wie für jede gute Ehefrau war es auch für Gustavs Großmutter eine

Kleinigkeit, die Unterschrift ihres Gatten zu fälschen. Als besagter Gatte mit Cosima Pechnest in die Ferien fuhr, ergriff sie den Rezeptblock und verschrieb sich selbst Unmengen von Schlafmitteln, deren Namen ihr allesamt geläufig waren und die sie anschließend höchstpersönlich mit dem Taxi in verschiedenen Apotheken in Dahlem und Nikolasee einsammelte. Abends brauchte sie länger als eine Stunde, um vor dem laufenden Fernseher die Masse an Tabletten zu schlucken. Dazu trank sie Whiskey. Dann legte sie sich hin.

Am nächsten Tag wurde sie von einem ihrer Kinder entdeckt, als bereits die Schnappatmung eingesetzt hatte.

Nachdem Gustavs Großmutter im Krankenhaus soeben wiederbelebt die Augen aufgeschlagen hatte, sah sie ihren Ehemann vor ihrem Bette stehen und hörte ihn sagen: »Du hast mir die Ferien verdorben!«

Da wurde ihr klar, dass ihr Ehemann auch dieses letzte Opfer hingenommen hätte, als käme es ihm zu. Und das war der Moment, in dem Gustavs Großmutter sich entschloss, am Leben zu bleiben. *Das* war ihr Beweggrund. Und nicht der Umstand, dass sie es nicht geschafft hätte, sich zu ermorden.

So viel zu den beiden Versuchen, von denen Gustav gehört hatte. Dass seine Mutter nun drei Versuche erwähnte, verwunderte ihn, aber selbstverständlich fragte er nicht nach. Das machte man nicht. Die Anzahl von Anläufen ändert ja schließlich auch nichts daran, dass gerade die Planung und Ausführung des eigenen Ablebens nicht zuletzt eine praktische Begabung erfordert. Dieser Umstand, der grausamste Witz von Fatum und Ananke, zwingt viele nervöse Gemüter, sich mit dem Leben abzufinden. Dann gibt es die anderen, für die so ein Ende einfach nicht vorgesehen ist, weil

Aufgeben und Abbrechen etwas ist, was gegen den Bauplan ihrer Existenz gerichtet wäre, jenen Bauplan, der entworfen wird, bevor man ins Leben tritt. So ist man nun gedacht, und so muss man leben. Gustav erinnerte sich, dass seine Großmutter gelegentlich festzustellen pflegte: »Das ist nicht mein Tod.« Wenn ihr Riekchen beispielsweise empfahl, beim Überqueren der Straße doch vielleicht mal nach links und rechts zu schauen, dann erwiderte sie: »Ich werde nicht überfahren. Das ist nicht mein Tod.« So war sie. Jede Menge morbider Gedanken und mehr oder weniger halbherzige Unternehmungen zu deren Ausführung und dabei die Sicherheit: Des Lebens Ungewissheiten gelten nicht für Leute ihres Standes. Gustavs Mutter, die über die drei Selbstmordversuche ihrer Mutter jetzt beiläufig wie über eine altbekannte Tatsache sprach, pflegte zu konstatieren: »In dieser Familie sind alle von einer tänzelnden Zähigkeit, genau wie überzüchtete Rennpferde. Zäh wie Juchtenleder.«

Zu dem Emphysem war ein Karzinom gekommen, ein Krebs im Rachen, der in einer Operation entfernt wurde, aber Gustavs Großmutter konnte den Arzt nicht leiden.

»Dieser Trottel hat nur über Gefahren und Komplikationen geredet«, erklärte sie Riekchen, »das sind eben ganz andere Leute heute. Dein Vater wusste noch, dass die wichtigste Regel lautet: Der Patient sollte sich nach dem Gespräch mit dem Arzt nicht schlechter fühlen.«

Sie starb ein paar Wochen nach dem gelungenen Eingriff, weil ihr Herz den Dienst quittierte.

»Sie wurde zum Schluss quasi durch ihre Aorta aufrechtgehalten«, sagte Riekchen, »da war mehr Kalk als in der Wirbelsäule. Als ich die Bilder gesehen habe, dachte ich: Meine

Herren, hier hat jemand seine Blutdruckmittel aber auch nur nach Belieben genommen.«

Gustavs Großmutter starb im Schlaf, am Vormittag entdeckt von Ingelore Busenrost, die an jenem Tage etwas später aufgestanden war, weil sie sich abends zuvor noch ein paar Gläser Edelzwicker gegönnt hatte.

»Alles, was in meinem Leben noch passiert, ist auf mikroskopische Ausmaße zusammengeschrumpft«, hatte sie bei Gustavs letztem Besuch flüsternd festgestellt, »bis auf meine Tumore, natürlich. Ich bin gesegnet mit Tumoren. Na ja. Auf diese Weise kriege ich viel Besuch. Das ist immerhin eine Möglichkeit, Zeit totzuschlagen, während man auf sein Ende wartet.«

Sie lachte heiser. Und dabei bewahrte die in ihrem Totenbett sitzende, winzige Frau eine merkwürdig gelassene und zugleich gemessene Haltung, die jedem mit dem Berliner Wesen Unvertrauten ziemliche Verwunderung abgenötigt hätte.

Sie winkte Gustav näher heran.

»Deine Mutter«, wisperte sie ihm ins Ohr, »deine Mutter ist mir schon als Kind auf die Nerven gefallen.«

Es war Gustav unmöglich, hierauf etwas zu erwidern, aber seine Großmutter erwartete wie immer gar keine Antwort, sondern bedeutete nun Lilli durch einen Wink, näherzutreten. Sie ergriff Lillis Hand und sagte: »Passen Sie auf ihn auf.«

»Jawohl«, erwiderte Elisabeth folgsam, »ich werde ein bisschen auf ihn aufpassen.«

»Mehr«, flüsterte Gustavs Großmutter, »mehr als nur ein bisschen.«

Der Blick aus dem Fenster des Ankleidezimmers wurde von der wuchernden Glyzinie umflort, und das mild entstellende Licht des späten Nachmittages, das aus glorreichen Höhen fiel und im fleckigen Spiegel des englischen Frisiertisches zerlief, changierte zwischen wässrigem Blau und moosigem Grün, je nachdem, wie der launische Wind des Berliner Frühlings die zaudernden Blätter und Blüten bewegte. Es war den Gärtnern stets verboten worden, sich an die Glyzinie zu wagen; denn zunächst war sie klein und brauchte keine Stutzung, später aber glaubte Gustavs Großvater, die Pflanze halte den brüchig werdenden Balkon oder trüge jedenfalls das Ihre dazu bei, dass der Balkon nicht herabstürzte und die Terrasse unter sich begrub. Und dass die Fassade hielt. Ein absurder Gedanke. Doch das Absurde hat eben auch seine Größe und nicht die schlechteste.

Plötzlich hörte Gustav das Geräusch zu Bruch gehenden Glases, vermutlich aus dem Erdgeschoß, und vor seinen Augen tauchte das Bild auf, wie Riekchen und Zissel im Garten Fangen gespielt hatten, vor knapp vierzig Jahren, wie Riekchen ihren Vater hinter der Glastür zur Terrasse stehen sah, und in dem Glauben, die Türe sei nur angelehnt, stürmte sie auf ihn zu, um mit den Worten »Bei Papa ist frei!« durch die Tür zu splittern, welche nicht angelehnt, sondern fest geschlossen war. Sie hatte Knie, Handgelenk und Lippe aufgeschnitten, ihr Vater sah gleich, dass keine Arterie getroffen war, und Riekchen wurde erst mal auf den Esstisch aus Palisander gelegt. Gustavs Großmutter befand sich ihres Hirntumors wegen in der Klinik, und Gustavs Großvater stellte nun fest, dass kein Verbandszeug im Hause war, natürlich, also fuhr er seine Tochter gleichfalls in die Klinik, zusammen mit seinem Sohn Julius, der lachen musste, als er sah, wie Riekchen auf dem Rücksitz des Mercedes auf den frischgestärkten weißen Oberhemden lag, die sein Vater am selben Nachmittag aus der Reinigung mitgebracht hatte. Riekchen musste auch lachen, obschon ihr die Lippe wehtat.

Daran dachte Gustav, als er zum letzten Mal in seinem Leben im Fischtal im Ankleidezimmer saß, zwischen Zweiteilern von Chanel und Mainbocher und Stapeln von taillierten Kitteln aus feiner, schlohweißer Baumwolle. Sowie einer Armee von Pfennigabsätzen. Das Ticken. Er wusste, er würde nie wieder das Ticken der Pfennigabsätze auf den Solnhofer Kacheln hören, nie wieder nachts im Wohnzimmer sitzen, nie wieder würde jemand für ihn in diesem Hause anrufen, denn es war mit der Hausherrin untergegangen, so wie nebenbei zufällig auch die ganze Stadt.

»Bisschen viel auf einmal«, dachte Gustav, »da braucht man Nerven. Zäh wie Juchtenleder.«

Die Beerdigung stand ihm noch bevor. Es würde eine kleine Gesellschaft werden, die sich zur Beisetzung auf dem Zehlendorfer Waldfriedhof einfand. Nicht einmal die Kinder waren vollzählig versammelt. Paula war, wie meistens, nicht in der Lage gewesen, genug Antrieb zusammenzukratzen, um sich zu bewegen, und Tutti ließ sich aufgrund eines Vorfalls entschuldigen, der in der Familie unter dem Titel »psychosomatischer Golfballunfall« eingeordnet wurde. Von den Enkelkindern war überhaupt nur Gustav anwesend, gegen den Rat seiner Mutter, die überhaupt keinen Grund für seine Anwesenheit hier sah und außerdem mitgeteilt hatte, sie und

Gustavs Vater würden gleich anschließend in ihr Ferienhaus an der französischen Atlantikküste weiterreisen.

Gustavs Mutter erschien zur Beerdigung, nachdem sie vorher nicht imstande gewesen war, sich von ihrer Mutter zu verabschieden, als diese noch lebte und im Schlafzimmer residierte. Sie hatte es nicht gewagt, wie so vieles in ihrem Leben. Gustavs Mutter konnte kranke Menschen schlecht ertragen, besonders wenn sie diese in gesundem Zustand gekannt hatte, egal ob sie sie leiden konnte oder nicht. Dies war ein Charakterzug, der in der Familie lag. Deswegen hatte sie so viele Ärzte hervorgebracht.)

Es gab keine Ansprachen. Man saß vor der schmucklosen Urne, und nach einer Weile erschien ein uniformiertes Faktokum und spielte auf einem uralten Gerät eine missratene Instrumentalversion von *Moon River.* Gustav war ganz blümerant zumute. Seine Glieder fühlten sich bleiern an, und bald jagten Hitze, bald Kälteschauer über seine Haut. Aus allen Poren kroch ihm der Schweiß wie feistes Gewürm. Eine Ohnmachtsanwandlung? Nein. Eher eine grausige Nervenaffektion, eine Art katatonischer Zustand. Wirst du wohl parieren, verdammtes Gerippe! Was soll denn das? Und er zog hörbar die Luft durch die Zähne.

»Da war's um mich geschehen«, erklärte Lilli später, als sie an Gustavs Seite dem kurzen Trauerzug über die Friedhofsanlage folgte. »Bei *Moon River* musste ich weinen.«

»Du hast doch in letzter Zeit sowieso ziemlich nah am Wasser gebaut«, erwiderte Gustav, »gerade erst letzte Woche hast du in diesem Film über das boxende Känguru geweint.«

»Stimmt«, stellte seine Freundin fest, »und, soll ich dir was sagen? Ich hatte eben schon wieder kurz feuchte Augen, als wir an der anderen Beerdigung vorbeigegangen sind, da hinten, wo viel mehr Leute sind. Ich meine, der Verstorbene hat vierzig Jahre an derselben Ecke Schuhe geputzt! Ist das nicht furchtbar?«

»Immer noch besser«, murmelte Gustav, »als Schuhe zu verkaufen. Bei Leiser.«

»Weitergehen!«, murrte eine bisher nicht in Erscheinung getretene Rentnerin mit einer grünen Plastikgießkanne links hinter Gustav, offenbar den Zeitdruck ihres sich neigenden Lebens verspürend.

So folgte die Trauergesellschaft den Urnenträgern über die Anlage. Irgendein ordinärer Zehlendorfer Singvogel ließ seinen Ruf hören. Vielleicht eine Amsel. Gustavs Onkel Julius schluchzte laut auf. Gustav wunderte sich, dass er Hildchen nicht sehen konnte. Aber er sah Frau Hornschildt. Die flüsterte gerade Riekchen ins Ohr: »Sagen Sie's Ihr nicht, aber Ihre Schwester Christiane sieht aus wie Ihre Mutter.«

Doch das alles stand Gustav noch bevor. Im Moment saß er noch hier, im Ankleidezimmer des Fischtal, und atmete zum letzten Mal die eigenartige Luft, die nach Staub roch, nach vergilbtem Papier, ausgetrocknetem Holz und abgelaufener Arznei (sowie, seltsamerweise, einer Prise Essig). Dazwischen strich, wie immer, irgendetwas anderes, ein stolzer, böser, phantasmagorischer Hauch, nicht jedem vernehmbar, oh nein, lediglich ein böser kleiner Hauch. Und gleich einer geheimen Melodie, auch nicht jedem spürbar, zog sich die Atmosphäre der Neurosen durch dieses Anwesen, lag vibrierend über den Kacheln aus Solnhofer Platten, bäumte sich auf vor dem hohen, von einem Mahagoni-Frontispiz bekrönten Biedermeierspiegel, wehte durch den Kamin von schwarzem Marmelstein und durch den Wintergarten mit seinem toten Grünzeug auf angesprungenen Kurland-Untertassen, sie umspielte die Draperien aus schwerer eisblauer Seide, umkreiste den Esstisch aus schwarzem Palisander und verdichtete sich in einem Fleck. Am Platz von Gustavs Großmutter.

»In diesem Haus färben Gefühllosigkeit und Herzenskälte ab wie das Weiße von einer Kalkwand«, pflegte Gustavs Mutter zu behaupten, die sich gern in Bildern ausdrückte.

Aber nicht für Gustav. Das hier war sein Zuhause, und er hatte kein anderes. Und der Mensch braucht ein Zuhause. Jedenfalls ein bürgerliches Exemplar wie Gustav.

Er saß auf der Récamière, hatte den Kopf gesenkt, die Ellbogen auf die Knie gestützt und das Gesicht in den Händen vergraben. Ein nervöses Zittern lief über seinen ganzen Körper, als weinte er. Weinte er? Vermutlich nicht. Man weinte nicht in Gustavs Familie. Man schrie das Check-in-Personal bei Air France an. Endlich stand er auf, nahm das Limonadenfläschchen, und ging zur Tür.